Diese Sache mit Paris

Franziska Erhard

Roman

Diese Sache mit Paris

1. Auflage November 2018

Korrektorat: Doris Eichhorn-Zeller, perfektetexte.coburg@gmail.com
Cover / Umschlaggestaltung: Buchgewand | www.buch-gewand.de

Ich freue mich über jede Rückmeldung.
Schreibt an franziska.erhard@gmx.de
Oder besucht mich auf Facebook: Franziska.Erhard.Autorin

Prolog

Der synthetische Herzschlag setzte ein, zum dritten und letzten Mal, wie ich wusste. Die Scheinwerfer begannen erneut zu zucken, schossen Lichtblitze über das Publikum und tauchten uns in gleißende Helligkeit. Ich schloss kurz die Augen und meine sorgsam manikürten und passend zur letzten Robe lackierten Fingernägel bohrten sich schmerzhaft in meinen Handballen, hinterließen kleine rote Abdrücke, perfekte Halbmonde in der hellen Haut.

»Und hier sind die schönsten Momente von Josephine!« Die Stimme von Jette Stahl überschlug sich fast und ich öffnete meine Augen wieder und starrte auf die riesigen Bildwände vor uns. Lenes Hand packte zu, drückte meine, und ich war dankbar darum. Das hier war schöner und schlimmer als alles, was ich je erlebt hatte.

Mit kritischem Blick verfolgte ich den kurzen Einspieler. Ich, in einer engen Jeans und weißem Tanktop, wie ich recht unelegant einen breiten Laufsteg entlangschritt, das damals noch lange blonde Haar in den Nacken warf und strahlend lächelte. Das Shooting für die Sedcard, beinahe ungeschminkt. Bikinibilder am Strand von Mallorca, ich erinnerte mich an die vielen grölenden Touristen hinter den Absperrbändern. Dann der Tag beim Friseur.

Jette hatte beschlossen, dass sie einige von uns umstylen musste. Umstyling kam beim Publikum an, und natürlich musste auch unser Format damit aufwarten. Und meine langen blonden Haare mussten genauso weichen wie Tammies recht künstlich aussehende Extensions. Ich war nicht begeistert gewesen, ganz und gar nicht, dass ausgerechnet ich die radikalste Veränderung bekommen sollte.

»Sieh es doch positiv. Es sind meistens die Mädchen, denen man die größte Änderung verpasst hat, die am Schluss gewinnen«, hatte Lene gesagt und geziert gelächelt, während sie ihre eigene schokoladenbraune Haarmähne in den Nacken warf. Sie hatte gut reden, ihr wurden nur die Spitzen gekappt und ein paar Highlights gesetzt.

»Nur dass wir hier nicht bei ›Topmodel‹ sind. Wir sind hier bei ›Future Model‹.«

»Ist doch fast dasselbe«, befand sie und drehte sich, um ihre Mähne im Profil zu bewundern.

Leider war es eben nicht fast dasselbe. Es war ein Model-Contest, der als Serie im Fernsehen übertragen wurde, aber das war auch schon alles. Dieser Sender war einer von denen, den niemand auf einem einstelligen Sendeplatz programmiert hatte. Er hieß »Chicks 33« und man fand sich lässig dabei, sich selbst eine so hohe Nummer im Namen zu verpassen, als wolle man gar nicht weiter vorne rangieren. Wir hatten nicht die Zuschauerzahlen, die die große, echte Modelshow hatte, welche hier recht ungeniert abgekupfert wurde. Wir hatten Designer, die zwar begabt, aber relativ unbekannt waren, Fotografen, die noch keinen Popstar-Status hatten, und wir hatten Jette Stahl, die fast ein Topmodel gewesen war zu ihrer Zeit und die nun das Gesicht dieser Show stellte.

Auf dem Bildschirm sah ich mich selbst vor die Jury treten, in einem glitzernden Unterwäsche-Ensemble, die unvermeidbaren riesigen Flügel auf dem Rücken, der Traum eines jeden Models. Ich sah mein Gesicht strahlen und fühlte erneut die Euphorie, die mich an jenem Tag durchströmt hatte.

»Josephine, du hast uns in den letzten Wochen immer wieder überrascht. Anfangs wusste ich nicht wirklich, ob du das hier tatsächlich möchtest. Du bist ja über ein Save-Ticket in die Show gekommen. Du wurdest von einem Model-Agenten entdeckt, den wir losschickten, um unser letztes Girl zu finden, die eine, von der er denkt, dass sie es ganz weit nach oben schaffen kann. Wir waren begeistert von deinem Gesicht und du hast einen tollen Körper, dennoch waren wir anfangs unsicher, ob du dir das richtig überlegt hattest, ob du den nötigen Biss hast. Manchmal hast du gewirkt, als wärst du völlig unerwartet in diese Sache hineingeraten und würdest jetzt einfach mal sehen, was es hier alles gibt.«

In dem Einspieler sah ich mich lächeln, leicht verlegen, denn Jette traf es besser, als sie ahnte. Ich wäre nie auf die Idee gekommen, mich bei so einem Wettbewerb anzumelden. Modeln war nie mein Traumberuf gewesen, es war nichts, über das ich nachdachte. Und dann war ich eines Mittags mit meiner Freundin in den City-Arkaden zum Shoppen und plötzlich fragte ein Mann mit einer teuer aussehenden Kamera, ob er ein Bild machen dürfe. Hinter ihm war ein kleiner Trupp mit Kameras und Mikrofonen und eine nette Dame nahm uns zur Seite und erläuterte die geplante neue Show bei »Chicks 33«. Wäre ich alleine gewesen, ich hätte wahrscheinlich den Kopf geschüttelt, aber so … Wir beide wurden vor den weißen Hintergrund gebeten und wir hatten Spaß dabei, uns gegenseitig zu beobachten, wie wir versuchten, mit der Kamera zu spielen. Der Fotograf zeigte sich sehr beeindruckt, was wir nicht ernst nahmen. Wir hinterließen unsere Adressdaten, nur für den Fall, und verschwanden kichernd im nächsten Laden. Zehn Tage später kam der Anruf von »Chicks 33«, dass ich das goldene Ticket in die Show gewonnen hätte, und noch mal drei Tage später ging es los. Das war vor vier Monaten gewesen und entgegen aller Erwartungen –

und ganz vorneweg meiner eigenen – war ich nun hier, im Finale, und wartete darauf, wer das erste Future Model werden würde.

»Aber dann hast du begonnen, uns zu überzeugen. Du bist jede Woche ein bisschen besser geworden und Schritt für Schritt hast du die anderen überholt. Ich glaube ja, dass dein neuer Haarschnitt eine Art Befreiung für dich war.« Jette lächelte zufrieden und ich sah, wie meine Hand zu meinen Haaren fuhr.

Einen Befreiungsschlag würde ich das nicht nennen, auch wenn ich zugeben muss, dass ich mich mittlerweile nicht nur daran gewöhnt habe, sondern es wirklich liebe. Früher waren meine Haare bis unter meine Schulterblätter gegangen, blond und glatt und glänzend. Und ein wenig langweilig. Dann hatte man mich hier auf einen Stuhl gesetzt, den Spiegel verhüllt und die Schere in Anschlag gebracht. Ich sah die Strähnen fallen, lange Strähnen, und versuchte, nicht an die Jahre zu denken, die es kosten würde, sie wieder wachsen zu lassen. Nein, in der Tat war ich zu diesem Zeitpunkt schon infiziert. Ich sah, dass ich durchaus Chancen hatte zu bestehen, und ich hatte schon damals im Einkaufzentrum bemerkt, dass es mir ungeheuren Spaß machte, vor der Kamera zu posieren. Ich wollte wissen, was ging, also schluckte ich und redete mir zu, dass alles gut werden würde.

Das Ergebnis war … überraschend. Meine Haare wurden nicht nur auf Kinnlänge gestutzt, sondern außerdem noch platinblond gefärbt. Der Pony sah aus wie früher, als ich ihn im Kindergarten mit der Papierschere einmal selbst geschnitten hatte, nämlich sehr kurz und sehr unregelmäßig. Die restlichen Haare waren gestuft und so frisiert, dass sie verwuschelt abstanden. Es war kein echter Bob mit exakten Kanten, sondern so eine Art explodierte Version des Klassikers. Ich war ein ganz anderer Mensch, frecher, jünger, was gut war, denn mit meinen dreiundzwanzig war ich ja fast zu alt, um in diesem Business durchzustarten, wie Jette ganz zu Beginn mit gerunzelter Stirn befunden hatte. Ich sagte ihr nicht, dass mein Geburtstag in wenigen Monaten wäre und mich dann scheinbar in die Sphären einer alten Frau erheben würde. Sie hatte die Unterlagen und wenn sie es ignorieren wollte, war mir das egal. Ich jedenfalls sah plötzlich anders aus, wie eine Frau, die tatsächlich ein Model sein konnte, ein spezieller Typ, wie sie immer wieder betonte. Und mit dem neuen Look kam auch eine neue Lässigkeit, welche die Fotografen begeisterte und mir ein paar Jobs einbrachte.

Die Bilder rauschten durch, das Shooting mit den Zirkuselefanten in großen, schweren Roben und mit mächtig Federputz auf dem Kopf. Das Unterwäsche-Shooting, die High-Fashion-Bilder. Dazwischen immer wieder Einspieler vom Laufsteg, und ich sah, wie ich mich jedes Mal besser bewegte. Dann der Titel, ich auf dem Cover der »Sport and More«, worauf ich besonders stolz gewesen war, mit glänzender brauner Haut und einem Neopren-Bikini, Hanteln in der Hand. Die Smoothie-Werbung, mein erstes Video, das mir ebenfalls einen Job einbrachte. Und schließlich einen kurzen Ausschnitt aus der letzten Sendung, in der ich erfahren hatte, dass ich im Finale wäre, und vor Schreck und Freude angefangen hatte zu heulen.

Dann wurde die Leinwand vor uns schwarz und nur die zuckenden Lichter über dem Publikum und der überlaute Herzschlag blieben. Ich griff fester nach Tammies Hand und versuchte, ruhig zu atmen. Meine Konkurrentin war ein bildhübsches Mädchen, eine dieser Schönheiten, die fast zu perfekt waren. Lene auf der anderen Seite stand ihr in nichts nach. Auch wenn ihr Gesicht ein wenig herb anmutete, hatte sie unbestritten den besten Body von uns, die schmalste Taille und einen unglaublich definierten Bauch.

Auf der Leinwand begannen Farben aufzublitzen und Jette übernahm wieder.

»Und nun ist er da, der Moment, auf den wir alle so lange gewartet haben. Wer wird das erste Future Model, das erste Model, das die Zukunft des Business aufmischen wird? Wer wird die Erste sein, die hier eine unvergleichliche Karriere startet? Wer wird mit diesem Titel nicht nur ein Preisgeld von zwanzigtausend Euro bekommen, sondern auch einen Vertrag bei »Zhara-Models« und auf das Cover der »Yes« kommen?«

Eine lange Pause trat ein, während der wir die vorbereiteten Titelbilder aufblitzen sahen, eins nach dem anderen, in einer Endlosschleife. Das Publikum jubelte und klatschte, unterstützt auch jetzt von einer Konserve mit Begeisterungsbekundungen. Die Show war zu neu, zu klein, zu unwichtig und zu sehr abgekupfert, als dass man eine große Halle hätte füllen können, aber hier auf dieser Bühne mit den zuckenden Lichtern und dem verstärkten Jubeln kam es mir vor wie ein riesiges Stadion mit Tausenden Menschen, die uns unterstützten.

»Wer wird es sein? Wer wird das erste Future Model?« Jette genoss ihren Moment in vollen Zügen.

»Und das Future Model ist …«

Die Bilder wechselten noch hektischer, zeigten in immer schnellerem Wechsel die Gesichter von Tammie, Lene und mir. Der künstliche Herzschlag wurde noch rasanter und auch meiner erhöhte sich. Dafür, dass alles als Spaß begonnen hatte, war ich jetzt nahe daran, völlig durchzudrehen.

»Das Future Model, das Mädchen, das zwanzigtausend Euro und einen Vertrag bei »Zhara-Models« erhält, ist ...«

Die Bilder erstarrten, dann wurde die Leinwand schwarz. Einen Moment war es ganz still, dann zuckten erneut die Lichter, ein Farbentanz begann, aus dem sich zögernd das Bild des Covers formte, langsam von unten nach oben aufbauend, um es so lange wie möglich spannend zu halten. Ich sah die Beine, lang und gebräunt, und hätte nicht sagen können, ob es meine waren. Die Jeansshorts tauchten auf und ich suchte einen kleinen Fleck neben dem Bauchnabel. Der Bauch auf der Leinwand war frei von Leberflecken und ich spürte eine unbändige Enttäuschung. Das war es dann. Der Oberkörper wurde sichtbar und ich wusste, dass die beiden neben mir sehnsüchtig warteten, bis die Haare ins Bild kamen, die bei beiden bis unter die Brust gingen. Blond wäre Tammie, dunkelbraun Lene. Die Brüste erschienen in dem weißen Shirt, das wir alle beim Shooting getragen hatten, und noch immer waren keine Haare zu sehen. Lenes Griff an meiner Hand wurde schmerzhaft. Der Hals kam ins Bild und endlich Haare, platinblond und frech abstehend. Ich hielt die Luft an, ließ die Hände meiner Mitfinalistinnen los, um meine frei zu haben und sie mir auf den Mund zu pressen. Und dann mein Gesicht. Meine Augen, graugrün und lebendig, ein wenig kühl und dennoch so voller Emotionen.

»Das Future Model ist Josephine«, jubelte Jette und riss meinen Arm nach oben. Die beiden Mädchen neben mir traten unwillkürlich einen Schritt zurück und ich spürte, dass sich jetzt alle Scheinwerfer im Saal auf mir vereinigten.

Jette ließ meinen Arm los und ich sank in die Hocke, starrte auf die Leinwand und lachte unter Tränen. Lachte und starrte und konnte nicht fassen, was da gerade passierte. Ich, Josephine Bauer, hatte einen Modelcontest gewonnen. Meine Zukunft lag in aufregenden, schillernden Farben vor mir. Die Zeit an der Uni war vorbei. Ich würde reisen, shooten, berühmte Menschen treffen, viel Geld verdienen. Ich würde selbst ein Star werden, eine Celebrity, wie Jette es immer nannte. Ich würde ein Leben leben, von dem ich nie zu träumen gewagt hatte. Langsam erhob ich mich, ließ mich von Jette küssen, von Lene und Tammie, von der Jury, die neben Jette stets ein wenig blass geblieben war. Die Lichter zuckten jetzt wieder über die jubelnde Menge. Vielleicht war es erneut nur ein Tonband, es war mir egal. Es galt mir, das zählte. Millionen goldener Flitter-Konfetti regneten von der Decke und ich genoss jeden Augenblick. Sieh her, Welt, hier kommt Josephine Bauer.

Kapitel 1

Ein Klick auf die Fernbedienung, und das Bild erstarrte. Mein lachendes Gesicht fror ein, die tanzenden Flitterteilchen verharrten mitten in der Luft. Im Halbdunkel neben mir versteinerten Tammie und Lene, denen die Enttäuschung deutlich anzusehen war, und Jette, die sich dicht bei mir hielt, um diesen Moment des Ruhms voll auszukosten.

»Wir bleiben in Kontakt«, hatte sie versprochen, »ich will jeden deiner Schritte mitgehen in dieser aufregenden Welt.«

Nun, das hatte sie auch getan, zumindest solange die Schritte in die richtige Richtung gingen. Was leider nicht allzu lange war.

Anfangs hatte ich tatsächlich gut zu tun gehabt, ich war zu Castings eingeladen worden und hatte einige Jobs bekommen, war auf Modeschauen gelaufen und sogar eine Story in der »Girls« hatte ich gehabt, sieben Seiten. Und dann wurde es langsam weniger. Meine Agentin, Sabine von Zhara-Models, hatte sich immer seltener gemeldet. Die erste Euphorie verflog und ich bekam eine Ahnung, wie es wirklich zuging in diesem Business. Sabine war nicht nur meine Agentin, sondern auch die Chefin der Agentur. Eigentlich war sie gleichzeitig auch die Sekretärin, denn hinter dem klangvollen Namen, den Hochglanzflyern und der professionell anmutenden Website stand eine einzige Person, nämlich sie. Solange die Sendung noch frisch war in den Erinnerungen der Leute, war das kein Problem. Es gab ein paar Firmen, denen mein Bekanntheitsgrad groß genug war, um damit ihre Produkte bewerben zu wollen. Aber dann kam das nächste Format und

Future Models war out. Und ich auch, wie ich mit Schrecken feststellte. Andere Mädchen, die in größeren Contests Erfolg hatten, wurden nun zu den Castings geladen, die ich früher gehabt hatte. Ich hatte ein paar Kunden, die mich weiterhin buchten, aber es waren nicht genug. Dann rief Sabine an, um mir mit freudestrahlender Stimme zu verkünden, dass sie mich vermittelt habe, eine tolle, ganz große Sache, die Eröffnung eines Einkaufszentrums. Da wusste ich, dass mein Traum irgendwie in Schieflage geraten war. Sabine riet mir eindringlich, den Job anzunehmen, und deutete an, dass die achtzehn Monate, über die unser Vertrag lief, sich bald dem Ende näherten. Sie erwähnte, als wüsste ich das nicht selbst, dass die Nachfrage in letzter Zeit deutlich abgenommen habe, und ließ anklingen, dass unter diesen veränderten Umständen ein Folgevertrag neu verhandelt werden müsse. Ich gab ihr das Okay, die Veranstaltung klarzumachen, und holte tief Luft.

»Was ist mit Berlin? Die Fashion-Week?«

»Nun, ich fürchte ...«, sie seufzte tief. »Der Nachschub steht bereit, es gibt neue Gesichter, Mädchen, die mehr Medien haben als du. Ich versuche es, aber bis jetzt ist die Nachfrage nicht besonders ...«

»Aber ist es nicht dein Job, mich im Gespräch zu halten?«, wagte ich einen Einwand, und es war der Falsche.

»Es ist dein Job, zu glänzen, Träume zu wecken, nicht meiner, Josephine. Ich kann dich anbieten, aber wenn du den Kunden zu langweilig erscheinst ... Du müsstest vielleicht mal für einen echten Hingucker sorgen. Gibt es nicht ein paar freizügige Bilder, die unvermutet auftauchen könnten? Ein kleines, privates Filmchen, das ganz zufällig und natürlich ohne dein Wissen den Weg ins Netz finden könnte?«

»Sabine! Das ist doch nicht dein Ernst!«

»Wach auf, Mädchen. So läuft das nun mal. Du bist nicht präsent genug, nicht auffallend. Schöne Gesichter gibt es wie Sand am Meer, das alleine reicht nicht. Ich tue, was ich kann, aber wenn du mir nicht hilfst ...«

Frustriert hatte ich das Gespräch beendet. Alle weiteren Fragen verkniff ich mir fürs Erste. Ich sollte mir eine Strategie ausdenken, ehe ich wieder mit ihr sprach. Eine, die ohne blanken Busen oder intime Videos auskam.

Dann hatte ich den Fernseher eingeschaltet und die finale Sendung der diesjährigen »Future Model«-Staffel angesehen. Dieselben Gesichter, freudig und bangend. Dieselben Wünsche, Hoffnungen und Träume. Ich sah es bis zum Ende und dann, wie ein Kind, das nicht aufhören kann, an einer verschorften Wunde zu knubbeln, sah ich mir die Aufzeichnung unseres Finales an. Ich war die ganze Zeit, die ganze Staffel hindurch recht entspannt gewesen. Modeln, das war ein Weg, der so neu war, dass ich es einfach als Chance sah und mir sagte, wenn es nicht klappt, dann eben nicht. Dann hast du keinen Lebenstraum in den Sand gesetzt, sondern einfach etwas probiert, was sich als unvermutete Chance auftat. Aber nun war ich plötzlich dabei, zu scheitern, und das weckte meine Entschlusskraft. Ich wollte das nicht aufgeben. Ich hatte einen winzigen Einblick in eine Welt erhalten, die ganz anders war als meine alte und die ich nicht schon wieder verlassen wollte. Das Glitzern hatte mich gefangen genommen und ich wollte mehr davon. Ich würde kämpfen, jetzt endlich richtig. Noch war Zeit, noch war ich gerade eben frisch und jung genug, um es zu schaffen. Vielleicht nicht nach ganz oben, aber doch hoch genug, um mich halten zu können. Mein Glück war, dass ich schon immer jünger ausgesehen hatte, als ich war. Und ich hatte noch einen echten Trumpf. Die Einladung zur Magnolia-Night-Party, einem Event, auf dem sich das deutsche Who is Who tummelte. Nun ja, das Who is Who der Seriendarsteller und so, aber immerhin. Die Karte hing schon seit Wochen an meiner Magnetwand und ich verdrängte den Gedanken, dass die Veranstalter es inzwischen bereuen könnten, mich eingeladen zu haben. Diese Party wurde jährlich von einem großen Parfümhaus veranstaltet und es war ein perfekter Ort, um sich zu vernetzen und zu zeigen. Ich würde meinen Stolz ablegen und mich bei den richtigen Leuten ein wenig anbiedern. Meinen Stolz und nicht meine Unterwäsche, wie Sabine empfohlen hatte. Ihr Vorschlag, Schmuddelfilmchen ins Netz zu stellen, um Publicity zu bekommen, hatte mich doch ein wenig entsetzt. Nein, so weit würde es nicht kommen. Noch war nicht alles verloren und wenn es ums Kämpfen ging, machte mir niemand so leicht etwas vor.

Leider war ich nicht berühmt genug, um für ein solches Event mit kostenlosen Kleidern versorgt zu werden. Aber ich hatte vor einiger Zeit eine tolle Show für einen Designer gemacht, der auch noch am Anfang stand und bereit war, mir gegen eine geringe Gebühr etwas zu leihen. Wir fanden das perfekte Kleid und ich versprach, so oft wie möglich seinen Namen fallen zu lassen. Ich ließ meinen Ansatz aufhellen, die Haare ein wenig nachschneiden und meine Nägel machen. Ich aß in der letzten Woche nur noch Gemüse, Obst und Salat und trank Unmengen Wasser, um meine Haut zum Strahlen zu bringen. Am Tag der Veranstaltung verkniff ich mir das Mittagessen und trank nur noch ganz wenig, um bestmöglich in Form zu sein. Jette hatte uns immer wieder eingebläut, dass man niemals zu viel trinken durfte vor einer Show, um ja nicht aufgebläht zu wirken. Und wenn, dann nur stilles Wasser. Kohlensäure war für sie tabu, das könne ganz verheerende Folgen für die Silhouette haben, sagte sie immer. Ich glaubte ihr einfach mal und versuchte, mich an ihre Ratschläge zu halten. Es wäre mir leichter gefallen, wenn ich mehr zu tun gehabt hätte und weniger Zeit, um darüber nachzudenken, ob dieser Abend nicht meine Abschiedsgala in einer Welt war, zu der ich gar nicht richtig gehörte. Aber diesen Gedanken schob ich weit weg. Noch hatte ich eine Agentur und ein paar Termine, die den Durchbruch bringen konnten. Und ich hatte das Beste, nämlich meinen Willen. Im Gegensatz zu meinen Freundinnen war ich schon früher immer ein Kopfmensch gewesen. Gefühle waren bei mir eher Nebensache, wenn es ein Ziel zu erreichen gab. Dann übernahm mein Kopf, der mich alles andere ausblenden ließ und dafür sorgte, dass alle Kraft sich nur auf diese eine Sache fokussierte.

Kapitel 2

Wie es aussah, hatte ich mich ganz umsonst so aufgerüscht. Die Party war nicht nur gut besucht, sondern fast überlaufen. Viele bekannte Gesichter waren zu sehen und mindestens ebenso viele, die wie ich darauf hofften, es einmal zu werden. Die ihre eigenen fünf Minuten des Ruhmes gehabt hatten, genug, um eine Einladung zu erhalten, aber zu wenig, um darauf aufzubauen. Ich stand zwischen all diesen Menschen, versuchte, mit ihnen ins Gespräch zu kommen, und wurde immer wieder abgeblockt. Selbst die Großen schienen den Tag nutzen zu wollen, um ihr eigenes Netzwerk weiter auszubauen, und hatten kein Interesse daran, sich an einen Niemand zu verschwenden. Und die paar Leute, die ich kannte, andere Models, die ich auf Modeschauen flüchtig kennengelernt hatte, waren wie ich auf der Suche nach Kontakten und nickten mir nur kurz zu. Bloß kein Gespräch anfangen, bloß keine Chance verpassen. Stattdessen standen wir bescheuert herum und mussten recht verzweifelt wirken.

Schließlich gab ich auf. Ich war mir sicher, dass es nicht förderlich sein konnte, so offensichtlich alleine und auf der Suche zu wirken. Stattdessen nahm ich mir einen leichten Weißwein von einem der überall herumwuselnden Kellner und sicherte mir einen Platz am Rande des Geschehens. Von hier aus konnte ich unauffälliger Ausschau halten, ob sich nicht doch eine Gelegenheit ergab.

Überraschenderweise war ich nicht lange allein. Kaum stand ich nicht mehr suchend herum, wurde ich gefunden. Allerdings von einem Kerl, den ich nicht kannte und der offensichtlich nicht zu meiner Zielgruppe gehörte.

»Hallo. Ich kenne Sie, Sie sind doch Josephine Bauer.«

Der Erste heute, der den ersehnten Satz sagte. Spontan lächelte ich.

»Richtig. Hallo. Und Sie sind ...?« Ich besah ihn genauer. Fünfunddreißig Jahre, würde ich schätzen. Schwarzes, sorgsam gegeltes und gescheiteltes Haar. Eine runde, dunkle Kunststoffbrille. Ein angenehmes Gesicht, eher unauffällig. Gut sitzender dunkelblauer Einreiher, der den leichten Bauchansatz perfekt kaschierte. Blaue, unschuldige Augen. Insgesamt wirkte er ein wenig wie ein Streber, der von seiner Mutter partyfein gemacht worden war.

»Maxim Paulsen.« Er griff nach meiner Hand, ein angenehm fester Händedruck. Dann sah er meinen fragenden Blick und lachte. »Und nein, Sie kennen mich ganz bestimmt nicht.«

»Und wie kommen Sie hierher?« Ich versuchte, nicht so zu klingen, als würde ich seine Anwesenheit infrage stellen.

»Nun, ich kenne einige der Herrschaften hier recht gut.«

Wie auf Kommando hob ein paar Meter weiter ein Mann, der mir bekannt vorkam, seine Hand zum Gruß. Ich fragte mich, ob das wohl abgesprochen war.

»Das ist doch ... dieser Fußballer, oder?«

»Ja, Torben Meisner. Und seine Frau Cindy. Sie spielt beim ›Forellenhof‹ mit.«

Ich nickte. Ich kannte die Schauspielerin. Auch sie winkte herüber und ich sah mir diesen Maxim etwas genauer an.

»Und Sie machen was?«

Er lachte wieder. »Ich bin im Management. Und es gefällt mir, wie direkt Sie sind.«

Ich senkte kurz den Blick. »Tut mir leid.«

»Nein, das sollte es nicht. Ich mag das. Es ist sehr erfrischend.«

»Was managen Sie?«

»Menschen.«

»Schauspieler?«

»Sportler hauptsächlich. Und ich manage nicht nur, ich berate auch.«

»Dann sind Sie vermutlich recht gut vernetzt.«

»Ziemlich.« Er zuckte die Schultern.

»Auch in andere Branchen? Sie kennen nicht zufällig ein paar Designer oder Fotografen?« Ich grinste, um ihm zu zeigen, dass die Frage nicht wirklich ernst gemeint war.

»Ein paar, ja.« Seine Stimme klang absolut normal. »Das bleibt nicht aus in meinem Job.«

»Dann sollte ich mich wohl heute an Ihre Fersen heften.« Ich lachte. »Ich kenne nämlich leider viel zu wenige.«

Auch er lachte und sein Gesicht veränderte sich. Seine Augen zuckten kurz, ein ganz schnelles Blinzeln, das ihn weniger streberhaft aussehen ließ und einen Moment den Eindruck vermittelte, dass er flirten wollte.

»Sie sind erfrischend ehrlich. Es läuft also nicht so gut als Future Model?«

»Doch.« Ein tiefer Seufzer, dann straffte ich mich. »Nein, es läuft nicht besonders. Aber ich kenne einfach zu wenig Menschen. Ich muss bloß einen Weg finden, sie davon zu überzeugen, dass ich kein Casting-Girl bin. Also, nicht in dem Sinne, natürlich bin ich eins. Ich muss den richtigen Leuten beweisen, dass ich den Job richtig gut mache.« Ich weiß nicht, warum ich ihm das erzählte. Vermutlich lag es an seinen Augen, die so unschuldig aussahen, dass ich dachte, ehrlich sein zu können.

»Warum übernimmt Ihr Management diesen Part nicht? Es sollte dessen Aufgabe sein, Ihnen diese Kontakte herzustellen.«

»Weil mein Management offensichtlich nicht Ihre Klasse hat. Meine ... hm, Agentin findet es toll, wenn ich ein Einkaufszentrum im bayrischen Hinterland eröffnen darf.«

»Und Sie wollen mehr.«

»Natürlich will ich mehr. Ich könnte richtig gut sein, wenn man mich nur machen ließe.«

Er sah mich an und nickte langsam. »Ja, das denke ich auch. Ich denke, wenn Sie sich für etwas entscheiden, dann machen Sie das mit vollem Einsatz. Sie sehen den Job, seine Herausforderungen, und ziehen es dann durch.«

»Ganz genau.« Mein Oberkörper wandte sich ihm zu und ich begann, mit den Armen zu wedeln beim Sprechen. Das war etwas, bei dem ich mir sehr sicher war, was ich wichtig fand. »Das bin ich. Ich bin wirklich diszipliniert. Ich kann mich auf das Ziel fokussieren. Ich gebe alles, um das beste Ergebnis zu erreichen. Und ich werde es schaffen, verdammt. Ich werde einfach nicht aufgeben, bis ich es geschafft habe, selbst wenn ich dafür wirklich alles geben muss. Wissen Sie, welchen Satz ich einmal gelesen habe? ›Es gibt keine Probleme, nur Herausforderungen.‹ Und ganz genau so sehe ich das auch.«

Während ich immer aktiver geworden war, beim Sprechen nach und nach den ganzen Körper mit einbezogen hatte, lehnte Maxim sich zurück, die Hände in den Hosentaschen, und beobachtete mich aufmerksam. Als ich geendet hatte, nickte er erneut.

»Guter Leitspruch. Und was ist der Plan B? Falls es gar nichts wird?«

»Dann werde ich zurückgehen an die Uni. Ich habe mich beurlauben lassen, sozusagen. Aber mir fehlt nur noch die Abschlussarbeit, damit ich meinen Bachelor habe.«

»Und in was, wenn ich fragen darf?«

»Wirtschaftsinformatik.« Ich sah sein Gesicht. Nichts Neues, jeder sah so aus, dem ich das erzählte. Auch heute noch war man entweder schön oder klug. Dass man auch beides sein konnte, sich gleichzeitig für Mode und Technik interessieren, überraschte noch immer. Und es kam nicht immer gut an.

»Ich bin beeindruckt. Sie sind nicht nur ausgesprochen hübsch, sondern obendrein schlau und sehr zielstrebig. Ich würde gerne noch länger mit Ihnen plaudern, doch leider habe ich noch ein paar, nun ja, Termine. Aber ich denke, dass wir uns wiedersehen werden.« Er streckte mir seine Hand entgegen. »Es war sehr aufschlussreich, Sie kennenzulernen, Josephine. Aufschlussreich und interessant.«

»Danke.« Dieser abrupte Aufbruch verwirrte mich ein wenig. Hatte ich ihn gelangweilt? War ich zu arrogant rübergekommen? Ich sah ihm nach, wie er sich durch die Menge bewegte, hier und da stehen blieb. Seltsamer Kerl. Er hatte mich nur mit den nötigsten Informationen versorgt, mir ganz elegant aber alles Mögliche aus der Nase gezogen. Ich hatte einem wildfremden Menschen Sachen erzählt, die ich nicht mal Sabine sagte. Und doch ... Er hatte dafür gesorgt, dass ich nicht alleine hier herumsaß. Und seltsamerweise hatte ich ihm geglaubt, als er sagte, ich würde meinen Weg gehen. Weil ich es glauben wollte.

Die restliche Party brachte ich mehr oder weniger erfolglos hinter mich. Es gelang mir nicht, mit »den richtigen Leuten«

in Kontakt zu kommen. Ich lächelte, machte Small Talk, aber nirgendwo tauchte jemand auf, der mich spontan toll genug fand, um mir einen Job anzubieten oder wenigstens in Aussicht zu stellen. Die Investition in dieses aufregende Kleid war leider für die Tonne gewesen. Dann sah ich Maxim Paulsen noch einmal, in ein Gespräch mit Maja Folk verwickelt. Die kannte ich, die war letztes Jahr unter den Finalistinnen der bekannteren, größeren Modelshow gewesen. Dritte, meine ich. Aber auch der bekannte Name der Show hatte nicht ausgereicht und Maja war ebenso wie ich schnell wieder in der Versenkung verschwunden. Dieser Anblick gab mir einen Dämpfer. Ich hatte gedacht, dass Maxim Paulsen sich mit mir unterhalten hatte, weil er meine Ausstrahlung toll fand oder meine Art. Nun sah ich, wie er sich dem nächsten Möchtegern-Model zuwandte und interessiert ihren Ausführungen zu lauschen schien. Und wenn ich so darüber nachdachte, meinte ich, dass er, ehe er mich ansteuerte, mit einer weiteren Kollegin geplaudert hatte, mit ihr aber nur sehr kurz.

Maja lachte, warf dabei den Kopf in den Nacken und ihre Hand legte sich wie zufällig auf seinen Arm, während ihr Blick definitiv diesen gewissen Schmelz bekam, der mehr in Aussicht stellte. Maxim schien nichts dagegen zu haben. Vielleicht war er hier, um sich eine kleine Affäre mit einem hübschen jungen Mädchen zu gönnen. Er lächelte und Majas Strahlen wurde noch ein bisschen heller. Ich konnte ihr Lachen bis hierher perlen hören. Nun denn, es ging mich nichts an. Er war nicht meine Zielgruppe, weder beruflich noch als Mann. Und wenn sich die beiden einig wurden, dann war das doch toll für sie. Ich für meinen Teil würde mich jetzt verabschieden. Ich wusste, wann es sinnlos war, weiter zu hoffen. Es waren deutlich weniger echte Promis hier, als man angekündigt hatte, und niemand, den ich noch überzeugen konnte. Ich musste also weiterhin darauf hoffen, dass Sabine endlich damit anfing, ihren Job zu machen.

Kapitel 3

Fast vierzehn Tage vergingen, ehe sich etwas tat. Ich hatte ein einziges Casting gehabt in der Zeit und genug Gelegenheit, mir langsam Sorgen zu machen, wie ich in den nächsten Monaten die Miete für meine kleine Zwei-Zimmer-Wohnung zahlen sollte. Meine Ersparnisse waren bald aufgebraucht und in den letzten Wochen war gar nichts mehr hereingekommen.

»Josephine! Ich habe ein tolles Angebot, du wirst begeistert sein. Eine ganz große Sache!« Sabines Stimme überschlug sich fast vor Begeisterung.

Na bitte, geht doch, dachte ich und ging in Gedanken alles Mögliche durch. Mailand, Paris. Eine große Werbekampagne für ein tolles Label. »Und, was ist es genau? Eine Show?« Ich versuchte, nicht zu aufgeregt zu klingen.

»Ein Shooting! Ein Megashooting. Eine Strecke, könnte man sagen, und was für eine.«

»Toll.« Nun wurde meine Stimme doch aufgeregt. Das hörte sich wirklich nach dem an, was ich mir so sehnlichst erhoffte. »Und was genau für ein Shooting?«

»Klamotten.«

»Das dachte ich mir. Wer ist der Designer?« Meine Begeisterung schlug langsam um in Argwohn. Warum ließ sie sich alles aus der Nase ziehen?

»Glockner.«

»Glockner? Kenn ich nicht. Ist das ein Newcomer?«

»Nein.« Sie lachte überdreht. »Glockner ist kein Designer. Das ist ein Haus. Alles aus einer Hand.«

Etwas dämmerte. Ich kannte den Namen doch und den Slogan auch.

»Sabine, du meinst hoffentlich nicht den Katalog?«

»Versandhandel. Doch, genau die. Super, was? Die wollen dich.«

Super? Na, da war ich mir nicht so sicher. Ich kannte den Katalog, der lag früher immer bei meiner Oma. Ein Wälzer, dicker als das Telefonbuch war das, mit hauchdünnem Papier. Im vorderen Teil Klamotten und Schuhe, dann Haushaltswaren. Möbel. Und ganz hinten kamen die Seiten, die mich immer fasziniert hatten. Schräge Sachen, die ich als Kind begierig ansah, weil ich so etwas noch nie gesehen hatte, nicht gewusst, dass es so was gab. Seltsame medizinische Dinge, deren Sinn sich mir nie erschlossen hatte, verrückte Hilfsmittelchen, mit denen man sich das Leben erleichtern könne, und einen Teil mit für mich seltsamer Unterwäsche, die mehr zeigte als verbarg und Öffnungen hatte, wo ich sie nie erwartete. Pillen, um mehr »Freude« zu haben, und ein paar Sachen, bei denen es nur eine Beschreibung gab und als Bild einfach nur ein Geschenk. Ein Karton, rot, glänzend, mit einer gewaltigen Schleife und im Produkttext dann die nackten Fakten. Ich bekam nie ganz heraus, was es damit auf sich hatte, weil Omi mich dabei überraschte, wie ich mir diese Seiten ansah. Ich verstand ihre Aufregung nicht, spürte aber, dass das wieder so eine Erwachsenensache war und damit plötzlich sehr reizvoll. Allerdings kam ich nie dahinter, denn von diesem Tag an war Omis erste Handlung, wenn der neue Glockner-Wälzer eintraf, besagte Seiten fein säuberlich herauszutrennen und zu verbrennen.

Was ich aber noch wusste, war, dass das gesamte Sortiment eher bieder war, die Klamotten truschig, die Zielgruppe, nun ja, hauptsächlich Omi.

»Gibt es das überhaupt noch? Kataloge?« Ich musste

Zeit gewinnen, um meine Enttäuschung zu verdauen.

»Nicht mehr wie früher. Das ist jetzt alles moderner. Läuft hauptsächlich über das Internet.«

»Aber was wollen die von mir? Glockner ist doch eher, hm, traditionell? Wie passe ich denn da rein?«

»Das ist ja das Tolle. Die wollen junge Kunden erreichen und haben eine eigene Linie produzieren lassen, Glockner junge Mode. Und die soll nun groß rauskommen, mit einem eigenen Gesicht, dem Glockner-Gesicht. Und da kamen die auf dich.«

»Glockner junge Mode? So soll das heißen? Das sagt doch schon alles.«

»Josephine, ich versteh dich nicht. Das ist ein großer Auftrag. Und der bringt regelmäßige Folgeaufträge. Nicht nur zweimal im Jahr zur neuen Saison, sondern auch zwischendurch. Sonderkollektionen. Wenn du das bekommst, hast du ein regelmäßiges Auskommen.«

»Und ich bin für immer das Gesicht von Glockner. Damit verschließe ich mir doch die Türen, durch die ich wirklich gehen will.«

»Josephine.« Sabines Stimme hatte definitiv an Schwung verloren und klang jetzt recht kühl. »Sehen wir den Tatsachen endlich mal ins Auge. Du bist nicht in der Position, um allzu wählerisch zu sein. Deine Auftragslage war doch eher, nun ja, bescheiden. Du bist ein hübsches Mädchen, aber davon gibt es massenhaft. Du hattest deine fünf Minuten Ruhm, aber das ist Geschichte. Und unter uns, du hast Angst, dass du dadurch in eine Schublade gesteckt wirst? Es tut mir leid, ich muss das jetzt mal sagen: Du hast eine drittklassige Show gewonnen, die kaum jemand gesehen hat. Du bist ein Casting Girl. Du bist bereits verbrannt und nun solltest du sehen, dass du das Beste herausholst.« Sie atmete tief ein.

»Ich wusste nicht, dass du das so siehst. Bisher klang das anders.« Es kostete mich einige Mühe, so gelassen zu antworten. Ihre Worte trafen mich bis ins Innerste, waren messescharf und präzise wie ein Chirurgenmesser.

»Es tut mir leid, aber es nützt nichts, das schönzureden. Der Auftrag bringt Geld, echtes Geld. Und er ist nicht schlecht. Das Beste, was ich dir bieten kann. Überlege es dir gut, Anfang nächsten Jahres läuft unser Vertrag aus und wenn du das hier sausen lässt ... Nun, ich weiß nicht, was ich dir dann anbieten kann. Nicht mehr diese Konditionen, das ist sicher.«

»Ich werde darüber nachdenken.« Ich musste jetzt vor allem dieses Gespräch beenden, ehe ich doch noch etwas sagte oder tat, was ich später bereute. Ich musste überlegen, wie ich weiter vorgehen wollte.

»Mach das. Ich habe gesagt, wir melden uns zeitnah. Und ich habe gesagt, dass du großes Interesse hast. Josephine«, nun wurde die Stimme wieder weicher. »Die haben auch noch eine andere im Auge. Eine von den Topmodels. Wir sollten nicht zu lange warten.«

»Ich melde mich.«

Sie seufzte theatralisch, dann legte sie auf. Und ich saß da und starrte auf mein Handy. Jetzt war ich also genau da, wo ich nie sein wollte.

Es war immer noch so, wie ich es in Erinnerung hatte. Langweilige Klamotten, langweilige Beschreibungen, langweilige Models. Hausfrauenmode an Hausfrauen, mit Werbetexten, die Hausfrauen verfasst haben könnten. Ich habe nichts gegen Hausfrauen, aber das war nicht ich. Das war nichts, was ich repräsentieren wollte. Ich hatte Designerkleider getragen, Modenschauen gemacht, mit kreativen Fotografen tolle Bilder geschossen. Und das war es, was ich tun wollte. Das oder nichts. Ich scrollte mich weiter durch die Seiten von Glockner online. Selbst die jetzt schon vorhandene junge Mode war einfach öde. Shirts mit Sprüchen, die niemand, den ich kannte, tragen würde. Schnitte, die seit Jahren gleich waren. Und Models, die nicht wie solche aussahen. Sabine hatte recht, das wäre eine Möglichkeit, um Geld zu verdienen und um relativ sicher zu sein, überleben zu können. Aber nicht für mich. Ich wollte es richtig oder gar nicht. Nachdenklich sah ich hinüber zum Regal, in dem meine Unterlagen von der Uni waren. Ich hatte das Studium fast fertig. Ich musste nur noch diese Bachelorarbeit schreiben. Ich hatte sogar schon ein Thema und erste Stichpunkte dazu. Und es hatte mir großen Spaß gemacht, ehe ich unversehens in diese Geschichte mit dem Modeln gerutscht war und plötzlich ganz andere Träume hatte. Vielleicht sollte ich mich wieder darauf konzentrieren. Ich konnte mich spezialisieren, den Master dranhängen. Ich konnte auch in diesem Job etwas erreichen und gutes Geld verdienen. Denn so wie es heute aussah, war meine Zeit bei Zhara-Models Vergangenheit. Ich würde nicht verlängern, nicht nachdem ich wusste, wie Sabine mich sah, und in dem Wissen, dass sie gar keine Anstalten unternehmen würde, um mir zu helfen. Entschlossen holte ich die Unterlagen für meine Arbeit heraus. Es konnte nicht schaden, wenn ich mich schon mal wieder ein wenig einlas in die Materie.

Kapitel 4

Es war überraschend schwierig, sich wieder mit dem Gedanken vertraut zu machen, eine einfache Studentin zu sein. Ich sagte mir, dass dieses Model-Ding doch eigentlich nie meine Idee gewesen war, und dennoch schmerzte es mich. Auch wenn es kein Kleinmädchentraum gewesen war, hatte ich es vom ersten Augenblick an geliebt. Und auch, um ehrlich zu sein, das ganze Drumherum. Ich mochte es, im Mittelpunkt zu stehen, und ich mochte es, mich vor der Kamera zu bewegen, auf dem Laufsteg bewundert zu werden. Ich bin ehrlich, es war eine tolle Sache, und Scheitern war ein schwerer Schlag. Vielleicht musste ich das anders angehen? Es als Chance sehen, dass mein Vertrag bei Sabine auslief? Mich um eine andere Agentur kümmern, es noch einmal probieren? Es war noch nie meine Art gewesen, hinter romantischen Wunschvorstellungen herzulaufen, aber auch nicht, gleich die Flinte ins Korn zu werfen. Ich nahm Herausforderungen an und ich ging das Leben sachlich an. Meine Freundinnen hatten immer gesagt, ich sei zu verkopft, zu diszipliniert, zu straight, zu kontrolliert. Vielleicht stimmte das sogar. Ich war keines der Mädchen, die von der großen Liebe träumten, für die man alles aufgab. Ich wartete nicht auf den Prinzen, der mein Leben mit Rosen überschwemmte. Und ich neigte nicht dazu, schon im Voraus zu fürchten, etwas nicht zu schaffen. Vielleicht war ich manchmal tatsächlich ein wenig hart, besonders mir selbst gegenüber, wenn es um das Ergebnis ging, aber so war ich nun mal und so hatte ich bisher mein Leben geführt. Ich hatte wenig Freunde, das stimmte, und ich war im Moment Single, weil es schlicht keinen Platz gab für einen Kerl. Ich musste meine Energie darauf lenken, mir etwas aufzubauen. Und ganz ehrlich, wer hätte denn in meiner Situation anders gehandelt? Wer wäre nicht geschmeichelt gewesen, wenn aus dem Nichts ein Fremder kam und sagte, dass man etwas Besonderes war, das gewisse Etwas hatte und damit groß rauskommen könnte? Wer wäre nicht erfreut gewesen, wenn er Woche für Woche von Fotografen und Designern Lob bekommen hätte für seine Arbeit? Wer hätte da nicht angefangen zu träumen? Und wer würde diese Träume nun einfach begraben, ohne um sie zu kämpfen? Nein, ich machte mir etwas vor, ich konnte nicht einfach zurück in den Hörsaal. Nicht, wenn ich nicht jede Möglichkeit ausgeschöpft hatte.

»So ist es eben. Mach das Beste draus. Beende dein Studium und such dir einen soliden Job. Du kannst doch diese Katalogsache nebenher machen, dann musst du nicht mehr kellnern«, hatte Manu gesagt, meine beste (und ehrlich gesagt einzige) Freundin. Sie war immer noch verschnupft, weil sie damals ebenfalls gecastet wurde und es nicht mal in die Vorrunde schaffte. Und das, wo sie nach eigener Meinung die bessere Figur und das ebenmäßigere Gesicht hatte.

»Könnte ich«, hatte ich gesagt, nur um sie nicht noch mehr gegen mich aufzubringen. Obwohl ich wusste, dass es dumm war, denn eine Freundin, die dir den Erfolg neidet, ist keine Freundin. Aber sie war seit Kindesbeinen an meiner Seite und ich wollte sie nicht so einfach verlieren. Und ich konnte sie verstehen. Es war auch nicht leicht, zuzusehen, wie andere deinen Traum leben. Für sie war es kein neuer Traum, sie hatte lange darauf gehofft und war sogar schon bei einigen Castings gewesen, um in eine der einschlägigen Shows zu kommen. Und jedes Mal sagte man ihr, dass sie ein hübsches Mädchen sei und alles, aber eben nicht das Zeug mitbrachte, um als Model zu arbeiten. Und dann nahmen die mich, einfach so, und ich gewann, einfach so. Unserer Freundschaft hatte das nicht gutgetan. Aber Manu hatte versucht darüber hinwegzusehen und ich würde das auch tun.

Und dann, als ich gerade die dritte nichtssagende Ablehnung einer meiner Wunschagenturen aus dem Briefkasten gefischt hatte, kam ein Anruf.

»Maxim Paulsen, hallo, Josephine. Erinnern Sie sich an mich?«

»Hallo.« Ich war gelinde gesagt überrascht. »Ja, ich erinnere mich.«

»Schön. Wie geht es Ihnen?«

»Danke, gut.«

»Josephine, ich komme gleich zum Punkt. Ich würde mich gerne mit Ihnen treffen. Ich hätte da ein Angebot, das Sie vielleicht interessieren könnte.«

»Okay.« Irgendetwas war seltsam in seiner Stimme und ich hielt meine Begeisterung ein wenig zurück.

»Schön. Wie wäre es nächste Woche, Montag?«

»Das wäre möglich.« Genauso wie am Dienstag, Mittwoch oder Donnerstag. Mein Terminkalender war Brachland.

»Bestens. Da gibt es noch etwas ... Josephine, ich werde Ihnen einen Vertrag zukommen lassen.«

»Einen Vertrag?«

»Einen Gesprächsvertrag. Das Angebot, über das ich mit Ihnen reden möchte, ist ein wenig prekär, unter uns. Ich kann und werde es Ihnen nur unterbreiten, wenn Sie vorab eine Stillschweig-Erklärung unterzeichnen.«

»Was?«

»Keine Angst«, er lachte. »Es geht wirklich um ein seriöses Angebot, allerdings gebe ich zu, dass es ein wenig außergewöhnlich ist. Und mein Mandant, den ich in dieser Sache vertrete, möchte einfach sicherstellen, dass Sie im Falle einer Ablehnung über die Sache an sich schweigen.«

Ich konnte es nicht ändern, aber meine Haut begann zu prickeln. Das hörte sich genau nach einer Sache an, die mein Ding sein könnte.

»Wird er bei diesem Treffen dabei sein?«

»Nein, nur Sie und ich. Am liebsten wäre es mir, wenn ich zu Ihnen kommen könnte. Keine fremden Ohren, Sie verstehen? Wenn Sie das allerdings nicht wollen ...«

»Ich bin mir nicht ganz sicher. Ich meine, ein geheimes Treffen, und ich unterschreibe im Voraus, nicht darüber zu reden, nun, das hört sich doch ein wenig suspekt an, oder?«

»Ich weiß. Ich kann Sie nur bitten, mir zu vertrauen. Wir wollen lediglich verhindern, dass die Presse oder die Öffentlichkeit etwas mitbekommt. Oder dass jemand Profit daraus schlägt.«

»Ich zum Beispiel, falls mir Ihr Angebot nicht zusagt?«

»Zum Beispiel.«

Das hörte sich ja immer geheimnisvoller an. Und aufregend. Es musste eine große Sache sein, wenn im Vorfeld schon so viel Wirbel gemacht wurde. Und eine große Sache, das war genau das, was ich brauchte.

»Aber es ist ein Job, oder? Ein Job als Model?« Besser wäre es, in dieser Hinsicht sicherzugehen. Nicht dass der mir da ein unmoralisches Angebot unterbreiten wollte. Vielleicht war das seine Masche, sich an Frauen heranzumachen. Seine sichere, seltsame Streber-Masche.

»Ja, es geht um Sie als Model. Und darum, mit einer, nun

ja, Marke zusammenzuarbeiten. Mehr kann ich im Moment nicht sagen.«

»Gut. Ich werde mir diesen Vertrag ansehen und, wenn es passt, auch unterschreiben. Und dann?«

»Sie senden ihn mir umgehend zurück und ich kann alles Weitere vorbereiten. Und am Montag erfahren Sie mehr.«

Und so hatten wir es gemacht. Ich hatte mir die Papiere angesehen und versucht, alles zu verstehen. Soweit ich das kapierte, ging es im Wesentlichen wirklich nur darum, dass ich mich verpflichtete, über den Inhalt des Gespräches Stillschweigen zu wahren. »Die Unterzeichnende verpflichtet sich, über alles, was gesprochen wird, Stillschweigen zu bewahren« stand da. Meine Neugier war geweckt. Das war aufregend, versprach ein Abenteuer und ich war nur zu gewillt, eines zu erleben. Und vor allem versprach es Geld und auch Aufsehen. Denn egal was für ein Job es war, welche Firma dahintersteckte, wenn schon im Vorfeld so ein Aufriss unternommen wurde, dann war das ganz sicher ein großer Name. Keine Katalogaufnahmen, sondern das, worauf ich so verzweifelt hoffte. Ein ganz großer Deal, der endlich meinen Durchbruch bedeuten konnte.

Kapitel 5

»Schön, dass es geklappt hat.« Maxim Paulsen sah genauso aus, wie ich ihn in Erinnerung hatte. Auch heute trug er einen Anzug, das Haar war sorgsam gegelt und die Augen hinter der Brille blickten arglos.

»Kommen Sie herein.« Ich hatte mich entschlossen, seiner Bitte nachzukommen und das Treffen hier abzuhalten. Ich meine, im Ernst, so sah niemand aus, der etwas Schlechtes im Schilde führte. Und außerdem waren meine Wände dünn und die Nachbarn neugierig – ein Schrei würde reichen, um sie aufhorchen zu lassen.

Mein Besucher schritt mir voraus ins Wohnzimmer und blieb vor dem großformatigen Foto stehen, das hier hing. Es war eines von denen, die während der Castingshow entstanden waren, und ich fand es einfach unglaublich cool.

»Das ist ein tolles Bild.«

»Danke.« Ich nahm Platz und wartete, was kommen würde.

»Ich danke Ihnen, dass Sie diesem Treffen zugestimmt haben, mit all seinen Bedingungen.« Er lächelte und schob sich seine Brille zurecht.

»Ich bin gespannt, was Sie mir anbieten werden.«

»Es tut mir leid, dass ich so geheimnisvoll war, aber ich habe ja schon angedeutet, dass es ein wenig prekär ist.«

»Das haben Sie. Und nun wäre ich dankbar zu erfahren, was es ist. Lassen Sie es raus, damit ich endlich weiß, ob ich amüsiert oder schockiert sein soll.« Ich hatte mir vorgenommen, ihn meine Aufregung nicht spüren zu lassen.

Er lachte auf. »Das werde ich. Ich glaube, dass Sie die Richtige sind. Ihre Einstellung gefällt mir. Vielleicht sind Sie beides, oder nichts. Was ich Ihnen anbieten will, anbieten darf, ist im weitesten Sinne ein recht beachtliches Werbeangebot.«

»Ein Werbeangebot? Sagten Sie nicht, dass Sie Menschen managen? Ich soll für einen Menschen Werbung machen?«

»Nun, so könnte man es sehen. Aber es wird auch Werbung für Sie sein und wenn ich mich nicht ganz irre, Ihrer Karriere einen gewaltigen Schwung verleihen.«

»Den ich durchaus brauchen könnte. Bitte, machen Sie es kurz. Was wollen Sie von mir?«

»Ich möchte Ihnen einen Deal anbieten.« Er nahm mir gegenüber Platz und seine Augen blickten mich aufmerksam an. »Wir wollen im Endeffekt, dass Sie ein Produkt in das rechte Licht setzen, ihm Glaubwürdigkeit verleihen und seinen Wert steigern.«

»Wir? Ihr Kunde und Sie?«

»Ja.«

»Und das Produkt ist was?«

»Mein Auftraggeber.«

Einen Moment war es ganz still.

»Sie wollen, dass ich Ihren Auftraggeber bewerbe und in ein gutes Licht setze? Wer ist es?«

»Ein Sportler. Ein Spitzensportler, der dringend ein wenig gute Publicity braucht.«

Wieder trat Stille ein. Ich weiß nicht, womit ich gerechnet hatte, mit vielem, aber nicht damit.

»Und wie genau stellen Sie sich das vor? Ich meine, wenn ich mich hinstelle und sage, Person xy ist ein toller Sportler, das interessiert doch niemanden.«

»Wir haben einen sorgsam ausgearbeiteten Plan. Ihre Aufgabe wäre es, Zeit mit der Person zu verbringen, sich mit ihm zu zeigen, fotografieren zu lassen.«

»Und was soll das bringen? Machen wir uns nichts vor, ich bin nicht bekannt genug, um da irgendetwas auszulösen.«

»Das müssen Sie auch gar nicht. Für die nötige Aufmerksamkeit wird mein Auftraggeber sorgen. Es ist Folgendes«, er rückte noch einmal seine Brille zurecht und verschränkte seine Hände über der Mappe, in der er offensichtlich seinen Plan hatte. Auf einmal sah er nicht mehr wie ein Streber aus, sondern wie ein ernstzunehmender Geschäftsmann, der einen Deal plante und vorhatte, ihn auch durchzuziehen.

»Mein Klient ist ein sehr bekannter Fußballspieler. Ein großes Talent, mit allen Eigenschaften, die man braucht, um ganz oben zu sein. Er spielte in der ersten Liga und er war schon mehrfach auf der Beobachtungsliste für die Nationalmannschaft. Im Moment ist er im Ausland und wir wollen einen neuen Vertrag aushandeln, einen echten Jahrhundertvertrag. Allerdings«, er seufzte nicht, aber es war klar, dass er es gerne getan hätte, »allerdings haben sich die Dinge in letzter Zeit ungünstig entwickelt.«

Ich hörte schweigend zu. Wo ich ins Spiel kommen sollte, war mir immer noch absolut unklar, aber ich war sehr gespannt. Das alles klang einfach zu abgefahren hier in meinem kleinen Wohn-Esszimmer.

»Mein ... er hat es in letzter Zeit ein wenig übertrieben. Frauen, schnelle Autos, ein paar Partys, auf denen man sich besser nicht fotografieren lässt. Ein paar dumme Sprüche und zu viele Spiele, in denen er seine Leistung nicht abrufen konnte. Der Zusammenhang war schnell hergestellt, sein Lebenswandel ist in den Fokus geraten. Zu Recht, wie ich ihm sagen musste, denn als Leistungssportler muss man diszipliniert sein und sollte vor wichtigen Spielen nicht bis spät in die Nacht Party machen. Sein Trainer hat jetzt die Nase voll und ihn auf die Bank verbannt. Und neue Vereine zögern plötzlich, ihn unter Vertrag zu nehmen.«

Ich wusste immer noch nicht, wo der Bezug zu mir sein sollte, und das sah man mir wohl an.

»Mein Klient ist auf dem Höhepunkt seiner Leistungsfähigkeit und der Zeitpunkt ist äußerst ungünstig, um auf der Bank zu sitzen. Was wir brauchen, ist ein neues Image, ein sauberes, ruhiges Leben. Er muss etwas ändern und er ist gewillt, das zu tun.«

»Das klingt, als bräuchte er eine Nanny, nicht mich.« Ich lachte unsicher. Was ich bisher gehört hatte, war einfach zu verrückt, um irgendeinen Sinn zu ergeben.

»Was er braucht, ist eine Freundin. Einen Menschen, der seinem Leben Halt gibt und ihn seriöser macht. Ein deutliches Zeichen, dass er den Partys abgeschworen hat und den ganzen Affären, die ihn vom Eigentlichen ablenken.«

»Eine ... Freundin? Sie sitzen hier und suchen eine Freundin für ihn?«

»Ich will ganz offen sein. Er ist nicht dumm. Er weiß, dass er Fehler gemacht hat und dass er sich ändern muss. Er weiß auch, dass das nicht so einfach ist, wenn man einmal diesen Ruf hat. Und er hat kein Interesse an einer festen Partnerschaft, nicht zu diesem Zeitpunkt. Was er braucht, ist ...«

»Eine Frau, die so tut, als wäre sie seine Freundin.« Ich lehnte mich zurück. Das war etwas, das ich erst einmal verarbeiten musste.

»Ja, kurz gesagt ist es das, was wir suchen.«

»Und weshalb gerade ich?«

»Aus einer ganzen Reihe von Gründen. Ich arbeite am

liebsten mit Profis und ich glaube, dass Sie sehr diszipliniert und zuverlässig sind, was Jobs angeht. Sie sind zudem jung, schön, intelligent und passen in sein Raster. Sie haben bereits in die Welt der Medien hineingeschnuppert, Ihr Name ist nicht ganz unbekannt. Sie haben eine Ahnung, auf was Sie sich einlassen würden. Sie gelten in der Öffentlichkeit als sympathisch, offen, unkompliziert und ehrlich. Sie würden zusammen ein schönes Paar abgeben und ich denke, dass die Chemie stimmen würde. Sie haben es geschafft, mich zu beeindrucken.« Ein leichtes Schulterzucken begleitete diese Worte. »Von allen Kandidatinnen waren Sie am überzeugendsten und auch professionellsten, wenn ich so sagen darf.«

Ich dachte kurz an Maja Folk, an ihre Flirtoffensive. Diesen Mann sollte ich besser nie unterschätzen.

»Und«, er lächelte leicht verlegen, »Sie sind nicht so bekannt, dass ein derartiges Angebot Sie nicht locken könnte.«

»Immerhin sind Sie ehrlich. Was genau wäre meine Aufgabe?«

»Wir wollen Ihre Zeit. Sie sollen ihm den Anstrich verleihen, ruhig geworden zu sein. Die großen Vereine schätzen es, wenn sich ihre Spieler früh binden, denn das ist in der Regel ein Garant, dass sie dem Partyleben abgeschworen haben. Zeit zu zweit, gemeinsame Auftritte, geruhsame Momente. Bilder, die das zeigen. Das wollen wir.«

»Bilder, auf denen wir so tun, als wären wir ein Paar.«

»Sehen Sie es als Job, da machen Sie das doch auch.«

»Aber nur für den Moment, in dem die Kamera klickt. Öffentliche Auftritte, das wäre eine ganz andere Sache.«

»Da gebe ich Ihnen recht. Ich habe irgendwo gelesen, dass Sie sich auch vorstellen könnten, Filme zu drehen. Wo könnten Sie das besser üben?«

Ich konnte nicht anders, ich musste lachen. »Sie haben sich gut vorbereitet.«

»Das ist mein Job. Josephine, was ich, was wir Ihnen hier anbieten, ist eine ganz klare Win-win-Situation. Sie würden davon nur profitieren. Ich muss Ihnen nicht sagen, was es für Ihre Karriere bedeuten könnte, wenn Sie unser Angebot annehmen. Sie wären wieder im Gespräch, in den Medien. Sie würden für viele potenzielle Kunden sehr interessant werden. Und ganz nebenbei würde man Sie gut bezahlen.«

»Wer ist es? Wer muss sich eine Freundin kaufen?« Ich versuchte, in Gedanken die Fußballer durchzugehen, die mir einfielen. Viele waren es nicht, ich interessierte mich nicht wirklich dafür. Zwei, drei kamen mir in den Sinn, aber die hatten es nicht nötig, sich eine Frau zu kaufen. Echte Sahneschnittchen, denen man gerne zusah, egal wie das Spiel lief. Aber wahrscheinlich ging es hier um einen weniger attraktiven Zeitgenossen.

»Sie erinnern sich, dass diese Informationen unter uns bleiben, ganz egal, wie Sie sich entscheiden?«

»Ja.« Ich wedelte ungeduldig mit der Hand. Das hier war wie in einem Krimi und ich wollte unbedingt das nächste Kapitel aufschlagen.

»Es ist Leon Sandmann.«

Kapitel 6

An meinem Pokerface musste ich unbedingt noch arbeiten. Maxim Paulsen lächelte zufrieden, während er zusah, wie ich diese Information verarbeitete.

Leon Sandmann war in der Tat ein bekannter Spieler. Und er war ganz unbestritten ein echter Leckerbissen, so rein optisch. Er hatte etwas, wenn er irgendwo zu Interviews war, das ihn nicht nur nett aussehen ließ, sondern auch ein Kribbeln im Bauch weckte, selbst wenn man gar nicht auf ihn stand. Er hatte Ausstrahlung, einen nicht ganz ungefährlichen Charme und immer dieses Zwinkern in den Augen. Und ich hatte ihn noch nie persönlich erlebt, diese Wirkung hatte er einfach schon dann auf mich, wenn ich ihn im Fernsehen sah. Um das klarzustellen, ich war nicht in ihn verliebt oder so und ich dachte nicht eine Sekunde darüber nach, ob aus dieser Sache etwas ganz anderes werden könnte, weil das das Letzte war, was ich anstrebte. Aber selbst ich konnte mich dieser Präsenz nicht ganz entziehen und musste zugeben, dass, wenn ich anders wäre, er mir gefallen könnte. Und nun sollte ich ihn nicht bloß kennenlernen, sondern so tun, als wäre ich seine Freundin. Konnte ich das? Vielleicht. Wollte ich das? Ja, schrie die Seite in mir, die sich nach einem aufregenden Leben sehnte, und wie du das willst. Stell es dir doch vor, du gehst mit ihm zu einem Event, du schlenderst Hand in Hand fotogen mit ihm durch irgendeine Metropole und die Kameras klicken und klicken. Welche Stadt war das? Ich wusste nicht, wo er spielte. Im Ausland, hatte Maxim gesagt. Eigentlich war es egal, denn ein Gedanke brannte plötzlich ganz hell in meinem Kopf: Ich wäre definitiv sehr viel interessanter für die Branche mit einem echten Star an meiner Seite. Eine Win-win-Situation, ganz sicher. Ich holte tief Luft und konzentrierte mich.

»Was genau müsste ich tun? Wie soll das funktionieren?«

»Sie zeigen sich regelmäßig mit ihm, besuchen seine Spiele, was eine Freundin eben macht.«

»Was eine Freundin eben macht?«

»Das Ganze wird vertraglich geregelt. Sie würden keine echte Beziehung führen. Wenn Sie gemeinsam Urlaub machen oder ein Wochenende verbringen, werden Sie als Paar auftreten, aber in getrennten Betten schlafen. Sie verpflichten sich jedoch, in der Öffentlichkeit das Bild aufrechtzuerhalten, was bedeutet, dass Sie Zärtlichkeiten austauschen.«

Ich musste grinsen. Jetzt sah er wieder aus wie ein Streber. Er sorgte jedoch dafür, dass es mir aus dem Gesicht gewischt wurde.

»Es gibt eine ganz genaue Auflistung, was Sie bereit sind zu tun und was nicht. Leon hat die Liste abgenickt, Sie müssen es sich ansehen. Das meiste, das sage ich lieber direkt, ist allerdings nicht verhandelbar.«

Okay, doch kein Streber. Himmel, die hatten eine Liste gemacht, auf der stand, was wir tun würden und was nicht? Ich spürte, wie aus dem Kribbeln ein Rumoren wurde.

»Kann ich das mal sehen?«

»Natürlich, Sie können den ganzen Plan sehen. Ich muss Ihnen nicht sagen, dass diese Papiere …«

»Ja, schon gut. Ich habe das verstanden. Aber ich sollte doch wissen, worauf ich mich einlasse oder auch nicht.«

Wieder grinste mein Besucher und ich wusste, dass er wusste, dass er mich ziemlich sicher am Haken hatte. Das war genau diese Art Dinge, die man nicht tun sollte und die mich magisch anzogen.

»Wenn ich vorher einen ungefähren Abriss geben darf ... Der Plan sieht vor, dass Sie sich in zehn Tagen auf der Sportlergala zugunsten krebskranker Kinder kennenlernen.«

»Ähem. Zu der habe ich keine Einladung.«

»Sie werden eine haben, keine Sorge.« Er wischte lässig mit der Hand.

»Wir beide haben uns letztens kennengelernt und ich stelle Sie einander vor. Sie sind sofort voneinander angetan, werden den Abend zusammen verbringen und die Party gemeinsam verlassen. Dann werden Sie ein paar Tage später seine Einladung nach Paris annehmen ...«

»Paris? Er spielt in Paris?«

»Habe ich das nicht erwähnt? Mit dem Flugzeug ist das kein Problem, selbst mit dem Zug ist man recht schnell vor Ort. Also, Sie werden sich dort treffen ...«

»In der Stadt der Mode.« Ich seufzte. Ich hatte eine Schwäche für Paris und obwohl ich noch nie dort gewesen war, würde ich sofort dorthin ziehen, wenn ich es mir leisten könnte.

»Sie werden sich dort treffen und essen gehen. Sie werden durch die Stadt schlendern, ein paar Bilder machen und zusehen, dass man Sie entdeckt und fotografiert. Sie verbringen ein Wochenende zusammen, zeigen sich glücklich, laden erste Bilder ins Internet. Ein paar Tage später werden Sie wieder nach Paris reisen. Sie werden ein Spiel besuchen und jubeln, wenn Leon aufläuft.«

»Und wenn er wieder auf der Bank sitzt?«

Maxim runzelte die Stirn. »Dann wird der französische Presseball stattfinden und Sie werden zum ersten Mal als seine offizielle Begleitung auftreten. Auch auf den weiteren Veranstaltungen werden Sie gemeinsam erscheinen. Sie werden Bilder posten, die keinen Zweifel lassen, dass Sie sich gut verstehen.«

»Und was genau sollen das für Bilder sein?«

Maxim hob eine Augenbraue. »Wir wollen ein seriöses Image aufbauen. Ein Blick, eine zärtliche Geste, die richtige Grundstimmung eben.«

»Ich verstehe.«

»Sie werden einen ausgearbeiteten Plan bekommen. Über Weihnachten werden Sie einen romantischen Kurzurlaub verbringen. Im Frühjahr werden Sie nach Paris übersiedeln.«

»Paris? Ich?«

»Ist das ein Problem?«

»Ähm …« Es war vor allem eine Überraschung. Ich meine, Paris! Meine Wunschstadt, die Stadt, in der ich karrieretechnisch so richtig durchstarten könnte.

»Sie werden mit Leon zusammenziehen.«

»Eine WG?«

»Inoffiziell. Nach außen hin werden Sie mit ihm ein Liebesnest beziehen.« Er rückte seine Brille zurecht.

»Und dann?«

»Der Vertrag läuft erst einmal bis Ende Juli. Dann sind auch die Verhandlungen durch, ein späterer Transfer wäre sehr unwahrscheinlich. Für den Fall, dass es dennoch danach aussieht, gibt es eine Verlängerungsklausel. Aber ich denke, bis in den Sommer sollten wir unser Ziel erreicht haben.«

»Die Imageverbesserung.«

»Ja.«

Etwas an der Art, wie er das sagte, ließ mich aufhorchen. »Und was noch?«

»Sonst nichts.«

»Hören Sie zu. Wenn, und ich sage wenn, ich da mitmache, erwarte ich, dass Sie ehrlich mit mir sind. Was noch?«

»Nun, ich hoffe, dass wir nicht nur sein Image verbessern, sondern ihn tatsächlich ein wenig zur Ruhe bringen. Das alles nützt wenig, wenn er nicht seinen Lebensstil ändert.«

Ich dachte über diese Worte nach. Maxim Paulsen schien seinen Auftraggeber wirklich zu mögen und war ernsthaft daran interessiert, ihm zu helfen. Das berührte mich irgendwie.

»Und Sie denken, dass ich das einfach so hinbekomme? Soll ich ihn überwachen, wegzerren von Partys, abends wie ein Kind ins Bett schicken?«

»Ich glaube, Sie werden einen Weg finden, sonst wäre ich nicht hier. Und er geht mit diesem Vertrag ebenfalls Verpflichtungen ein, an die er sich halten muss.«

Einen Moment sah ich nachdenklich auf seine Hände, die immer noch auf der Mappe lagen. »Ich werde darüber nachdenken.«

»Tun Sie das. Das monatliche Honorar für Ihre Bemühungen ...«, er öffnete den Ordner, blätterte in seinen Unterlagen und legte eine dicht beschriebene Seite vor mich, »finden Sie hier.«

Ich sah hin und erstarrte. Und seufzte. Wenn das sein Ernst war, dann wäre ich blöd, diesen Auftrag abzulehnen. Und genau das war es. Ein Auftrag. Werbung für eine Marke. Mit wiederkehrenden Fototerminen. Und einem Gehalt, von dem ich bisher nur geträumt hatte. Wahrscheinlich war die Summe für ihn nur ein Klacks, aber für mich war es wirklich viel Geld.

»Ich sehe, Sie sind interessiert. Überlegen Sie es sich, aber lassen Sie sich nicht allzu lange Zeit. Der erste Termin ist in wenigen Tagen und wenn Sie den Job nicht wollen, wird eine andere ihn nur zu gerne übernehmen.« Er stand auf. »Ich darf Ihre Antwort spätestens in drei Tagen erwarten, richtig?«

Kapitel 7

Aufgeregt war eine Untertreibung für meinen momentanen Zustand. Ich war ein Wrack, schon in dem Moment, in dem ich das Kleid angezogen hatte, und es wurde auch nicht besser, als der Shuttle-Service mich abholte.

Es ist ein Job, sagte ich mir nicht zum ersten Mal. Es ist ein Job, und zwar einer, der dich richtig weiterbringen wird. Das war es, weshalb ich zugesagt hatte. Ich meine, es klang wie einer, es fühlte sich an wie einer, und unter uns, ich wäre dämlich gewesen, ihn abzulehnen.

Der Vertrag, den Maxim mir dagelassen hatte, ließ keinen Zweifel daran. Er war nicht nur perfekt ausgearbeitet, er war streberhaft perfekt. Alles, aber wirklich alles schien darin bedacht worden zu sein. Wie oft wir uns treffen sollten. Wie viele öffentliche Auftritte ich zu absolvieren hatte. Was ich zu tun hatte und was nicht. Keine anderen Beziehungen in dieser Zeit. Nun, das war kein Problem, ich hatte keine und wollte keine. Beziehungen konnten warten, meine Karriere nicht. Und überhaupt fand ich diese ganze Sache mit der großen Liebe ein wenig überbewertet. Meine eigenen Erfahrungen in dieser Sache waren eher ernüchternd. Diese Sache mit den Schmetterlingen im Bauch, das war doch eine einzige Hollywood-Lüge. Und mit meiner neuen Erfahrung, diesem Vertrag, der dem beiderseitigen Karrierepush diente, sah ich das noch nüchterner. Was war denn die große Liebe und was ein Geschäft? Wie viele dieser Power-Couples waren echte Liebende und wie viele taten sich zusammen, weil es ein cleverer Schachzug war? Nein, dass mir die Liebe einen Strich durch die Rechnung machte, davor hatte ich recht wenig

Angst. Dieser Leon schien da mehr gefährdet, nicht wegen der Liebe, sondern wegen der Triebe. Ich hatte ein wenig recherchiert und sein Manager hatte nicht übertrieben. Leon war definitiv kein Kind von Traurigkeit und genoss die Gesellschaft schöner Frauen ganz offensichtlich. Nun, auch das war kein Problem, denn es konnte mir egal sein, was er trieb und was nicht. Obwohl, der Fairness halber muss gesagt sein, dass er es laut Vertrag ebenfalls nicht durfte, also nebenbei etwas anderes laufen haben.

Was ich mit einiger Erheiterung gelesen hatte, war eine Liste, die so wahrscheinlich nur ein Anwalt oder eben Oberstreber Maxim Paulsen aufsetzen konnte. Es ging um die Auftritte in der Öffentlichkeit und was wir zu beachten hatten. Wir sollten als Paar auftreten, klar, und das ging ja nun nicht so ganz ohne Körperkontakt. Damit hatte ich auch kein Problem, wenn man ein Paarshooting hatte, war das ja genauso, und ich war immer mehr davon überzeugt, dass ich das Ganze als Job ansah und fertig. Also, da war diese Liste und da stand, dass Küssen zugelassen war, sogar erwünscht unter Umständen, aber keine Zungenspiele. Anfassen ja, allerdings nicht an den primären Geschlechtsorganen. Ernsthaft, genau so stand es da. Meine Brüste durften an den seitlichen Ansätzen berührt werden, nicht jedoch die Nippel. Und in der Tour ging es weiter. Händchenhalten war okay, aber keine Berührungen, die dazu führten, dass Körperteile in Mitleidenschaft gezogen wurden, die tabu waren. Ich musste grinsen, als ich daran dachte, wie Maxim diese Liste erstellt hatte. Und wie er sie umständlich formuliert hatte, einen Punkt nach dem anderen. Es klang wie aus einem Beziehungsratgeber des letzten Jahrhunderts und es festigte das Bild, das ich von ihm hatte.

Aber im Moment war es nicht Maxim Paulsen, der meine Nervosität verschuldete, sondern Leon Sandmann. Heute sollte ich den Herrn endlich kennenlernen. Ich fragte mich schon die ganze Zeit, wie der Typ wohl tickte. Ich meine, ich hatte natürlich in den letzten Tagen alles aus dem Internet über ihn gezogen, was mir in die Finger kam. Zeit genug hatte ich ja, denn noch immer war mein Terminkalender leer und Sabine verärgert, weil ich das Katalogshooting abgesagt hatte. Sie hatte mir klar zu verstehen gegeben, dass ich nun, da ich so »bockig und überheblich« wäre, auf keine Vertragsverlängerung zu hoffen brauchte. Ich nahm das Risiko in Kauf. Wenn alles nach Plan lief, dann wäre es sogar gut, nicht an eine kleine Agentur gekettet zu sein, die einfach nicht an die großen Jobs herankam. Wenn die wüsste, hatte ich gedacht. Sie hatte mir vorgeworfen, dass ich nicht bereit sei, wirklich für meinen Traum zu kämpfen. Nun, das, was ich hier tat, war ja wohl nichts anderes. Ich hatte mich auf einen völlig Fremden eingelassen. Einen Typ, der zwar gut aussah und charmant rüberkam, aber der doch irgendeinen gravierenden Makel haben musste. Warum sonst bezahlte der eine Frau, dass sie seine Freundin spielte? Warum unterschrieb er, ohne mich kennenzulernen, ohne ein einziges Gespräch? Dieser Kerl galt einerseits als extrem ehrgeizig und war erstaunlich reflektiert, wenn ihm ein Reporter direkt nach dem Spiel ein Mikrofon unter die Nase hielt. Andererseits hatte er in den letzten Monaten auch eine Menge richtig übler Schlagzeilen gehabt.

Der Beginn seiner Karriere war wie aus dem Bilderbuch gewesen. Rasanter Aufstieg, und schon bald war er der Star seiner Heimmannschaft gewesen. Er war schneller und spritziger als die meisten Stürmer und sehr torsicher und kopfballstark. Da das extra herausgehoben wurde, hatte ich es mir gemerkt, auch wenn ich so unbedarft, wie ich nun mal bin, immer dachte, jeder Stürmer sollte torsicher sein. Nach zwei Jahren hatte er seinen Verein verlassen und war zum damaligen Tabellenführer gewechselt. Und auch dort war er jeden Spieltag aufgelaufen und hatte seinen Ruf noch ausgebaut. Bis ihn eine langwierige Wadenverletzung auf die Bank zwang. Er arbeitete hart an seiner Rekonvaleszenz, aber in der Zwischenzeit hatte sein Mannschaftskollege die Chance genutzt und gezeigt, dass er ebenfalls ein guter Stürmer war. Und plötzlich war Leon nicht mehr der alleinige Star. Er brauchte länger als erwartet, um wieder in Topform zu kommen. Und ganz besonders bitter war, dass er es zu diesem Zeitpunkt endlich geschafft hatte, ins Visier des Bundestrainers zu rücken. Diese Verletzung kam zum ungünstigsten Zeitpunkt und zum ersten Mal lief alles anders, als es sollte. Und dann hatte er die Fußballwelt überrascht, indem er das Angebot aus Paris angenommen hatte, sich dorthin ausleihen zu lassen, bis der Vertrag mit seinem Club in zwei Jahren auslaufen sollte. Die Franzosen hatten schon länger Interesse bekundet und die Zeit schien günstig für einen Neustart.

Soweit kam ich mit seiner Vita noch klar. Was ich nicht verstand, war, wieso dieser Mann, der sein Leben lang zielstrebig und fokussiert seinen Weg gegangen war, plötzlich damit anfing, Party zu machen, zu prahlen und sich selbst im Weg zu stehen. Wieso dieser erfahrene Spieler und ehrgeizige Mann sich plötzlich total bescheuert verhielt und begann, seinen Frust nicht im Fitnessraum abzubauen, wie er es bisher immer getan hatte, sondern im Nachtleben. Das war seltsam und dumm und irgendwie geheimnisvoll. Und es machte ihn interessant, zumindest für mich.

Heute nun sollte ich ihm endlich begegnen und ich war total aufgeregt. Als ob ich Grund dazu hätte. Ich meine, wenn ich jetzt sein Mega-Groupie wäre und endlich die Chance meines Lebens hätte, ihn zu treffen und ihn innerhalb weniger Minuten davon überzeugen müsste, dass ich die Frau seines Lebens bin ... Aber das war ich nicht, weder Groupie noch das andere. Und ich hatte seine Unterschrift, dass er mich heute bemerken würde. Ich konnte das Ganze also völlig relaxed angehen. Der beste Job meines Lebens, der wichtigste Job meiner bisherigen Karriere, und ich hatte die absolute Gewinn-Garantie. Energisch rückte ich das zarte Spitzenkleid zurecht, überprüfte ein letztes Mal, dass der Ausschnitt genug zeigte, aber nichts herauspurzeln konnte, und stieg mit einem strahlenden Lächeln aus dem Wagen. Sofort begannen die Blitzlichter zu zucken. Okay, nicht so viele wie bei der letzten Person, die mit genügend zeitlichem Abstand vor mir hier über den roten Teppich gelaufen war. Aber sie war ja auch gerade erst mit einigem Edelmetall von den Olympischen Spielen zurückgekehrt und stand heute Abend auf der Liste der Anwärter für den Titel »Sportlerin des Jahres«. Und es war ja auch erst der Beginn. In ein paar Monaten, stellte ich mir vor, wäre das ganz anders. Hoch erhobenen Hauptes schritt ich den Weg hinauf, posierte kurz vor der zu diesem Zweck aufgestellten Werbetafel und machte mich auf den Weg. Hinein in mein neues Hochglanz-Leben.

Kapitel 8

»Darf ich bekannt machen?«

Der große Augenblick war endlich da. Ich hatte das Essen hinter mich gebracht und auch schon die langatmige Preisverleihung. Von meinem Tisch aus hatte ich zugesehen, wie die Trophäen verliehen wurden, und kam mir die ganze Zeit ein wenig vor wie ein Kind, das heimlich durch das Schlüsselloch späht, um ein paar Bilder der großen Party zu erhaschen. Das lag daran, dass ich natürlich einen Platz am hintersten Tisch hatte, mit lauter Menschen, die ähnlich unwichtig waren wie ich. Wir waren zwar eingeladen, aber nicht wirklich Teil der Feier. Wären die anderen ein wenig entspannter gewesen, hätten wir dennoch Spaß haben können, aber alle schienen nur darauf zu warten, dass eine Berühmtheit sie ansprach, sie bemerkte, und saßen steif aufgerichtet da, die Augen suchend auf der Menge, um ja keinen zufälligen Blickkontakt zu verpassen. Tatsächlich ließ auch ich immer wieder meinen Blick zu dem Tisch wandern, an dem Leon Sandmann saß. Was ich von hier aus sehen konnte, gefiel mir, das musste ich zugeben. Lässig in die Stirn fallende Haare in einem glänzenden Braun, das mich spontan an zart schmelzendes, sündiges Nougat erinnerte. Ich liebe Nougat, theoretisch. Praktisch hatte ich es seit gefühlt zehn Jahren nicht mehr gegessen. Aber allein der Anblick machte mich glücklich, dieser Schmelz und das Wissen, wie es im Mund zergehen würde und seine Süße mich überrannte … Nun ja, seine Haare waren schön, einigen wir uns darauf. Seine Augen konnte ich nicht richtig sehen, aber sie schienen zum Nougat-Haar zu passen. Eine gerade Nase, ein lächelnder Mund. Und ein energisches Kinn. Ein ganzer Kerl, dachte ich. Er trug einen schwarzen, schmal geschnittenen Anzug mit einem schwarzen Hemd. Die Krawatte hatte er mittlerweile abgelegt, die obersten beide Hemdknöpfe geöffnet. Er wirkte durch und durch selbstsicher und mit sich zufrieden.

»Das ist Josephine Bauer. Josephine, ich möchte Ihnen Leon Sandmann vorstellen.«

»Freut mich.« Ich lächelte strahlend. Maxim hatte mich vorher endlich angesprochen, ein wenig unverbindlichen Small Talk gemacht und mich überrascht, wie gut er schauspielern konnte. Jeder, der Zeuge dieser Szene geworden wäre, hätte geschworen, dass sich da einfach zwei Menschen trafen, die sich flüchtig kannten, und nicht zwei Verschwörer, die den Startschuss zu einem unglaublichen Plan gaben.

»Josephine, ernsthaft? Meine Oma hieß auch Josephine.« Leons Augen blitzten. Meine Ahnung hatte mich nicht getäuscht, seine Augen waren braun, aber sie schienen nicht wie Nougat schmelzen zu wollen. Sie blickten fast spöttisch. Verwirrt senkte ich meinen Blick ein wenig und blieb an seinem Kinn hängen. Energisch stimmte. Was ich vorher jedoch nicht gesehen hatte, war ein Grübchen, das ich sofort hasste. Grübchen waren etwas für Frauen und sie sollten niedlich sein und nicht so männlich wie bei ihm. Sie sollten mich nicht so anspringen und schreien: Sieh mich an. Ich bin ein Mann, und zwar einer, der dir gefallen könnte, wenn du auf der Suche wärst. Also wieder in seine Fast-Nougat-Augen blicken und mich darauf konzentrieren, was er sagte.

»Meine Oma hieß auch Josephine.«

»Oh.« Das war nun so gar nicht der Start, den ich erwartet hatte. In meiner Vorstellung war ich sehr viel lässiger gewesen. Und sehr viel weniger beeindruckt. Und deutlich spontaner. »Und ist das gut oder schlecht?«

»Nun, der Name passte zu ihr, sie war eine sehr würdige alte Dame.«

»Und ich bin weder alt noch würdig?«

»Nein, ganz sicher nicht.« Er lachte. »Sie hätte dein Kleid genauso gehasst, wie ich es liebe. Viel zu viel Haut für ihren Geschmack. Nun, da hätte ich ihr widersprechen müssen.« Er kam ein wenig näher. »Für meinen Geschmack allerdings ist es perfekt. Du kannst es ohne Zweifel tragen.«

»Da bin ich beruhigt.« Ich grinste ebenfalls, es ging gar nicht anders. Er hatte so etwas ... Etwas, das ich doch recht anziehend fand. »Wenn ich damit den Makel meines Namens wettmachen kann.«

»Kein Makel. Ich habe sie geliebt. Aber ich denke, du bist einfach keine Josephine. Du bist eine ...« Er kam noch näher und sein Blick heftete sich auf meine Augen. Schlagartig war mein Mund trocken. Eine was? Eine Betrügerin? Eine Fehlbesetzung? »Ich werde es herausbekommen, was du bist. Und ich glaube, dass mir das Spaß machen wird.«

»Ich lass euch beide mal allein.« Maxim lächelte unverbindlich. »Ich habe noch ein paar Gespräche zu führen.«

»Immer beschäftigt, nie Feierabend. Der Gute weiß definitiv nicht, wie man sich amüsiert.« Leon sah seinem Manager nach.

»Im Gegensatz zu dir?«

»Im Gegensatz zu mir.« Seine Augen blitzten amüsiert. »Und im Gegensatz zu dir, würde ich wetten.«

Ich zuckte unverbindlich mit den Schultern. Ehrlich gesagt war ich auch nicht so der Amüsier-Typ.

»Zeig mir, dass man sich mit dir amüsieren kann, und hilf

mir, deinen wahren Namen zu finden.« Er nahm meinen Arm und zog mich mit sich. »Zeig mir, ob es sich lohnt, dich zu kennen.«

Einen Moment war ich wirklich in Sorge. Mir fiel der Passus ein, in dem stand, dass beide Parteien bei unüberwindlichen Schwierigkeiten mit der anderen Person vom Vertrag zurücktreten konnten, und ich verfluchte mich, weil ich mir zu sicher gewesen war. Dann kam der alte Kampfgeist. Nun, ich würde ihm zeigen, dass ich die Richtige war für diesen Job.

Leon hatte für mich einen Stuhl an seinen Tisch herangezogen und ich saß da und versuchte, lässig zu sein. Hier war die Stimmung ganz anders. Neben mir saß ein Nationalspieler, der eben knapp an der Auszeichnung zum Sportler des Jahres vorbeigeschrammt war, und auch die anderen am Tisch kannte ich alle, zumindest aus dem Fernsehen. Und ausnahmslos jeder hatte eine wunderschöne junge Frau neben sich. Und viele davon waren aus der Werbung bekannt. Die Kombination Sportler-Model schien sehr beliebt derzeit und wer noch kein Model gewesen war, aber schon längere Zeit an der Seite eines Spielers, war es jetzt doch irgendwie. Ich sah mich um: Wenn die es geschafft hatten, dann würde ich das auch tun. Dann kam mir ein anderer Gedanke. Wie viele davon waren wirklich verliebt und wie viele taten nur so? Ob es noch andere gab, die einen ähnlichen Grund hatten wie ich? Ich spähte verstohlen in die Runde. Es wurde gelacht und geküsst. Spontan könnte ich nicht sagen, wer hier etwas vorspielte und wer nicht.

Leon räusperte sich und ich richtete meine Aufmerksamkeit wieder auf ihn. Er hob seine Augenbrauen, als wolle er mich daran erinnern, dass er hier der Star war oder sein sollte, zumindest für mich. Und ganz offensichtlich wartete er darauf, dass ich ein Gespräch begann.

»Also, was machst du so?«

Ich hatte kaum ausgesprochen, als er schon lauthals zu lachen begann. »Maxim hat nicht übertrieben. Du bist eine ganz Clevere, oder?«

Ich werde nie rot. Fast nie. Selten. Heute vielleicht ein wenig. »Ich meine, außer Fußball spielen.«

Leon lachte noch immer. »Klar.« Er brauchte einen Moment, um sich zu beruhigen. Allerdings beugte er sich jetzt ein wenig näher zu mir, was ich als gutes Zeichen wertete. Jemand, der dich doof findet, kommt nicht näher.

Und da entschied ich mich. Alles an ihm schrie Alphamännchen. Und ganz offensichtlich wurde er so auch behandelt, zumindest von der weiblichen Bevölkerung.

»Nun ja, du läufst mit einundzwanzig anderen Jungs hinter einem Ball her. Das weiß ich. Aber was machst du, wenn du nicht Fußball spielst?«

Sein Gesichtsausdruck verriet nichts als Amüsement. »Ich fürchte, ich mache fast nichts anderes. Wenn ich nicht spiele, trainiere ich. Fußball ist mein Leben. Und wenn ich mal nicht daran denke, dann entspanne ich mich. Am liebsten mit schönen Frauen.« Seine Augen hielten meine fest und ich nickte langsam.

»Nicht allzu viel also.«

»Was erwartest du? Dass ich nebenbei die Welt rette?«

»Vielleicht. Oder dass du zumindest ein Hobby hast. Kultur, zum Beispiel.«

»Oh, ich liebe Kultur. Kino, zum Beispiel.«

»Kino.«

»In Begleitung einer schönen Frau.«

»Und dann bestimmt schwedische Independent-Filme. Mit Untertitel.« Ich hob vielsagend meine Augenbrauen.

»Ich stehe eher auf die französischen. Ohne Untertitel.«

Ich hatte nicht bemerkt, dass ich mich ihm ebenfalls genähert hatte. Jetzt rückte ich ein Stück ab. »Du sprichst Französisch?«

»Leidlich gut. Ich lebe und arbeite in Paris, da ist es eine Frage des Anstands, die Sprache zumindest ein wenig zu beherrschen.«

Das war der erste halbwegs ernste Satz, den ich von ihm hörte, und ich mochte ihn spontan. Vielleicht war er ja doch nicht so überheblich, wie er tat.

»Und du, Frau ohne Namen, was machst du so, wenn du dich nicht ein wenig fotografieren lässt?«

Kapitel 9

Der restliche Abend verging wie im Flug. Wir hatten uns auf einen Tonfall geeinigt, mit dem ich sehr gut zurechtkam. Ich gab mich entrüstet, weil er meinen Job als »ein wenig fotografieren lassen« abtat, ohne allzu viele Details anzuführen. Die Stimmung war nicht geeignet für Klagen darüber, dass man mich auf meinen Körper reduzierte und mir ins Gesicht sagte, dass ich für diese Mode zu kurvig, für jene zu klein und mein Gesicht für einen dritten Designer zu nichtssagend war. Sie war auch nicht dafür geeignet zu erzählen, dass manche Fotografen versuchten, im Anschluss an das Shooting noch ein paar »privatere Bilder« zu machen, die meiner Karriere förderlich wären und unserer Zusammenarbeit »den richtigen Drive« geben könnten, und gab lieber ein paar witzige kleine Anekdoten zum Besten, die ich im Job erlebt hatte und über die er herzhaft lachte. Ich beharrte darauf, dass alte Namen wieder sehr im Kommen wären und ich meinen mochte. Ich stellte auf seine Nachfrage hin klar, dass ich keinen Spitznamen hatte, was eine kleine Lüge war, aber den einzigen, den ich hatte, hasste ich von Herzen. Ich erwähnte sicherheitshalber auch, nie Wert darauf gelegt zu haben, Josy genannt zu werden. Weil es nicht zu mir passte. Dann spielte ich seinen Beruf ein wenig herunter und nickte mit einem Grinsen, als er behauptete, für nichts anderes Zeit zu haben denn ein Fußballspieler zu sein.

Leon neigte dazu, seinen Gesprächspartner ab und zu anzufassen, eine kurze Berührung des Unterarms, ein schneller Kontakt an der Schulter. Und ich stellte erleichtert fest, dass es gut auszuhalten war. Ich bin, um ehrlich zu sein, kein besonders körperbetonter Mensch. Also, ich mag es nicht besonders, angefasst zu werden, schon gar nicht von Fremden. Dieses ganze Bussi-Bussi war einfach nicht meins, ich habe lieber meinen privaten Bereich. Leon durchbrach ihn sehr schnell und nach dem ersten Schreck merkte ich, dass es mir nicht allzu viel ausmachte. Seine Berührungen fühlten sich nicht schlecht an, ein gutes Zeichen, denn immerhin sollte ich seine Freundin spielen. Auch wenn ich mich damit arrangiert hätte, würde es so doch deutlich einfacher sein. Obwohl ich sagen muss, dass ich im Laufe unseres Geplänkels sogar zeitweise den Vertrag vergaß. Leon war witzig, charmant und konnte einiges einstecken, das mochte ich. Wir waren für eine Weile wirklich nur zwei Menschen, die sich eben kennengelernt hatten und ein wenig Zeit miteinander verbrachten – und es genossen. Ein paar Mal hatte er sich mit einem seiner Berufskollegen am Tisch unterhalten, aber er hielt es immer kurz und wandte sich sehr bald wieder mir zu. Auch ich hatte bis auf ein paar Sätze nicht viel mit den anderen gesprochen. Unser eigener Disput war einfach zu aufregend. Bis er mit einem Blick auf die Uhr wieder einmal sein Lächeln anknipste.

»Es ist spät. Wie sieht es aus, wollen wir aufbrechen?«

Sofort war meine Aufregung wieder da. »Zusammen? Ich meine, wir beide?«

»Soweit ich das vorher mitbekommen habe, bist du im selben Hotel wie ich. Und ich habe einen Fahrer draußen stehen. Also, wie sieht es aus, willst du mitkommen oder warten, bis du ein Auto des allgemeinen Shuttle-Dienstes ergattern kannst?«

Ich packte meine Handtasche. Die Party war dabei, sich aufzulösen, und vermutlich würde ich lange warten, bis ich einen Wagen bekam, unwichtig wie ich war. »Gehen wir.«

Sein Grinsen wurde breiter. »Schön.«

Auf dem Heimweg lernte ich zwei Dinge. Erstens gab es mehr Kategorien, was den Shuttle-Service betraf, als »mit Shuttle-Service« oder »ohne«. Ich war von einem schicken kleinen Stadtflitzer abgeholt worden und fühlte mich bereits wie ein echter Promi, als ich damit direkt vor den roten Teppich gebracht wurde. Ehrlich gesagt war ich bisher immer in der Kategorie »ohne« gewesen und hatte selbst sehen müssen, wie ich irgendwo hinkam. Nun jedoch fuhr eine mächtige, sehr beeindruckende Limousine vor. Besser gesagt wartete sie bereits auf uns, als wir die Veranstaltung verließen. Maxim würde sich freuen zu hören, dass ein paar Blitze die Nacht erhellten, als ich möglichst elegant in den Wagen glitt, während mir der Chauffeur die Tür aufhielt. Ledersitze, stellte ich fest, gedämpfte Musik, ein Panorama-Dachfenster und elegante, sanft leuchtende Lämpchen drum herum arrangiert, als säße man direkt unter dem Sternenhimmel. Der Hersteller war der gleiche wie mein wendiges Modell, aber ganz offensichtlich gab es verschiedene Kategorien, wie man gefahren wurde.

Zweitens lernte ich, dass Leon Sandmann gerne spielte. Auch abseits des Platzes. Und es ganz offensichtlich genoss. Kaum hatten wir Platz genommen, zog er sein Handy aus der Tasche, entschuldigte sich, eben noch einen Anruf erledigen zu müssen, und wählte. Ich nickte gnädig und zog ebenfalls mein Handy heraus. Keine neuen Nachrichten, aber das musste ich ja nicht zugeben. Ich drückte also ein wenig darauf herum, las noch einmal die Nachricht, die mir Sabine heute Morgen geschickt hatte und die andeutete, dass mein Vertrag doch in eine Verlängerung gehen konnte, und überlegte, wie weit dieses Angebot davon abhing, was nach dem heutigen

Abend passierte. Meine Agentin war nicht dumm und hatte gleich erkannt, dass diese Sportlergala Türen öffnen konnte, auch wenn sie die Wahrheit nicht kannte.

»Nein, wir können den Termin nicht verschieben, ich fliege morgen Mittag zurück.« Leon beugte sich etwas nach vorne und stützte eine Hand auf seinen Oberschenkel. Er saß breitbeinig da und ich spürte sein Bein an meinem. Unauffällig rutschte ich ein wenig zur Seite.

»Diese Sache ist wichtig. Wieso soll ich das verschieben?«

Ich tippte weiter sinnlos auf meinem Smartphone und versuchte so zu tun, als würde ich nicht zuhören.

»Maxim, ich gehe da nicht hin, um irgendwelche Funktionäre zu treffen. Es geht um die Kinder. Die sind doch morgens auch da, oder?« Er lehnte sich im Sitz zurück, und wenn er vorher schon breitbeinig dagesessen hatte, dann war das nichts gegen seine jetzige Position. Sein Oberschenkel war dicht an meinem, er klemmte mich regelrecht fest und ich kam mir blöd vor, wenn ich erneut wie ein Teenager zur Seite rücken würde. Außerdem war da nicht mehr viel Platz, er hatte sich vorher schon reichlich breitgemacht.

»Das ist mir egal. Sag denen, wenn es ihnen wichtig ist, dann kommen sie zum vereinbarten Termin oder sie lassen es. Ich werde wie geplant dort sein und wie geplant mit den Kids eine Runde Fußball spielen. Irgendwer wird sich schon Zeit nehmen für den Rest.« Er legte auf, steckte das Handy in die Sakkotasche und seufzte, während er sich ausgiebig streckte. Sein Arm landete wie zufällig auf der Rückenlehne. Was hatte er vorher gesagt? Er ging gerne ins Kino? Nun, bestimmt nicht wegen der Filme. Das hier hatte ich bereits öfter erlebt, eben dort, allerdings noch nie in solch ausgereifter Performance. Er hatte es geschafft, dass ich eng an seinen Körper gedrückt wurde, seine Hand wie zufällig in meinem Nacken, sein verdammtes Bein viel zu laut an meinem bloßen Schenkel, sein Oberkörper dicht an meinem. Überall war plötzlich Leon Sandmann und es fühlte sich seltsam an und ein wenig zu aufregend für meinen Geschmack.

»Probleme?« Ich ignorierte seine Wärme und versuchte so zu tun, als wäre alles normal. Er grinste, dann wurde das Gesicht ernst.

»Nicht wirklich. Ich habe morgen früh einen Termin. Heute früh«, korrigierte er mit einem Blick auf die Uhr. »Aber Maxim wird sich darum kümmern.«

»Er scheint sich um so ziemlich alles zu kümmern, was dich angeht.« Zum ersten Mal erlaubte ich mir eine Art Anspielung.

»Er ist gut darin.«

»Scheint so.« Ich senkte den Blick erneut auf mein Handy. Ich musste irgendwie von ihm wegkommen. Der Druck seines Oberschenkels verstärkte sich und seltsamerweise war das ein kleines Problem.

»Und du? Auch noch Termine abzuklären?«

»Klar.« Ich überlegte kurz. »Nein, eigentlich nicht. Ich verkürze mir hier nur die Zeit.«

Wieder lachte er, sein kraftvolles, lautes Lachen. »Ich mag deine Offenheit. Das ist sehr erfrischend und überraschend charmant.« Er schien noch ein wenig näher zu kommen oder er konnte seine Körpertemperatur hochdrehen, auf alle Fälle wurde es deutlich wärmer.

»Was ist das für ein Termin morgen?«

»Eine Kinderstiftung. Ich werde als Pate arbeiten. Morgen stehen ein Pressetermin an und ein Fußballspiel mit den Kids.«

»Du engagierst dich für Kinder?«

»Weshalb nicht? Ich kann einiges erreichen, nur weil ich mein Gesicht in die Kamera halte. Gutes tun, ganz einfach. Das will ich nutzen. Aber ich habe denen gesagt, wenn ich schon komme, dann will ich auch die Kinder sehen. Ein wenig mit ihnen bolzen.«

»Und nun gibt es Probleme?«

»Eigentlich nicht. Einer der Funktionäre dort, ein hohes Tier, sitzt irgendwo in Amerika am Flughafen fest und kann morgen nicht da sein. Nun sollte das Ganze verschoben werden. Ich kann aber nicht und ich werde den Termin nicht über Tage oder Wochen schieben. Die Kids warten auf mich und ich gehe da morgen hin, wie zugesagt.«

Ich war beeindruckt von der Leidenschaft, mit der er gesprochen hatte. Und von seinem Entschluss, hinzugehen und es nicht wegen eines einflussreichen Menschen zu verschieben.

»Wir sind da.« Der Chauffeur hüstelte diskret, ehe er ausstieg, um mir den Wagenschlag zu öffnen.

»Und, bittest du mich noch herein?« Leon Sandmann lächelte und ich zweifelte keine Sekunde, dass dieser Gesichtsausdruck ihm normalerweise jede Tür öffnete.

»Nein.«

»Du bist ganz schön hart zu mir.«

»Ich halte mich nur ans Protokoll.«

»Wir könnten uns noch ein wenig, hm, besser kennenlernen.« Er grinste frech.

»Du darfst mich anrufen. Meine Nummer hast du ja.« Ich lächelte gnädig, er aber lachte wieder einmal lauthals.

»Ich freue mich darauf. Du weißt schon, was du da

treibst, oder? Ich denke, wir beide werden noch viel Spaß haben. Jede Menge Spaß.« Wie zufällig strichen seine Finger über meinen Unterarm.

»Das hoffe ich, denn sonst könnte die Zeit bis zum Sommer sehr lang und zäh werden.«

»Ich kann dafür sorgen, dass sie wie im Flug vergeht.« Die Finger tanzten meine Oberarme entlang.

»Achtung, du kommst in Sperrgebiet. Und herzlichen Dank, aber ich bin nicht sonderlich interessiert an dieser Art Spaß.«

»Nicht interessiert?«

»Ist nicht so mein Ding, also kannst du dir das gerne sparen. Diese Verführernummer. Wir werden uns an den Plan halten und gut miteinander auskommen.«

»Du bist eine Herausforderung und ich mag Herausforderungen. Eine Frau, wunderschön und charismatisch, und gleichzeitig willst du mir den Eindruck vermitteln, ein geschlechtsloses Wesen zu sein.«

»Ich bin nicht geschlechtslos. Nur weil ich kein Interesse habe an ... an Männern, bin ich doch nicht geschlechtslos.«

»Dann stehst du auf Frauen?«

Seine Pupillen weiteten sich und sein Grinsen war mörderisch. Er hatte Spaß, das war ihm anzusehen. Ich hatte das Gefühl, dass er es sich nicht nur vorstellte, also diese Sache mit dem Auf-Frauen-Stehen, sondern diese Vorstellung auch noch genoss, und wusste nicht so recht, was ich davon halten sollte.

»Nein!« Ich sollte das besser deutlich machen, ehe er sich besabberte.

»Hätte mich auch gewundert. Und du hast Interesse an Männern, du machst dir nur was vor. Gute Nacht.«

Ich hatte gerade eben mein Kleid ausgezogen, als das Handy klingelte.

»Ich bin's.«

Einen Moment war ich fast erschrocken. War ich zu weit gegangen? Hatte ihn meine direkte Art doch noch in die Flucht geschlagen?

»Ich weiß es jetzt.«

»Was weißt du?«

»Ich weiß jetzt, wie ich dich nennen werde.«

»Wie wäre es mit Josephine?«

»Und jedes Mal an meine Oma denken, wenn ich deinen Namen sage? Das könnte unter gewissen Umständen sehr ... ernüchternd sein.«

»Es wird keine ernüchternden Umstände geben, das weißt du.«

Wieder lachte er. »Du forderst mich heraus und ich sollte dich davor warnen. Aber dennoch ... ich weiß jetzt, welcher Name zu dir passt.«

»Aha.« Ich würde es nicht zugeben, doch ich war recht angespannt, was jetzt kam.

»Jools.«

»Jools?«

»Ja. Du bist eine Jools. Das klingt witzig und interessant und nach etwas Besonderem. Und es ist ein Name, den Männer und Frauen tragen können. Er verrät nicht, mit wem man es zu tun hat, bis man selbst nachsieht. Und genau das werde ich tun. Schlaf gut, Jools.«

Kapitel 10

Als ich am nächsten Tag im Zug saß, der mich zurück in mein bayrisches Hinterland brachte, war ich bester Stimmung. Ich spürte einfach, dass es jetzt endlich losging mit meinem Leben.

Leon und ich hatten uns mehr oder weniger zufällig beim Frühstück getroffen. Er war schon auf dem Sprung, als ich den Raum betrat, hatte sich aber noch Zeit für eine Tasse Kaffee genommen. Den Anzug vom Vorabend hatte er gegen Jeans und ein einfaches weißes Shirt getauscht, was seiner Erscheinung keinen Abbruch tat. Und er schien gut ausgeschlafen zu sein, auch wenn es gestern spät geworden war.

»Jools!«, hatte er mich begrüßt und mir einen Kuss auf die Wange gedrückt. Ich sah, wie sich an den Tischen um uns herum interessiert die Köpfe drehten. »Gerade noch rechtzeitig. Ich muss gleich los.«

Während ich mir einen Obstsalat gönnte, erzählte er ein wenig von dem Projekt, das er heute aus der Taufe heben würde. Seine Patenschaft für die Kinderhilfsorganisation Kinderland war ebenfalls ein Teil des Plans, sein Image aufzupolieren. Allerdings ein Teil, den er offensichtlich gut fand, denn seine Begeisterung klang echt.

»Einer meiner Teamkollegen hat eine Freundin, die als Waise aufgewachsen ist. Sie hat mir einiges erzählt und er engagiert sich selbst seit Jahren in Frankreich für ein ähnliches Projekt. Ist doch ganz schön, wenn man seinen Ruhm einsetzen kann, um zu helfen. Da haben wenigstens auch andere was davon, wenn man völlig überbezahlt wird, nur weil man einem Ball hinterherrennt.«

Er zwinkerte und ich senkte interessiert den Blick zu den Mangostückchen in meinem Obstsalat. Ups, das ging an meine Adresse. Ich hatte ihm gestern Abend charmant beschieden, dass ich so ähnlich über Fußballer dachte. Im Ernst, was tun sie für das Allgemeinwohl? Retten sie Leben? Bauen sie Häuser, die uns schützen vor Regen oder Kälte? Entsorgen sie unseren Müll, damit wir nicht im Dreck ersticken? Es gab so viele Menschen, die einiges mehr machten und deutlich unterbezahlt waren. Ich ignorierte dabei geflissentlich, dass ich auch nicht besser war. Meine Arbeit war, wenn man es so sah, genauso überflüssig. Leider nicht genauso gut bezahlt, zumindest nicht in meinem Fall. Er war nett genug gewesen, mich nicht auf diesen Logikfehler hinzuweisen, und hatte nur gelacht.

»Ich muss los.« Mit einem Blick auf die Uhr sprang er auf. »Ich werde dich anrufen.«

Ich stand ebenfalls auf, um ihm zum Abschied die obligatorischen Küsschen zu geben. Es war ideal, Publikum gab es genug und Maxim würde erfreut sein, wie gut wir unseren Job machten. Es war nicht schwer, ihm lächelnd hinterherzusehen, als er mit großen Schritten der Tür entgegeneilte. Wenn ich Interesse an einem Mann gehabt hätte, wäre er ganz sicher in die engere Auswahl gekommen. Glücklicherweise jedoch war ich gegen jegliche amouröse Verwicklungen immun und konnte mich ganz auf den Job konzentrieren. An der Tür drehte er sich noch einmal um. Einen Augenblick stand er bloß da und sah mich an, dann hob er grüßend die Hand und verschwand. Ich ließ den Rest Obstsalat stehen und verließ lächelnd den Frühstücksraum, wissend, dass wir uns gekonnt präsentiert hatten.

»Josephine, wie geht es dir denn?« Sabines Stimme klang deutlich enthusiastischer als die letzten Tage.

»Gut, danke.«

»Das denke ich mir. Glockner hat sich übrigens noch einmal gemeldet. Du, die haben das Angebot erhöht, du solltest es dir wirklich ansehen.«

»Danke, aber ich habe mich entschieden. Das ist nichts für mich.«

»Vielleicht hast du recht.« Sabines Stimme klang nachdenklich, sie zog die Worte länger, als sie das üblicherweise tat. »Vielleicht sollten wir abwarten. Die gehen noch einmal hoch, könnte ich mir vorstellen. Die wollen dich wirklich.«

Das klang ganz anders als noch vor ein paar Tagen und ich war mir sicher, dass Sabine ebenfalls die Bilder gesehen hatte, die ich mir seit zwei Tagen ständig ansah. Eine dieser Promiklatsch-Seiten hatte in der Bilderstrecke zur Sportlergala auch mich und Leon gezeigt. Wie wir zusammen redeten. Und wie wir in ein Auto stiegen am Ende der Veranstaltung. Und wie es zu erwarten war, gab es die passenden Andeutungen, dass der großartige Stürmer sich spontan sehr gut mit der »Castingshow-Gewinnerin« verstanden habe. Und Andeutungen, dass ich seine nächste schnelle Liebschaft geworden war. Ich konnte darüber lächeln.

»Du scheinst die Veranstaltung gut genutzt zu haben.«

»Wenn man so will …« Es war mir eine Freude, sie ein wenig zappeln zu lassen.

»Andererseits sollten wir auch nicht zu lange warten. Wir wissen ja beide, wie das ist mit dem schnellen Ruhm.«

»Ist es nicht deine Aufgabe, ihn zu einem dauerhaften Ruhm zu machen?«

»Ich tue mein Bestes, das weißt du.«

»Und ich ebenfalls.«

»Also halte ich Glockner noch etwas hin?«

»Nein. Ich habe doch bereits gesagt, dass das nichts für mich ist.«

»Überlege es dir gut. Du hast nicht allzu viele Optionen und nur weil dir ein Promi einen Abend lang den Hof gemacht hat, solltest du jetzt nicht übermütig werden.«

»War das alles?« Langsam begann ich mich ernsthaft zu fragen, was eigentlich ihr Job war. Mich ständig zu verunsichern? Mir immer wieder zu sagen, was für ein Niemand ich war? Unwillkürlich verglich ich sie mit Maxim und Sabine schnitt nicht gut ab dabei. Auch wenn ich zugeben musste, dass Leons Manager wahrscheinlich deutlich besser entlohnt wurde für seine Arbeit. Aber trotzdem, wenn sie schon nicht an mich glaubte, wie sollte es dann ein Kunde tun?

»Ja.« Ich hörte, wie sie genervt ausatmete. »Für heute war es das.«

Hätte ich ihr sagen sollen, dass ich bereits ein Flugticket nach Paris hatte? Dass ich mich schon am kommenden Wochenende mit Leon treffen würde? Nein, das ging sie nichts an. Es war ja kein offizieller Job. In meinem Vertrag stand ausdrücklich, dass sie einzig für offizielle Jobanfragen bezüglich meiner Arbeit als Model zuständig war. Maxim hatte mir die Hintertüren erklärt, die dafür sorgten, dass diese, nun ja, diese Sache mit Paris nicht in ihr Gebiet fiel und sie somit auch nicht ins Boot genommen werden musste. Sabine hatte diesen Passus wohl eingefügt, um möglichst wenig Arbeit zu haben, und Maxim war sehr davon entzückt gewesen. Unter Umständen, so hatte er erklärt, wären wir verpflichtet gewesen, das mit ihr abzusprechen, und ich hätte ihr einen Teil der Entlohnung als

Provision geschuldet. Aber wie auf allen Gebieten war Maxim auch hier ein Profi. Nach kürzester Zeit hatte er mir beschieden, dass er den Vertrag gründlich geprüft hatte und dass keine Veranlassung bestünde, mit ihr über unsere Abmachung zu reden.

Sabine hätte sich vermutlich gefreut, dass ich meinen Kontakt zu einem echten Star so schnell vertiefte. Nicht alle taten das, wie ich sehr schnell erfahren musste. Manu war recht schnippisch gewesen, als sie davon erfuhr. Schon die Nachricht, dass ich Leon kennengelernt hatte, war für sie schwer zu verdauen, das hatte ich bemerkt. Sie hatte sich mit ein paar Anspielungen getröstet, dass er ein bekannter Frauenheld wäre und ich somit nur eine kleine Ablenkung für einen Abend, an dem nichts Besseres verfügbar war. Ich schluckte wieder einmal meine Empfindungen hinunter und ließ es ihr durchgehen. Es war ja nachvollziehbar, irgendwie. Und dass ich ihn nun wiedersehen würde, hatte ihre Laune nicht verbessert.

Mein Vater jedoch war begeistert gewesen. Er ist ein großer Fußballfan und der Gedanke, dass ich Leon Sandmann kannte, hatte ihn richtig zappelig werden lassen.

»Denkst du, dass du mir ein Autogramm besorgen kannst?«

»Paps! Du bist doch kein Kind mehr.«

»Warum muss man ein Kind sein, um jemanden zu schätzen? Er ist ein großartiger Spieler. Sein Tor hat ihnen den Champions League-Pokal gebracht.«

»Hat es?«

»Aber klar. Also, was ist mit meinem Autogramm?«

»Ich werde sehen, was sich machen lässt.«

»Danke. Und wenn du vorher Zeit hast, dann komm uns

doch mal wieder besuchen. Ich kann dich ein wenig coachen, damit du nicht ganz unwissend bist.«

Ich lehnte dankend ab. Das Coaching, nicht das Treffen. Obwohl ich ziemlich nahe bei meinen Eltern lebte, sah ich sie nicht allzu oft. Und wenn alles nach Plan verlief und ich tatsächlich bald nach Paris übersiedeln würde, wären unsere Treffen noch seltener.

Also ließ ich mich von ihnen zum Abendessen einladen und natürlich ignorierte mein Vater meinen Unmut, über Fußball zu sprechen. Und er war so begeistert, dass meine Mutter und ich uns achselzuckend angrinsten und ihn reden ließen. Vielleicht auch, weil mich ein wenig das schlechte Gewissen packte. Sie waren so aufgeregt, jeder auf seine Art, dass ich mich ganz seltsam fühlte. Paps mit seiner Verehrung, meine Mutter mit ihren vorsichtig ausgesprochenen Warnungen, mir ja nicht das Herz brechen zu lassen und es bitte ganz langsam anzugehen, ohne große Erwartungen. Ich hätte sie gerne beruhigt, ihr gerne gesagt, dass ich außer Gefahr war, aber ich durfte nicht. Meine Mutter war im Gegensatz zu mir schon immer eine dieser romantischen Seelen, die fest an die große Liebe glaubten. Nun ja, sie hatte Glück, sie hatte meinen Vater gefunden. Wenn man die beiden ansah, konnte man fast selbst daran glauben, dass es das gab. Und deshalb nickte ich nur und versprach, auf mich und mein Herz aufzupassen.

Kapitel 11

Ich saß nicht wie geplant lässig entspannt im Taxi, ich hing an der Fensterscheibe, die Augen weit geöffnet, um ja keinen Eindruck zu verpassen. Paris! Diese Stadt war wie für mich gemacht, das wusste ich einfach. Alles, was ich sah, begeisterte mich. Die hoch aufragenden Stadthäuser, dicht an dicht, wie ein einziges Bauwerk, um ja keinen kostbaren Platz zu verschwenden. Die kleinen Balkone mit den gusseisernen Geländern, die an den sandsteinfarbenen Fassaden klebten. Teilweise waren sie so klein, dass nicht einmal ein Stuhl darauf Platz fand. Aber ich stellte mir vor, wie am Morgen eine junge Frau an das Geländer trat, in einem weißen Herrenhemd, das ihr bis zur Mitte der Oberschenkel reichte. Es war weit und die Frau sah noch zierlicher aus darin. Ihr Haar war braun und lang und zerzaust und ein frischer Wind strich hindurch, während die Sonne ihre ersten Strahlen, ein warmes Orange, über sie hinwegschickte. Die Frau schloss die Augen, genoss den Moment. Dann trat ein Mann hinter sie, er trug nur eine karierte Flanellhose. Sein nackter Oberkörper war braun gebrannt und gut definiert. Seine Arme schlossen sich um die Frau, sein Kinn legte sich auf ihren Kopf und gemeinsam ließen sie sich von den Sonnenstrahlen liebkosen … Dann schüttelte ich den Kopf und damit den Film in meinem Gehirn ab. Balkon, Sonne, Aussicht genießen, ja. Der Rest war Blödsinn. Sogar das mit dem Balkon war eigentlich Blödsinn, denn leider war ja gerade November und auch wenn uns heute ein heller, sonniger Tag geschenkt wurde, war es zu kalt, um leicht bekleidet hinauszutreten.

Je näher wir dem Kern der Stadt kamen, desto schöner

und aufwendiger restauriert waren die Häuser. Viele hatten kleine Säulen oder Kapitelle, diese wie Stützen aussehenden Dinger, die die Balkone zu halten schienen. Friese waren zu sehen, die das Mauerwerk schmückten. Durch die unterschiedlichen Höhen der Häuser wirkte es nicht erdrückend, sondern wunderschön und so ganz anders als die Hochhäuser, die ich auf meinen Reisen in die deutschen Großstädte gesehen hatte. Es hatte einfach Stil, war sehr français und machte mich glücklich. Natürlich war mir bewusst, dass auch diese Stadt andere Ecken hatte, deprimierende Bauten ohne Flair, und dass es sich nicht viele leisten konnten, hier zu wohnen. Aber ich war gefangen, bezaubert und so willig, mich dieser Stadt zu ergeben, die für mich schon immer der Inbegriff von Eleganz und savoir vivre gewesen war.

Langsam näherten wir uns dem vierten Arrondissement und der Seine. Sie trennt die Stadt in zwei Teile und wird zur groben Orientierung benutzt, also ob etwas rechts oder links der Seine liegt. Die Stadt selbst ist in Gebiete eingeteilt, die man eben Arrondissement nennt. Das erste und gleichzeitig teuerste liegt im Kern an der Seine und die anderen sind schneckenförmig darum angeordnet. Vereinfacht lässt sich wohl sagen, je weiter weg vom Zentrum man kommt, je höher die Nummer wird, desto günstiger werden die Mieten. Und außen schließen sich dann die Banlieus an, die Vorstädte. Dort sind sie dann auch zu finden, die schmucklosen Hochhausbauten, endlose monotone Häuser, bei denen man selbst nach Jahren wahrscheinlich jedes Mal auf die Hausnummer sehen muss, um seine Eingangstür zu finden, weil sie sich in endloser Reihe auftürmen. Doch ich war hier, weg von den Vorstädten, im Paris meiner Vorstellung und im Paris der Touristen. Und ich hatte mich darauf vorbereitet, seit Jahren.

»Wo werde ich wohnen?«, hatte ich Leon gefragt, als wir über meinen ersten Besuch bei ihm sprachen.

»Bei mir«, war seine Antwort mit leicht fragendem Unterton, als wäre das selbstverständlich.

»Und wo ist das?«

»Marais. Eine schöne Ecke, sehr zentral.«

»Im vierten Bezirk?« Ich musste mal eben die Luft anhalten. Das galt in der Tat als eine der schönsten Ecken der Stadt.

»Kennst du es?«

»Nicht wirklich.« Ich war begeistert. Ich meine, ich hätte den Job auch übernommen, wenn er in Bremen oder Liverpool oder, was weiß ich, Lyon gekickt hätte. Nichts gegen diese Städte, die sind sicher auch schön. Nun ja, Lyon vielleicht nicht, da bin ich mal durchgefahren auf dem Weg ans Meer, mit meinen Eltern, und zumindest der Teil, den wir passierten, hatte sich mit einer unglaublichen Hässlichkeit in mein Gedächtnis gebrannt. Aber es war nun mal der Jackpot, die schönste Stadt, die ich mir vorstellen konnte, und dann auch noch in einer der bevorzugtesten Lagen.

»Ist deine Wohnung groß?«

»Für die Verhältnisse hier schon.«

»Groß genug für uns beide?«

Er lachte und ich sah sein Gesicht in meiner Vorstellung aufblitzen. »Jawohl, Jools. Groß genug für uns beide.«

Wir hatten ausgemacht, dass ich Samstag kommen und Montag wieder gehen würde. Er hatte diese Woche ein Freitagabend-Spiel und damit am Samstag ein wenig Zeit für mich. Es war seltsam, das so zu planen. Mein Herz flatterte, aber nicht, weil ich den Mann wiedersehen würde, sondern wegen Paris. Unsere Abmachungen besprach ich eher nüchtern, was ihn ziemlich amüsierte.

»Ich werde mir was Schönes überlegen. Hast du einen Wunsch?«

»Die Stadt sehen. Und fühlen, schmecken, aufsaugen.« Ich spürte, wie meine Augen anfingen zu glänzen. »Das Leben spüren, wie es pulsiert.«

»Fühlen, schmecken und aufsaugen hört sich gut an. Pulsieren auch, im Übrigen.« Seine Stimme hatte einen neuen Unterton bekommen, der nicht zu unserem geschäftlichen Arrangement passte.

»Nur die Stadt«, betonte ich.

»Klar.« Er lachte, als hätte ich einen Witz gemacht. Dann gab er mir letzte Anweisungen und ich legte mit wild klopfendem Herzen auf.

»Merci, Madame.« Der Taxifahrer nahm mein Geld und stellte den Koffer vor mir ab. Dann sah er mein Gesicht, das Grinsen, das gar nicht mehr aufhören wollte, als ich gesehen hatte, wo unsere Fahrt endete.

»Ah, l'amour.« Er nickte wissend und deutet vage auf das Haus mit dem großen, schweren Holztor vor uns. Den Rest verstand ich nicht so genau, es ging wohl darum, dass er sich ausmalte, wie meine große Liebe dahinter auf mich wartete und ich es kaum erwarten konnte, ihn zu sehen. Ich nickte ebenfalls, weil es das Einfachste war, und nahm meinen Koffer.

Das Holztor hatte Leon erwähnt. Es war eine sehr solide Eingangstür, neben der sich ein Kästchen befand, in das man den Zahlencode tippen musste, um es zu öffnen. Es gab auch Klingeln, aber die waren nicht mit Namen, sondern Nummern versehen. Ich kannte beides, Code und Wohnungsnummer, und gab die Ziffern ein. Die Tür summte leise und ließ sich aufdrücken und ich trat in den Hof. Und musste schon wieder durchatmen. Um den Innenhof herum waren die eigentlichen Wohngebäude angeordnet, drei Stück. Eines rechts, mit der Außenfassade zur Straße, eines links, ebenfalls zur Straße hin, und eines etwas nach hinten versetzt. Wieder diese wunderschönen Fassaden und die süßen kleinen Balkone. Säulen und Verzierungen. Neben den Eingangstüren standen Kübel mit winterharten Pflanzen. Ich ging auf die hintere Eingangstür zu. Auch hier gab es die nummerierten Klingeln und daneben das Kästchen, um den Code einzugeben. Ich beschloss, hier zu klingeln, um Leon auf meine Ankunft vorzubereiten.

»Jools?« Seine Stimme klang leicht verzerrt aus der Sprechanlage.

»Ja. Hallo.«

»Du bist früh dran. Komm hoch.« Der Summer ertönte und ich drückte die Tür auf. Eine breite Treppe aus einem wunderschönen, leicht abgenutzten dunklen Holz mit einem Geländer, das kunstvolle Schnitzereien aufwies, schien sich um den Mittelschacht zu winden, in dem ein seltsam unpassender, moderner Aufzug wartete. Bei allem Charme, den das alte Haus hatte, wollte man wohl auf ein wenig Komfort nicht verzichten.

Ich entschied mich für den Fahrstuhl und schob mich und meinen Koffer hinein. Eine Wand war komplett verspiegelt und automatisch überprüfte ich meine Erscheinung. Enge Jeans, Boots, eine rote Wolljacke im Caban-Style. Und dazu, weil es einfach sein musste, eine passende rote Baskenmütze, diese typische französische Kopfbedeckung, die ein wenig wie ein Pfannkuchen aussah und trotzdem unglaublich süß war. Der Aufzug ruckelte ganz dezent und ließ die Zahl vier aufleuchten. Die Türen glitten auseinander. Just als ich heraustrat, ging gegenüber die Tür auf und ich starrte Leon Sandmann an. Seine Brust, um ganz genau zu sein. Ich weiß nicht, was ich erwartet hatte, keinen Anzug, aber doch ein paar Jeans? Von mir aus auch Sportklamotten. Irgendetwas. Aber nicht ein knappes weißes Handtuch um schmale Hüften. Und schon gar nicht einen ungehinderten Blick auf seinen Bauch. Und ein recht beeindruckendes Sixpack. Wassertropfen glitzerten auf seiner Haut. Die Haare waren nass und tropften sachte auf den ansehnlichen Oberkörper.

»Du bist wohl nicht von der sportlichen Truppe, was?«, waren seine ersten Worte. Und sie waren gut, denn sie sorgten dafür, dass ich meine Aufmerksamkeit anderen Dingen als seinen Muskeln zuwenden konnte.

»Und du bist nicht gerade von der charmanten Truppe, oder? Soll ich meinen Koffer all die Treppen hochtragen? Du hättest mir das abnehmen können, dann hätten die Stufen mich nicht verschreckt.«

Er lachte. »Touché! Aber wie gesagt, ich hatte erst später mit dir gerechnet und ich war eben noch unter der Dusche ...« Er öffnete die Tür weiter und trat zur Seite. »Jetzt bist du ja wohlbehalten hier oben. Komm rein, ich brauche nur noch ein paar Minuten.«

Kapitel 12

Mein Gastgeber verschwand hinter einer, nun ja, Wand, und da stand ich. Das also sollte in den nächsten Monaten so etwas wie mein zweites Zuhause sein. Neugierig trat ich ein paar Schritte näher. Es war eine Altbauwohnung, allerdings ohne die typischen hohen Decken. Stattdessen waren dort grobe, unbehandelte Holzbalken zu sehen in einem warmen Honigbraun, die im Gegenteil sogar den Eindruck vermittelten, dass die Decken niedriger waren als gewöhnlich, ohne dabei aber erdrückend zu sein. Die ganze Wohnung schien vor nicht allzu langer Zeit renoviert worden zu sein und vor allem modernisiert. Und zwar von jemandem, der eine Aversion gegen Türen hatte. Der Vorraum war recht schmal und ein paar Schritte genügten, um die offene Wand entlangzugehen und direkt in einen großen Raum zu gelangen. Auf der anderen Seite war ebenfalls eine Wand, länger, aber auch sie endete in einem Durchgang, der offensichtlich keine Tür hatte und in den Leon eben verschwunden war. Ich sah mir erst einmal den großen Raum an. In einer Ecke war eine moderne, offene Küche mit einem großen Kochblock in der Mitte und hellgrauen Fronten. Barhocker waren um die Kochinsel drapiert und ein Glas stand auf dem Spültisch. Ein schwerer Holztisch mit acht Stühlen war an der Fensterfront aufgestellt. Mitten im Raum, sehr dominant, befand sich ein großes, L-förmiges Sofa aus dunkelbraunem Leder, ausgerichtet auf einen riesigen Wandfernseher. Die Holzböden schienen alt zu sein, waren allerdings in tadellosem Zustand und im selben gelblichen Honigton wie die Deckenbalken. Eine Wendeltreppe schraubte sich nach oben auf eine Art Galerie. Eine breite Tür gab es. Sie war aus Glas und führte zu einer beeindruckenden Dachterrasse. Ich öffnete sie und trat hinaus in den zwar kalten, doch sonnigen Spätnachmittag. Das Licht erinnerte eher an Oktober denn November, war golden und sanft und magisch. Die Terrasse war nicht besonders tief, wenige Schritte genügten, um an die Brüstung zu treten, zog sich aber anscheinend über die gesamte Breite der Wohnung. Hier, wo ich stand, war ein kleiner Tisch mit zwei Stühlen, gerade groß genug für ein verliebtes Paar, das ein nicht allzu aufwendiges Frühstück zu sich nimmt. Weiter hinten sah ich ein Outdoor-Sofa und zwei passende Sessel, alles aus Platzgründen nebeneinander aufgestellt. Und dann trat ich endlich ganz an die Brüstung und hielt den Atem an. Die Aussicht war einfach der Hammer. Unter mir lag die Seine, breit und wunderschön, und eine Insel. Das musste die Île de la Cité sein, eine der berühmten Stadtinseln von Paris. Im goldenen Licht schimmerte und glänzte das Wasser und ich seufzte unwillkürlich auf. Besser als meine Fantasie, um so viel besser! Plötzlich freute ich mich auf den Frühling, wenn ich hier sitzen und Paris genießen durfte. Langsam schritt ich die lange Brüstung ab, eine Hand auf dem Geländer und voller Ehrfurcht. Die Wand hinter mir war nicht komplett verglast, nun jedoch kam wieder ein Bereich, der Einblick in die Wohnung bot. Eine weitere breite Glastür, wie im Wohnzimmer mit einem Glaselement daneben. Ich sah neugierig hin, jeder hätte das gemacht. Und hatte direkten Blick in ein Schlafzimmer. Sein Schlafzimmer, ganz bestimmt. Rasch ging ich weiter, ein Stück Mauerwerk entlang, bis zur nächsten Glastür. Und wünschte mir, beim Schlafzimmer verharrt zu sein. Diese Balkontür gab den Blick frei in ein Badezimmer. Und in diesem Badezimmer stand Leon und rasierte sich. Das Handtuch, das er vorher noch umgebunden hatte, hing nun lässig auf seiner Schulter und ich blickte direkt auf seinen Hintern. Himmel, ein toller Hintern. Und genau in diesem Moment bemerkte er mich im Spiegel. Einen Moment hielt er in der Bewegung inne und ich trat rasch zurück hinter die schützende Hauswand. Mist! Hoffentlich dachte er nicht, ich hätte das mit Absicht getan. Ich zog mich zurück in die Küche, nahm auf einem Barhocker Platz und überlegte mir tausend Entschuldigungen. Verflixte Neugier, hätte ich nicht warten können? Aber woher sollte ich wissen, dass diese Wohnung so verdammt offen war?

»Du hast dich schon umgesehen?« Endlich trug er Klamotten, Jeans und ein langärmeliges Shirt, das recht eng war.

Ich nickte. »Es tut mir leid, ich hatte keine Ahnung ...«

»Hat dir gefallen, was du bisher gesehen hast?« Er beugte sich ein wenig vor und grinste spöttisch.

»Wie gesagt, es tut mir leid ...« Ich vermied es, in seine Augen zu sehen, und auch, auf seine Anspielung einzugehen.

»Es gibt Schlimmeres als eine schöne Frau, die dir beim Rasieren zusieht.« Nun ließ er sich nach hinten sinken und griff nach einer Wasserflasche. »Ich bin es nicht gewohnt, dass hier noch jemand ist, sonst hätte ich das Handtuch nicht abgelegt.«

»Sehr gute Idee.«

Sein Lachen war entspannt. »Das ist eine tolle Wohnung, wenn auch ein wenig freizügig. Ich mag das, es macht sie luftig und größer und einzigartig. Wir werden uns schon arrangieren, wenn du da bist. Komm mit, ich zeig dir alles.«

Er nahm meinen Koffer und sah mich auffordernd an. »Und natürlich werde ich den hier tragen. Ich bin lernfähig, wie du siehst.«

Er umrundete das Sofa, ich hinterher, und ging auf diese andere Wand zu, die einfach mitten im Raum endete. Sie führte in einen langen, nicht allzu breiten Gang, der jedoch hell war, weil auf der einen Seite die Durchgänge zur Dachterrasse waren. Und dann zeigte er mir die Besonderheit dieser Unterkunft. Es gab tatsächlich fast keine Türen, sondern eher, nun ja, Boxen, die nebeneinander aufgereiht waren. Wie Zimmer, die nur drei Wände hatten, sah es aus. Der erste Raum war sein Schlafzimmer, das ich bereits von draußen gesehen hatte. Ein mächtiges Bett, eine Wand mit einem weißen Einbauschrank, ein Sessel. Über den Flur ging man weiter zum nächsten Raum. Diese Box war das Bad. Ein tolles, großes, modernes Bad mit einer einladenden Wanne und einer riesigen Dusche. Und ebenfalls ohne Tür. Ich sah ihn an.

»Du hast keine Tür zum Badezimmer?«

»Nein.« Er kratzte sich etwas verlegen den Hinterkopf. »Ich habe noch nie eine gebraucht. Wenn ich Übernachtungsbesuch hatte, dann keinen, den das gestört hätte.«

»Aha.« Sofort sah ich in Gedanken eine ganze Reihe junger Französinnen, die sich hier unter der großen Tropendusche geräkelt und es genossen hatten, dass es keine Tür gab.

Leon ging weiter zum letzten Raum.

»Hier ist dein Zimmer.« Er trat zur Seite und ich blickte auf ein weiteres großes Bett, einen weiteren weißen Schrank. Und eine weitere fehlende Tür. Zumindest lag es ganz hinten, sodass er keine Veranlassung haben sollte, daran vorbeizugehen, dachte ich. Aber auch diese Box hatte gegenüber einen Zugang zur Dachterrasse, der im Gegenzug direkten Blick auf mein Bett gewährte.

Etwas Besonderes hatte es jedoch. Hier gab es ansatzweise

so etwas wie eine vierte Wand. Wie ein Karton, den man aufgestellt hatte, war da nämlich ein weiterer kleiner Raum, der den Flur verkürzte. Man ging direkt darauf zu und eine seiner Wände grenzte an mein zukünftiges Zimmer und bot zumindest ein wenig Schutz. Interessiert trat ich näher. Der Schachtel-Raum hatte nicht nur vier Wände, sondern auch eine Tür.

»Die Toilette.« Leons Hand wies lässig in die entsprechende Richtung. »Für Gäste, denen das offene Bad zu offen ist.«

Gäste wie mich zum Beispiel. Und Gastgeber wie ihn, hoffte ich mal. Ich wollte gar nicht daran denken, dass er in diesem wandlosen Badezimmer auf der Schüssel saß, während ich nebenan kochte oder aß … Uah, alles sollte doch seine Grenzen haben.

Leon ließ meinen Koffer stehen und grinste, als könne er meine Gedanken lesen.

»Oben ist ein kleiner Fitnessraum, den du gerne nutzen kannst, wenn du willst. Ansonsten mein Büro und ein weiteres Badezimmer.«

Ich horchte auf. Das klang gut. Also das Badezimmer, nicht sein Büro.

»Komm, ich zeig's dir, dann hast du alles gesehen.«

Die Treppe endete wirklich auf einer Galerie und wie unten war auch hier der Fitnessraum völlig offen. Ein Rudergerät, ein Fitness-Fahrrad und ein Laufband standen hier.

»Normalerweise trainiere ich mit dem Club, doch ab und an brauche ich ein paar extra Einheiten.«

Ich nickte. Die Box nebenan war sein Büro, wie er es genannt hatte. Regale voller Bücher standen hier, was dem Ganzen einen sehr gemütlichen Touch verlieh. Zwei Sessel, ein

Schreibtisch, dahinter ein Schrank. Neben den Sesseln auf einem kleinen Tisch lag ein Krimi.

»Und hier ist noch das zweite Badezimmer.«

»Mit einer Tür!« Ich seufzte auf. Türen schätzte man viel zu wenig im täglichen Leben.

»Ja.« Er grinste. »Ich weiß nicht, weshalb man die dringelassen hat, aber ich dachte, es wird schon einen Grund haben, und habe es ebenfalls nicht verändert.«

»Du weißt nicht, wozu Türen in Badezimmern gut sein sollen?« Ich trat vor und warf einen Blick in den Raum. Er war nicht ganz so großzügig wie unten, aber mit allem Komfort ausgestattet, den ich brauchte. Und es gab Vorhänge an den Fenstern. »Wenn es dir recht ist, würde ich das gerne mit Beschlag belegen. Dann könnte ich mir Zeit lassen und würde dich nicht stören ...«

»Und mir nicht den Anblick gönnen, dich unter der Dusche zu überraschen.«

»Nun, das auch.« Ich streckte mein Kinn vor. »Ich für meinen Teil mag Türen. Deine Wohnung ist wirklich beeindruckend und toll, allerdings ...«

»Es ist eine Wohnung für zwei. Für zwei Menschen, denen es nichts ausmacht, wenn der andere ihn in der Dusche überrascht. Im Gegenteil, die es sogar genießen, wenn es passiert. Das dachte ich jedenfalls, als ich es das erste Mal sah.« Einen Moment schien er in Gedanken und weit weg zu sein. »Oder eben für einen alleine, da braucht es auch keine Türen. Wir werden das schon irgendwie regeln. Wie sieht es aus, willst du gleich duschen, fest verschlossen hinter einer Tür, oder was machen wir mit dem angebrochenen Tag?«

Kapitel 13

Eine Stunde später standen wir vor einem der berühmtesten Cafés von Paris, dem »Deux Magots«, und ich bettelte Leon regelrecht an, hineinzugehen.

»In diesem Café saßen all die berühmten Dichter und Denker. Jean-Paul Sartre und Simone de Beauvoir haben hier Kaffee getrunken.«

»Dann müssen wir Sandmann und Bauer wohl hinzufügen.« Er verzog leicht den Mund und spähte hinein. »Sieht voll aus.«

»Ach was.« Entschlossen trat ich auf die altmodische Drehtür zu. »Komm schon.«

Ich hatte auf eine Dusche verzichtet und ihn stattdessen dazu überredet, mit mir einen Spaziergang durch die Stadt zu unternehmen. Ich war viel zu aufgeregt und neugierig, um jetzt Zeit zu verschwenden. Also gingen wir los, vorbei an der Kirche Notre-Dame, hinüber auf die andere Seite der Seine, und schlenderten Richtung St.-Germain-des-Prés. Wie ein Kind bestaunte ich die Umgebung und Leon war ein überraschend kundiger Stadtführer. Bis wir zu diesem Café kamen und ich schon von Weitem die berühmten grün-weißen Markisen sah. Auf dem Gehweg standen kleine runde Tische dicht an dicht, auch wenn es eigentlich zu frisch war, um draußen zu sitzen, zumindest abends. Drinnen strahlten die Kronleuchter und verbreiteten warmes Licht.

Er hatte recht, es war sehr gut besucht. Ich ging suchend durch den Raum, ließ meinen Blick über die weinroten Bänke mit den Tischen davor gleiten, sah die Säulen, die Spiegel und die Figuren, die an den Wänden auf kleinen verzierten

Vorsprüngen saßen, und fand schließlich einen kleinen Tisch, dessen Gäste sich gerade die Mäntel anzogen. Ich trippelte aufgeregt, bis sie endlich fertig waren, und glitt schnell auf die Bank. Leon nahm den Stuhl gegenüber und zog sich seine Mütze ein Stückchen tiefer in die Stirn.

»Schön!« Ich seufzte glücklich und schlüpfte aus meinem Mantel.

»Ja, ganz nett.« Auch er legte ab und sah sich um. »Ich war noch nie hier drin.«

»Dann wurde es aber Zeit.« Meine Aufmerksamkeit wurde von der Karte angezogen. So langsam machte es sich bemerkbar, dass ich seit dem späten Vormittag nichts mehr gegessen hatte. »Wollen wir etwas bestellen?«

»Ich denke schon, sonst schmeißen die uns wahrscheinlich schnell wieder raus.«

»Ich meine Essen? Hast du Hunger?«

»Ja. Obwohl ich dachte, wir gehen vielleicht nachher zu meinem Lieblingsinder.«

»Bitte.« Ich sah ihn an. »Heute ist mein erster Tag hier in Paris. Zum Inder kann ich überall gehen, aber das hier ... das ist Geschichte, Kultur, Paris!«

»Na dann ... Beginnen wir hier. Doch irgendwann werden wir zu meinem Inder gehen.«

Ich nickte zufrieden. Ja, das würden wir sicher auch irgendwann einmal machen.

Der Kellner trat an den Tisch, stilecht in Anzug und Fliege, eine blütenweiße kleine Schürze um die Mitte, und nahm unsere Bestellung auf.

»Also, Jools, erzähl mir ein bisschen was von dir. Du bist zum ersten Mal in Paris?«

»Ja. Obwohl ich diese Stadt liebe, hat es sich leider noch

nie ergeben.«

»Wie kann man etwas lieben, das man nicht kennt?«

»Ich weiß es nicht. Ich kenne sie ja, Bilder und so. Und ich spüre einfach, dass wir zusammenpassen.«

»Vielleicht ist Paris ganz anders. Hinter den Bildern, meine ich.«

»So wie Menschen das oft sind?«

»Genau.« Er beugte sich vor, ganz dicht zu mir, und seine Hand legte sich auf meine. »Dreh dich nicht um. Wir sind entdeckt worden. Rechts von uns.« Ein Lächeln umspielte sein Gesicht, er senkte kurz den Blick, nur um mir dann wieder in die Augen zu sehen.

»Ernsthaft?« Auch ich neigte mich ein wenig mehr zu ihm und registrierte, wie seine Finger zärtlich über meinen Handrücken fuhren, um die Hand, um sie dann von unten zu umschließen. Die ganze Zeit über ließ er meinen Blick nicht los und ich war überrascht, wie sanft seine Augen plötzlich blickten, kein Spott mehr, keine Belustigung.

»Ja.«

Der Kellner kam und wir sahen überrascht auf. Einen Moment war es fast echt gewesen, waren wir fast wirklich hier, um uns näherzukommen.

Auch während des Essens schaffte er es, immer mal wieder Körperkontakt herzustellen. Er ließ mich ein Stück seines Steaks kosten, das mir ein wenig zu blutig war, und schnappte sich ein paar Zwiebelringe, die ich von meinem Salat geklaubt hatte. Ich meine, offene Räume! Ich würde mich hüten, rohe Zwiebeln zu essen. Ich hörte, wie zwei Tische weiter gekichert und geseufzt wurde, und war plötzlich einfach nur glücklich. Ich, Josephine Bauer aus einem kleinen Kaff in der Nähe von München, saß hier mit Leon Sandmann. Ich hatte eine unbeschreibliche Chance bekommen und ich würde sie nutzen. Ich nutzte sie bereits. Was waren da schon fehlende Türen.

Als wir uns später erhoben, saßen die kichernden Mädels noch immer an ihrem Tisch, die Handys im Anschlag und starrten mehr oder weniger auffällig herüber. Leon hielt mir galant die Jacke hin und als ich hineingeschlüpft war, legte er seine Arme um meinen Hals und richtete fürsorglich den Kragen. Dann ließ er mich vorgehen, eine Hand auf meinem Rücken, und quetschte sich neben mich in die Kabine der Drehtür. Lachend ließen wir uns hinausdrehen in den doch recht frischen Abend.

»Wenn du zum ersten Mal in Paris bist, dann sollten wir unbedingt noch beim Louvre vorbeigehen. Bei Nacht ist es dort wunderschön und es liegt fast auf dem Weg.«

Er führte mich zurück auf die rechte Seite der Seine. »Da vorne ist er schon. Warte, wir müssen da entlang.« Er griff nach meiner Hand und beschleunigte seinen Schritt und ich musste fast rennen, um mitzukommen. Ich dachte immer, meine Beine wären lang, normalerweise hatte ich keine Schwierigkeiten, mit anderen mitzuhalten, aber seine waren eindeutig flinker. Ich war so bemüht, sein Tempo mitzugehen, dass ich keine Zeit hatte, mich unwohl zu fühlen wegen seiner Hand. Die war nämlich zu fremd, passte nicht in meine. Ich gehe sowieso nur ungern Hand in Hand mit jemandem. Einen Arm um die Schulter, das geht eher, aber dieses Händchenhalten – puh. Bei Leon war es allerdings weniger ein zärtlicher Druck denn ein energisches Mitziehen, damit konnte ich leben. Und dann bogen wir um die Ecke und ich vergaß seine Hand komplett. Ich hielt sie einfach und schaute und ein warmes Gefühl stieg in meinem Bauch auf und erfüllte mich ganz.

Der Louvre ist ein großes, U-förmiges Gebäude und wir standen nun in seinem Innenhof. Der sandsteinfarbene Bau mit den kleinen Türmen rechts und links, deren Dächer in der Dunkelheit fast schwarz aussahen, und den Arkadengängen war von unzähligen, kugelförmigen Straßenlaternen beleuchtet, die ihn in ein weiches Licht tauchten. Auch im Bogengang selbst leuchteten unzählige Lichter. Am beeindruckendsten jedoch war die große, hell strahlende Glaspyramide in der Mitte. Dieses Bild war unglaublich schön und einen Moment vergaß ich alles andere. Ich drückte seine Hand und grinste dämlich, aber ich wusste, jetzt war ich wirklich angekommen. Dieser Platz hier war einfach mein Ort und trotz der vielen Menschen strahlte er für mich eine unglaubliche Ruhe und Gelassenheit aus. Langsam ging ich weiter, hinein in den eckigen Innenhof, umrundete die große Pyramide mit dem sie umschließenden Wasserbecken einmal, sah die drei kleinen Pyramiden, die sie flankierten. Leon lief schweigend neben mir her und ließ mir die Ruhe, die ich brauchte, um diesen Ort ganz zu erleben, wofür ich ihm sehr dankbar war. Erst als ich nach unserem Rundgang erneut an der Vorderseite des großen Glasbaus angekommen war, konnte ich wieder reden.

»Ich dachte, der Eiffelturm ist Paris. Aber ich glaube, für mich wird es immer dieser Platz hier sein.«

»Dann müssen wir unbedingt ein Bild machen. Gib mir dein Handy.«

Er fotografierte mich und spontan beschloss ich, dass wir auch ein Bild zusammen machen sollten. Er und ich, meine Augen strahlten, im Hintergrund die warm leuchtende Glaspyramide. Zufrieden steckte ich das Gerät zurück in die Tasche.

Kapitel 14

In dieser Nacht war ich rundum zufrieden, trotz fehlender Türen und so. Ich hatte das obere Bad benutzt und war auf dem Rückweg schnell an seiner Schlafbox vorbeigehuscht. Sein Lachen hatte ich ignoriert und mich in meinen Bereich zurückgezogen. Die ganze Sache hier war einfacher als gedacht. Nachdem wir zurück waren und ich erstaunt festgestellt hatte, wie nahe der Louvre an seiner Wohnung lag, hatte ich sein Angebot ausgeschlagen, noch etwas zu trinken, und mich zügig ins Bett verabschiedet. Seinen Blick hatte ich auch ignoriert. Ich meine, es war hinlänglich bekannt, dass er auf Frauen stand, allgemein auf Frauen, und sich gerne was gönnte, aber nicht mit mir. Vermutlich war es einfach ein Automatismus, mit dem ich leben musste, diese kleinen, plötzlich aufblitzenden Flirtereien. Also hatte ich seine anzüglichen Bemerkungen überhört, mit denen er meinen Kommentar, ich könne jetzt nicht schnell genug ins Bett kommen, erwiderte, und hatte mich zurückgezogen. Ich fand es sogar amüsant, wenn ich ganz ehrlich war. Weder er noch ich hatten ernsthafte Interessen, aber, und das fand ich viel wichtiger, wir lagen irgendwie auf einer Wellenlänge. Ich konnte ihn gut riechen, im wahrsten Sinne des Wortes. Seine Gesellschaft war mir angenehm und sogar seine Berührungen fand ich erträglich. Das war meine größte Sorge gewesen, dass er sich als kompletter Arsch herausstellen würde und ich dann so tun musste als ob. Denn bei allen Ambitionen, auch ich hatte meine Grenzen.

Ich erwachte, weil es hell wurde. Verschlafen drehte ich mich noch einmal zur Seite. Ich hatte mir noch nie echte Gedanken darum gemacht, weshalb ich abends die Läden schloss. Nicht nur, um meinen Nachbarn keinen Blick in meine Wohnung zu gönnen, wie ich vermutlich geantwortet hätte. Nein, es war auch angenehm, im Dämmerlicht auszuschlafen.

Dann fiel mir ein, wo ich war, und schlagartig war ich wach. Paris, wie konnte ich faul im Bett liegen. Ich warf die Decke von mir, streckte mich energisch, dann, wie ich es so gerne tat, drehte ich mich kurz noch einmal auf den Bauch. Lag mit ausgestreckten Armen da, fühlte das kühle Laken unter mir. Langsam und genüsslich, mit dem ganzen Körper, schmiegte ich mich an den glatten Stoff. Das habe ich schon als Kind gemacht. Es beginnt mit den Schultern, dann streichen die Arme über den Stoff, der Oberkörper, das Becken, und zum Schluss schere ich kurz mit meinen Beinen. Meine Mutter hat immer gesagt, es wäre, als würde ich versuchen, einen Schneeengel zu machen, nur umgekehrt und mit zu viel Powackeln. Dann lag ich noch einen Moment ganz still, ehe ich mich umdrehte, um endlich aufzustehen. Und erstarrte.

Mein Gastgeber stand dort, wo eine Tür sein sollte, und lächelte. Kein »Guten-Morgen-wie-hast-du-geschlafen?«-Lächeln, sondern ein »Ich-habe-mir-gerade-deine-Räkeleien-Show-angesehen«-Lächeln. Das leider noch unterstrichen wurde von seiner Erscheinung, denn Leon trug nichts außer Shorts und er lehnte lässig an der Wand, als wäre es völlig normal, hier zu stehen.

»Hey, was machst du da?«

»Guten Morgen. Ich war eben auf dem Weg ...« Er deutete auf die Klotür. »Und ich konnte nicht widerstehen.« Das Grinsen wurde breiter.

»Wir sollten das klären. Ich mag es nicht, wenn ich angestarrt werde.«

»Du bist Model. Du wirst täglich angestarrt. Wahrscheinlich willst du gar nicht wissen, was manche sonst noch machen, wenn sie deine Bilder ansehen.«

Ich stand mittlerweile neben dem Bett und hielt in der Bewegung inne. »Das ist widerlich.«

»Mag sein, aber dennoch ist es so. Ich dachte, in deiner Branche steht man da drüber.«

»Ich glaube nicht, dass das irgendeiner Frau wirklich egal ist. Nie. Und es ist ganz was anderes, ein Bild oder in echt«, kam ich zum Thema zurück.

»Ich habe nur geschaut.« Leon hob die Hände und sah fast entrüstet aus.

»Das wäre ja auch noch schöner.« Beinahe hätte ich völlig unpassend gegrinst. Er war gut, ich musste aufpassen, mich nicht einwickeln zu lassen.

»Ich war bloß einen Moment überrascht. Nein, um ehrlich zu sein, ich war fast gerührt, dich hier in diesem Flanellanzug zu sehen, wie du dich genüsslich im Bett räkelst. Unter uns, in dieser Wohnung hat noch nie eine Frau so ein Ding getragen.«

»Das glaube ich dir sofort. Und wenn du mich jetzt entschuldigst …« Ich wedelte kurz mit der Hand.

Wieder lachte er. »Natürlich. Der Kaffee ist fertig, wenn du dann so weit bist.«

Nach dem Kaffee hatte ich das obere Bad aufgesucht und mich dort angezogen. Sicherer war das, ich hatte keine Lust, mich unten umzuziehen. Auf dem Rückweg polterte ich vorsichtshalber die Treppe hinab, um nicht umgekehrt in eine blöde Situation zu geraten. Allerdings hätte ich mir die Mühe sparen können, denn er hatte Musik angemacht. Erleichtert sah ich, dass er sich in seiner Küche aufhielt, mittlerweile sogar angezogen, dem Himmel sei Dank. Normalerweise bin ich nicht so, aber heute hatte es sich seltsam angefühlt, einen halb nackten Mann in meiner Nähe zu haben. Ich habe nichts dagegen und in seinem Fall war es ein Anblick, der es durchaus mit den ganzen Männer-Models aufnehmen konnte. Aber es war etwas anderes, am Set zu sein oder hier, in dieser Wohnung, die nicht meine war. Also hatte ich ihn gefragt, ob es ihm was ausmachen würde, sich ein Shirt anzuziehen, ehe er sich zu mir an den Tisch setzte.

»Ich frühstücke immer so.«

»Aber es wäre doch nur ein Shirt.«

»Schon. Wenn ich jetzt komplett auf die Hosen verzichten würde, könnte ich das verstehen. Aber ein nackter Oberkörper? Wenn du das seltsam findest, dass ich so dasitze, während du dieses Ungetüm von einem Schlaganzug trägst, darfst du gerne nachziehen. Vielleicht ist es besser, wenn wir beide es machen?«

»Sehr witzig.« Ich schob meinen Kaffeebecher ein wenig hin und her.

»Himmel, Jools, du bist manchmal ein bisschen seltsam, weißt du das?«

»Ich bin nicht seltsam. Ich möchte nur, dass du dich an die Regeln hältst.«

»Das tue ich. Und da stand nichts von Shirts beim Frühstück.«

Da hatte er leider recht. Da stand nichts von Kleidern, die man tragen musste oder nicht tragen musste. Da stand auch nichts von fehlenden Türen und mehr oder weniger zufälligen Einblicken. Ich seufzte.

»Komm schon. Tausende Frauen würden alles tun, um mit dir zu tauschen.«

Ich begnügte mich mit einem Blick, der zeigen sollte, was ich von dieser Antwort hielt. Und hatte zum ersten Mal ein wenig Sorge, ob ich es mit dem Ego dieses Mannes aufnehmen konnte.

Zwei Stunden später hatte ich das leidige Thema vergessen. Erneut wurden wir mit einem Tag beschenkt, der eher an goldenen Oktober denn November erinnerte, und wir waren in der Stadt unterwegs. Wie echte Touristen hatten wir die Metro genommen und waren zum Eiffelturm gefahren. Ich grinste, weil er sich wieder eine graue Beaniemütze tief in die Stirn gezogen hatte und dazu eine dunkle Sonnenbrille trug. Beides stand ihm zu gut, um ihn zu verstecken, fand ich, und ich sah die Blicke, die er in der Metro auf sich zog. Dann hatten wir auf dem Platz vor dem Eiffelturm alberne Bilder gemacht, die den Eindruck erwecken sollten, dass wir den Turm mit der Hand umschlossen oder ihn abstützten. Leon machte die Bilder und führte sich auf wie ein echter Fotograf, gab Anweisungen, ließ mich ewig »ein bisschen nach links, nein, jetzt ein ganz klein wenig zurück, etwas höher, stopp, zu viel, ja, genau so« bleiben. Wir lachten und witzelten herum. Dieser Mann war völlig anders als der in der Wohnung, fand ich. Dieser hier war viel entspannter und auch einfacher zu handeln, obwohl er mich oft berührte. Er schob mich hin und her, um das perfekte Bild zu machen, griff nach meiner Hand, um mich irgendwo hinzuziehen, oder legte seinen Arm um meine Schultern, als wir gemeinsam auf den Eiffelturm blickten. Und doch waren die Momente in der Wohnung, wenn er mich spöttisch ansah, sehr viel intimer und persönlicher. Seine Finger, die sich unter meinen Schal schlichen und die zarte Haut an meinem Nacken berührten, waren angenehm und gleichzeitig harmlos, weil sie nur da waren, um den richtigen Eindruck zu erwecken, falls uns jemand erkannte.

»Gehen wir hoch? Auf den Turm?«

»Ernsthaft? Hast du die Schlangen gesehen?« Leon sah nicht begeistert aus.

»Aber ich würde so gerne einen Blick auf Paris von oben werfen.« Ich zog die Unterlippe ein und sah ihn an. Normalerweise half das.

»Hm.« Einen Moment schien er zu überlegen, dann zog er sein Smartphone aus der Tasche. »Ich habe eine bessere Idee. Warte kurz, ich sehe, ob es klappt.« Er begann zu tippen und ich lehnte mich an die breite Brüstung und sah wieder hinab auf den belebten Platz mit dem großen Stahlturm.

»Glück gehabt. Komm. Los, komm, wir müssen uns ein bisschen beeilen.« Wieder griff er nach meiner Hand und stürmte los. Und ich eilte hinterher und verfluchte leise die Tatsache, dass ich ausgerechnet an einen Fußballer geraten war.

»Hier?«

Leon hatte nicht verraten, wo es hingehen sollte, und ich war zu wenig vertraut mit der Stadt, um zu bemerken, dass wir fast wieder bei ihm zu Hause waren. Erst als die mächtige Kirche Notre-Dame auftauchte, war ich mir sicher.

»Ja. Komm, wir müssen hier entlang, wir sind ein bisschen spät dran.« Wieder legte er einen Zahn zu und ich eilte hinterher. Er bog um die Ecke, weg vom Hauptportal. Eine Handvoll Menschen stand da und sah belustigt zu, wie wir abbremsten. Genauer gesagt wie Leon abbremste, einfach stoppte, und ich nicht so schnell reagieren konnte und ins Straucheln geriet. Ehe ich jedoch stürzen konnte, hatte er seine Arme um mich gelegt, und statt auf dem Asphalt landete ich an seiner Brust. Nicht viel weicher, aber deutlich angenehmer. Seine Arme hielten mich ganz fest und einen Moment spürte ich sein Kinn an meiner Schläfe. Ich keuchte ein wenig von der ganzen Rennerei und so. Seine Arme ließen mich frei und Leon sah einmal mehr mit einem leicht spöttischen Lächeln zu mir herab.

»Ich hoffe sehr, deine Kurzatmigkeit kommt daher, dass du mir so nahe bist, und nicht vom Laufen. Denn sonst hast du gleich ein Problem, Jools.«

Kapitel 15

Ich bin eigentlich ganz gut in Form. Das gehört zum Job und im Vergleich zu manchen anderen war ich auch echt top. Aber ich trat gegen einen Spitzensportler an, und das war nicht gut.

Leon hatte für uns eine Turmbesichtigung in Notre-Dame gebucht. Zusammen mit den anderen machten wir uns auf den Weg. Den recht engen Weg. Und vor allem: den Weg voller Stufen. Mein Begleiter stieg die Stufen mit einer Leichtigkeit und gleichzeitig Effizienz, mit der kaum jemand mithalten konnte. Die schnauften schon schwer und schworen sich, nie mehr eine Zigarette zu rauchen oder ab morgen regelmäßig Sport zu treiben. Ich jedoch wollte ihm den Triumph nicht gönnen und bemühte mich, mitzuhalten. Zumal es wirklich eng war und man es sich kaum leisten konnte, stehenzubleiben. Die paar vor uns hatten sich zwar tapfer an die Wand gedrückt, um ihn vorbeizulassen und nicht wie eine Horde Kühe von ihm getrieben zu werden, aber es war jedes Mal eine heikle Sache, an jemandem vorbeizugehen. Doch dann waren wir an der Spitze und niemand bremste ihn mehr aus. Als Erste erreichten wir endlich nach über zweihundert Stufen die Aussichtsplattform.

Der Ausblick entschädigte mich sofort für den Aufstieg. Es war einfach unglaublich. Ich hätte stundenlang hier stehen können, doch das war mir nicht vergönnt.

»Weiter.«

Wieder einmal wurde ich mitgezogen. Auf einem schmalen Gang, komplett mit einem Drahtgitter ummantelt wie einer dieser Tiertunnel im Zoo, gingen wir von unserem Turm zum anderen und bestaunten die Architektur und die Schönheit des Gebäudes. Außen am Gemäuer waren die Wasserspeier, diese Steinfiguren, zu sehen und einige sahen wirklich ganz genauso aus wie im Disney-Film über den Glöckner von Notre-Dame.

Dann ging es weiter zur nächsten Plattform, noch mal fast zweihundert Stufen. Nur dass die jetzt noch enger waren, überholen war gar nicht mehr möglich. Was aber auch nicht nötig war, denn alle hatten uns durch Zeichen zu verstehen gegeben, dass wir gerne die Spitze übernehmen dürften. Am Ende dieses Aufstiegs war ich ebenfalls so weit, mir selbst zu schwören, etwas mehr Augenmerk auf meine Ausdauer zu legen. Lieber ab und zu eine weitere Trainingseinheit einbauen, als mich jedes Mal von ihm abhängen zu lassen. Schon gestern Abend hatte er mich entrüstet angesehen, als ich den Aufzug hatte rufen wollen, und verkündet, die paar Stufen wären eine gute Übung, und er gehe immer zu Fuß. Ich hatte daraufhin natürlich nicht mehr den Fahrstuhl benutzen können und direkt bemerken müssen, dass er mir konditionell weit überlegen war. Gestern hatte er es recht wortstark genossen, heute stand er an der Brüstung und sah nach unten, als ich kurz nach ihm oben ankam.

»Ist das nicht großartig?«

Ich nickte nur. Diese Aussicht war jede Stufe wert. Der Eiffelturm war zu sehen, die Île de la Cité und das Pantheon. Die ganze Stadt lag uns zu Füßen. Wir gingen weiter, sahen auf das Dach der Kirche hinab, und viel zu schnell wurden wir aufgefordert, wieder den Weg nach unten anzutreten, weil die nächste Gruppe wartete und auf diesen schmalen Stufen kein Gegenverkehr zugelassen wurde.

Zurück auf der ersten Plattform, bog Leon ab und steuerte noch einmal auf eine Tür zu, die wir vorher nicht beachtet hatten. Wie toll, erneut Treppen, dachte ich, zudem auch noch Holzstufen, die ich spontan als nicht so vertrauenswürdig empfand wie die Steinstufen. Dennoch stieg ich sie hinauf, von einer seltsamen Faszination erfüllt, die das alte Gemäuer ausstrahlte, hier ganz besonders. Und dann standen wir unter den riesigen Glocken der Kirche. Ich starrte hinauf, ihre gewaltigen Ausmaße beeindruckten mich. Neben mir begann Leon mit den Armen zu schlenkern. Vorgebeugt stand er da, ließ die Arme wie ein Orang-Utan baumeln und einen Moment überlegte ich, ob ihm schlecht war. Dann griff er rasch nach mir und als wöge ich nichts, hatte er mich um die Taille gepackt und hochgehoben.

»Esmeralda«, grunzte er und schüttelte mich leicht. »Esmeralda schööööön.«

Im ersten Moment schrie ich vor Überraschung. Hinter uns hörte ich Kichern und Seufzen und meine Protestbekundungen wurden ebenfalls zu einem Lachen. Er ließ mich los, ging rückwärts die paar Zentimeter bis zum Geländer, mit gesenktem Blick und immer noch den hängenden Armen, dann hob er den Kopf und zeigte mir ein beeindruckendes schiefes Grinsen, die Zunge halb aus dem Mund.

»Und du bist ein Spinner.« Ein ziemlich witziger, aber das sagte ich nicht.

Nach dem Turm versuchten wir noch, das Kirchenschiff zu besichtigen. Ich gebe zu, ich stehe auf alte Gebäude, auf Zeitzeugen und so was. Die großen Glasrosetten zauberten ein ganz besonderes Licht in die große Halle. Es war fast magisch, trotz der vielen Menschen, die hier waren. Und dennoch konnte ich mich dem Zauber nicht völlig hingeben. Jedes

Mal, wenn ich zu Leon sah, begann er, mit den Armen zu rudern und den Mund zu einer seltsamen Grimasse zu verziehen. Ein paar ältere Damen, die ganz offensichtlich nicht die Qualität seiner Quasimodo-Imitationen erkannten, begannen, unmutig mit den Köpfen zu wackeln und mit den Zungen zu schnalzen. Schließlich gab ich auf und wir beendeten die Besichtigung.

In einem kleinen Café nur wenige Schritte entfernt ließen wir uns nieder und ich holte mein Smartphone heraus.

»Ich werde jetzt die ersten Bilder hochladen.« Ich sah ihn an, als ob ich seine Zustimmung brauchte.

»Gute Idee. Ich werde ebenfalls ein paar Bilder verschicken.«

»Verschicken?«

»Ich poste nicht selbst. Man ... Maxim hat mir nahegelegt, einen Service zu beauftragen.«

»Einen Service? Der für dich postet?«

»Kennst du das nicht? Das machen doch alle. Nun ja, alle, die ich kenne.« Er lehnte sich zurück. »Ein unglücklich formulierter Post, und du bist der Buhmann der Nation. Ein wichtiges Ereignis, das du vergisst, und schon haben sie dich im Visier.«

»Und deshalb posten fremde Leute für dich? Die sprechen in deinem Namen?«

»Nun, ich gebe ihnen die Infos. Ich schreibe auch viele Dinge selbst, aber ich poste nicht direkt, ich lasse es erst dort durch die Kontrolle gehen. Und wenn die von sich aus ein Statement zu einer Sache abgeben, weil sie denken, dass es wichtig ist, dann bekomme ich das vorab zum Freigeben.«

Nachdenklich sah ich auf mein Smartphone. Manchmal

fühlte ich mich unglaublich naiv. Klar gab es Dienstleister, die auch in diesem Bereich darauf achteten, dass alles toll war. Was diese Agentur wohl von meinem Post halten würde? Ich hatte bereits ein Bild hochgeladen, in dem der Eiffelturm im Hintergrund zu sehen war, damit jedem klar war, wo ich mich aufhielt. Nun hatte ich zwei Fotos ausgewählt, eines der Kirche von vorne und eines aus dem Glockenturm. »Habe heute Quasimodo getroffen« war die Bildunterschrift und ich fand sie witzig und originell. Wahrscheinlich würde man mir das um die Ohren schlagen, dachte ich. Und drückte trotzig auf »veröffentlichen«. Nein, ich würde selbst bestimmen, was da stand.

»Das war's.« Leon legte sein Handy auf den Tisch und sah mich an.

»Wie lange dauert das jetzt?«

»Die sind schnell. Müssen sie ja auch sein in diesem Medium.«

»Klar.« Ich rührte in meinem Kaffee. »Und was hast du denen geschickt?«

»Ein paar Bilder.«

»Und wenn es jetzt weitergeht? Wenn wir die nächsten Bilder machen, dann wird das auch dort durch die Korrektur gehen?«

»Klar.«

»Also bestimmst nicht du, was da steht. Über uns? Die bestimmen?«

»Im Endeffekt sind es ja nur Vorschläge, was die machen. Sie sind eben Profis in der Vermarktung, deshalb ja, meistens nehme ich, was sie vorschlagen. Ah, das ging aber sehr flott.«

Es piepste und er rief seine Nachrichten auf. Stirnrunzelnd warf er das Gerät auf den Tisch zurück.

Ein mulmiges Gefühl überkam mich. Plötzlich war die Leichtigkeit des Nachmittags weg, verschwand mit dem letzten Licht des Tages. Auf einmal war wieder alles nur ein Vertrag, eine ausgearbeitete, unfassbare Marketing-Kampagne, um den Ruf eines Menschen aufzupolieren. Und Leon war nicht mehr der charmante, witzige Begleiter, sondern offensichtlich genervt von dem, was seine Agentur zurückgeschickt hatte.

»Hältst du das Ganze für eine gute Idee?«

»Diese Agentur? Ja. Was machst du denn da so eine große Sache daraus?«

»Nicht die Agentur. Das andere. Wir beide.« Ich sah mich vorsichtig um. Ich sollte das vielleicht nicht gerade in einem öffentlichen Café ansprechen.

Er sah es wohl ähnlich, denn er überging meine Frage einfach.

»Wie sieht es aus? Was machen wir noch mit dem restlichen Abend? Es ist zu früh, um in einen Club zu gehen.«

»Hast du nicht morgen früh Training?«

»Und?«

»Vielleicht ist feiern dann nicht die beste Idee.«

»Hast du denn eine? Eine Idee?« Er verschränkte seine Arme vor der Brust und sah mich an, als überlege er, weshalb er hier mit mir seine Zeit vertrödelte.

»Ich weiß nicht. Ich dachte, wir schlendern noch ein bisschen herum, vielleicht eine Kleinigkeit essen ...«

»Du hörst dich an wie Maxim. Iss was Leichtes, geh früh zu Bett, hab bloß keinen Spaß.«

»Ich ... ich hatte heute Spaß.« Irgendwie schien es schlagartig schiefzulaufen und ich hatte keine Ahnung, woran das lag.

Er seufzte. »Also Essen und heimgehen. Und dann? Haben wir dann Spaß?«

Ich beschloss, den Sarkasmus zu überhören. Und auch den Unterton, den ich nicht hören wollte.

Kapitel 16

Als ich am Montag wieder im Flieger saß, sah ich mit gemischten Gefühlen in die Zukunft. Dieses Wochenende hatte mir wirklich gut gefallen und viel Spaß gemacht, allerdings auch gezeigt, dass es kein Spaziergang sein würde, Leon Sandmanns Freundin zu spielen. Ich mochte ihn, aber ich hatte auch schon erlebt, dass er unglaubliche Stimmungsschwankungen haben konnte.

Er hatte mich hereingelegt mit dem Essen. Zwar waren wir wie versprochen in ein Lokal gegangen, doch diesmal in eines, das er ausgesucht hatte. Und in das man nur hineinkam, wenn man den Türsteher passieren konnte. Anscheinend war er gut bekannt und wir wurden schnell durchgewunken. Drinnen tummelten sich die Reichen und Schönen, die Berühmten und die, die es werden wollten. Es waren viele bildhübsche junge Französinnen da, die begehrliche Blicke an unseren Tisch warfen und die mit einem strahlenden Lächeln belohnt wurden. Das Essen war Nebensache, man sah und wurde gesehen. Eigentlich ja das, was unsere Aufgabe war, aber irgendwie war mein Begleiter immer noch in dieser seltsamen, leicht aggressiven Stimmung und nicht abgeneigt, sich von anderen Frauen anbaggern zu lassen. Als ich von der Toilette zurückkam, überraschte ich ihn mit einer jungen Blondine, die auf meinem Stuhl saß und ihm etwas ins Ohr flüsterte, während ihre Hand wie zufällig auf seinem Schenkel lag. Ich sah sein Lachen und schluckte. Ehe die Dame aufstand, steckte sie Leon einen Zettel zu, den er sofort mit einem Zwinkern in der Hosentasche verschwinden ließ. Ganz toll.

Prinzipiell hätte mich das nicht gestört, doch wenn ich in der Öffentlichkeit seine Freundin sein sollte, hatte ich keine Lust, dass man mich immer als die Betrogene ansah. Auch wenn ich das nicht war, ich hatte dennoch einen eigenen Ruf zu schützen und wollte mich selbst zu einer integeren Marke aufbauen. Da passte es gar nicht, sich auf einen untreuen Mann einzulassen und sich so behandeln zu lassen. Meine Meinung.

Und die sagte ich ihm. Ich bin dafür, Dinge anzusprechen und zeitnah zu klären. Als wir wieder in seiner Wohnung waren, setzte ich mich an den Tisch und sah ihn an.

»Jools, was gibt es?« Noch immer war er in dieser Stimmung, als wäre er eine Bombe, die jederzeit hochgehen konnte.

»Du hast vorher meine Frage nicht beantwortet. Hältst du das Ganze für eine gute Idee?«

»Was?«

»Komm schon, du weißt, was ich meine. Diese Sache mit uns. Der Vertrag.«

»Sonst hätte ich ja kaum zugestimmt.«

»Leon, ich meine das ernst.«

»Nun, ich denke, es ist eine gute Idee. Ich weiß nur nicht, ob es klappen wird.«

»Die Frage ist, ob du es versuchen willst. Ich bin ganz ehrlich. Wenn wir das durchziehen, dann richtig.«

»Richtig?« Er lächelte spöttisch und ich konnte seine Gedanken förmlich sehen.

»Du weißt, was ich meine. Leon, wir können das Ganze absagen. Wenn du es nicht willst, dann war es das. Niemand zwingt dich dazu.«

»Willst du es absagen?«

Ich holte tief Luft. »Nein. Das ist eine einmalige Chance für mich, bekannt zu werden, das weißt du. Ich habe mir das gut überlegt und ich habe zugesagt. Aber ich weiß nicht, ob du es willst. Auch wenn ich nicht deine Freundin bin, erwarte ich einen gewissen Respekt, wenn wir in der Öffentlichkeit sind.«

»Ich soll also die nächsten Monate wie ein Mönch leben, ist es das? Keine Partys, keine Frauen? Nur du und dein Flanellschlafanzug?«

»Wenn das für dich schon nach zwei Tagen ein Problem ist«, ich stand auf, plötzlich sehr müde, »dann denke ich, dass wir es wirklich lassen sollten.«

»Jools?« Leon klopfte vorsichtig an die Wand zu meinem Schlafbereich, ehe er den Kopf vorstreckte. »Kann ich mit dir reden?«

»Klar.« Ich saß komplett angezogen auf dem Bett und dachte darüber nach, dass ich eben die beste Chance meines Lebens in die Tonne getreten hatte.

»Jools, es tut mir leid. Ich habe mich wie ein Idiot benommen.«

Ich zog die Beine an und sah zu, wie er sich am unteren Ende des Bettes niederließ.

»Ich weiß auch nicht ... Ich bin kein geduldiger Mensch. Und kein einfacher, fürchte ich. Ich hätte dieser ganzen Sache nicht zugestimmt, wenn ich nicht wirklich gedacht hätte, es zu wollen. Maxim hat dir erzählt, worum es geht? Was mein Antrieb dafür ist?«

»Ja.«

»Die letzten paar Spiele war ich wieder aufgestellt. Ich dachte, ich hätte die Krise überwunden. Heute Abend hat mir mein Trainer eine ziemlich bittere Nachricht geschickt, zusammen mit einem Link. Zu einem Artikel über das letzte Spiel.«

»Und?«

»Leon Sandmann war eher ein Sandmännchen. Träge und einfallslos war sein Spiel bestens geeignet, um einzuschlafen. Zu Recht saß er die letzten Wochen auf der Bank. Wir können nur hoffen, dass er zu seiner alten Form zurückfindet«, las er mit gleichgültig klingender Stimme vor.

»Oh. Und das hattest du noch nicht gesehen?«

»Nein.«

»Stimmt es?« Ich sah ihn an.

»Es war nicht mein bestes Spiel«, gab er zu.

»Woran liegt es?«

»Ich weiß es nicht. So ist es eben. Manchmal fehlt das bisschen Glück, die richtige Idee im richtigen Moment ...« Er warf das Handy zur Seite. »Nein. Das sind alles Ausreden. Ich bin nicht hundertprozentig fit, immer noch nicht. Und ich bin vor allem unkonzentriert. Das ist es, und das macht mir zu schaffen.«

»Und das kompensierst du mit Frauen und Partys?«

Er zuckte die Achseln.

»Ist es das, was du wirklich willst? Fußball spielen?«

»Natürlich.«

»Oder ist es der Ruhm, das Geld? Die Frauen? Das alles bekommst du auch, wenn du auf der Bank sitzt, wie es scheint.«

Er lachte bitter. »Noch. Nein, ich will spielen. Ich hasse die Bank. Ich hasse es, neunzig Minuten nur dazusitzen und nichts für mein Team tun zu können, außer es anzufeuern.«

»Ich weiß nicht, wie ich dir dabei helfen kann.«

»Du hast das schon ganz gut gemacht. Ohne dich säße ich jetzt nicht hier, sondern wäre auf der Piste, um mir zu beweisen, dass ich toll bin. Ich würde meine Enttäuschung wegsaufen und mir eine nette Begleitung für die Nacht suchen.«

»Die hast du auch so.« Ich grinste schief.

»Und ich habe es sogar in dein Bett geschafft.« Er ging auf meinen Ton ein. Dann wurde sein Gesicht ernst. »Also, wollen wir es probieren? Wir haben beide eine Menge zu gewinnen und nichts zu verlieren.«

»Fast nichts. Wenn wir das weitermachen, dann möchte ich, dass du diskreter bist.«

»Verstanden.«

»Und dass wir das hier und jetzt klären. Nur für die Öffentlichkeit. Sonst läuft nichts.«

»Sonst nichts. Verstanden.« Er stand auf und ließ mich ziemlich nachdenklich zurück. So ganz leicht, wie ich tat, war es nämlich nicht. Vertrag hin, Absprachen her. Es ging hier nicht um eine Sache, das war mir gerade sehr bewusst. Es ging um Menschen, die Gefühle hatten, Enttäuschungen erlebten und etwas erreichen wollten. Und darum, wie wir mit alldem umgehen sollten.

Kapitel 17

Ich flog erst zwei Wochen später wieder nach Paris. Das kommende Wochenende hatte Leon ein Auswärtsspiel gehabt und war nicht verfügbar. Insgeheim war ich froh. Ich las, dass er einmal mehr auf die Bank verwiesen wurde, und konnte mir vorstellen, dass ihm das gar nicht zusagte. Zudem hatte seine Mannschaft verloren, weil der Spieler, der auf seiner Position spielte, einen dummen Fehler gemacht und damit einen erfolgreichen Konterangriff ermöglicht hatte. Wir hatten nur ein paar kurze Nachrichten ausgetauscht, aber ich hörte auch daraus seinen Frust. Er trainierte sehr viel, wenn ich ihm glauben konnte, ließ aber nichts Persönliches raus. Auf seinen Seiten in den sozialen Netzwerken hatte ich die Bilder unseres gemeinsamen Wochenendes angesehen. Seine Agentur hatte kurze, nichtssagende Sätze dazu gepostet. Beim Eiffelturm-Bild, auf dem ich von hinten zu sehen war, stand zum Beispiel einfach »enchanté«. Verzaubert, bekam ich die Übersetzung angezeigt. Er hatte ebenfalls ein Bild des Louvre bei Nacht gepostet, ohne uns, mit dem Kommentar »Un lieu où la magie se pose«. Das berührte mich, musste ich zugeben, selbst wenn er es eigentlich nicht geschrieben hatte. »Ein Ort, an dem Magie entsteht«, so etwas Ähnliches hatte ich an jenem Abend gesagt. Er musste wenigstens das Wort »Magie« ins Spiel gebracht haben, dachte ich, alles andere wäre ein zu großer Zufall.

Ansonsten gab es nur ein Bild, das ihn im Trainingsraum zeigte, und eines vom Mannschaftstraining, das fast alle Spieler hochgeladen hatten. Ich lud ein Bild hoch von einem weiteren Einkaufszentrum. Allerdings war es diesmal keine

Eröffnung, sondern ein »Event«. Eine bekannte Modefirma hatte dort einen neuen, unglaublich großen Store eröffnet und dazu eine Modenschau organisiert. Ich war eines der Models, die dort laufen durften. Ich war sogar die, die die Show eröffnete und schloss, eine doppelte Ehre. Und die, die die höchsten Schuhe bekommen hatte, was ich allerdings gut meisterte. Ich war das Aushängeschild der Veranstaltung und auch wenn sie klein war, freute ich mich darüber. Wenigstens durfte ich wieder einmal auf den Laufsteg.

Sabine hatte außerdem die freudige Nachricht zu verkünden, dass ich zu einem Casting eingeladen worden war. Ein echtes Casting, kein Katalogjob. Allerdings auch nichts Aufregendes, aber das war egal. Ich brauchte Arbeit, und jeder Schritt nach vorne war besser als Stillstand.

Tatsächlich konnte ich, als ich zum zweiten Mal in Paris ankam, auf zwei Aufträge zurückblicken. Ich hatte keine Lust, Leon gegenüber zuzugeben, wie träge meine Karriere war, und so konnte ich voller Stolz berichten, dass ich für eine neue Kosmetiklinie, die im Niedrigpreissegment angesiedelt war und ein dementsprechend geringes Werbebudget hatte, engagiert worden war. Wenn die Kampagne gut ankam, sollten noch mehrere folgen. Das Shooting war großartig gewesen, sehr professionell, und die Bilder fantastisch. Ich hatte mein Bestes gegeben und nun musste ich hoffen, dass die Resonanz gut genug war. Oder dass mein Bekanntheitsgrad sich endlich verbesserte.

Dieses Wochenende würden wir sozusagen unsere Beziehung publik machen. Auch Maxim hatte sich wieder einmal gemeldet in der letzten Woche.

»Josephine, ich höre, es läuft gut?«

»Ja.«

»Schön. Dann wird es Zeit, offensiver zu werden.«

»Offensiver?«

»Mehr Bilder. Die Presse sollte langsam auf euch aufmerksam werden. Wir wollen schließlich, dass die Welt mitbekommt, dass Leon Sandmann sich vom Partyleben verabschiedet.«

»Hoffen wir, dass er das will.« Das war mir herausgerutscht, ehe ich nachgedacht hatte.

»Sie werden ihn dazu bringen, das zu wollen.«

»Meine leichteste Aufgabe.« Ich lachte und hoffte, es klang nicht zu ironisch.

»Sie werden ihm einfach keine Gelegenheit geben.« Maxim Paulsens Stimme klang fest.

»Das tue ich, klar. Aber ich bin ja immer nur kurz dort.«

»Wir werden sehen. Im Notfall kann man das ganz schnell ändern. Zum Glück sind Sie ja ortsunabhängig.«

»Zum Glück.« Ich seufzte leise, allerdings erst, als das Gespräch beendet war.

Der Flieger landete planmäßig am Donnerstagabend auf dem Flughafen Orly und wie beim letzten Mal nahm ich mir ein Taxi. Wir hatten kurzfristig umgeplant und das Wochenende verlängert. Es war Maxims Idee gewesen und ich hatte nichts dagegen. So konnte ich endlich einmal die ganzen Pariser Boutiquen unter die Lupe nehmen, während Leon im Training war. Und ich würde, ebenfalls eine Idee seines Managers, am Samstag zum ersten Mal im Stadion sitzen und ihm zujubeln. Wieder eine ganz neue Erfahrung. Bisher beschränkten sich meine Fußballerlebnisse auf die großen Turniere – Weltmeisterschaft, Europameisterschaft. Und das auch nur, wenn ich es mit meinem Paps vor dem Fernseher verfolgte.

Nun ja, es war ein Teil der Abmachung und ich hatte natürlich zugesagt. Und dafür hatte ich ja den ganzen Freitag für mich.

»Jools. Hattest du eine gute Reise?« Leon war zur Abwechslung einmal nur halb angezogen, als ich ankam.

»Sicher.« Es war irgendwie eine seltsame Angelegenheit. Ich meine, was sollte ich tun, sagen, fühlen? In dem Moment, in dem er die Tür geöffnet hatte, wurde ich von so vielen Emotionen überrascht, die ich gar nicht auf dem Zettel gehabt hatte. Freude, ihn zu sehen. Überraschung, weil er so gut aussah. Sympathie, weil unser letztes Gespräch noch nachklang. Und ein wenig Sorge, weil ich immer weniger wusste, wie ich ihn einordnen sollte. Ich hatte viel nachgedacht über das letzte Zusammentreffen. Leon war definitiv ein Alphamännchen, selbstbewusst und direkt. Er flirtete gerne, zu gerne. Aber da war auch eine verletzliche Seite gewesen. Und eine witzige, die ich besonders mochte. Und irgendwie gelang es ihm gerade, alle diese Seiten auf einmal zu zeigen, wie er dastand, nur in Jeans, und viel zu gut aussah mit dem lässig in die Stirn fallenden Haar. Alles an ihm schrie schon wieder: »Na, wie wäre es mit einer kleinen Nummer, gleich hier?« Und gleichzeitig klang er sehr nett, als interessiere es ihn aufrichtig, dass alles gut gelaufen war.

»Komm rein.« Er nahm mir meinen Koffer ab und ließ mich vorbei. Er kam wohl direkt aus der Dusche, er roch nach Duschgel, herb und männlich, mit einem Hauch Zitrone. »Hast du Hunger?«

»Nein, danke.« Doch, hatte ich, aber ich musste ein wenig aufpassen. Ich war gerade nicht in bester Form, die lange Zeit ohne Jobs hatte mir nicht gutgetan. Und es wäre besser, gleich wieder die Bremse zu ziehen.

»Ich habe Nudeln gekocht. Ich dachte, du willst vielleicht mitessen.«

»Ich leiste dir gerne Gesellschaft.«

Es gab auch Tomatensalat, den ich mir dann doch gönnte. Die Vollkornnudeln mit Soße verkniff ich mir.

»Ich habe etwas für dich.« Leon griff hinter sich und angelte nach einer Tüte. »Ist zwar Winter, aber du wirst es vielleicht dennoch tragen wollen.«

Ich griff vorsichtig danach. Das hörte sich irgendwie nach einem viel zu kurzen, viel zu knappen Kleidungsstück an. Langsam öffnete ich die Tüte und spähte hinein. Hm, sicher kein Kleid, das konnte ich schon am Stoff sehen. Dunkelblau, mit ein wenig Rot.

»Ein Trikot?«

»Ja.«

Ich drehte es um. Eine große Dreizehn prangte auf dem Rücken, darunter SANDMANN.

»Das ist so üblich, dass die Frauen die Trikots ihrer Männer tragen.« Er schaufelte weiter Nudeln in sich hinein. »Ich denke, dass das gut ankommen wird.«

»Okay.« Langsam ließ ich es sinken. Das wird gut ankommen. Wieso tat ich mich heute so schwer damit, professionell zu sein? Wieso hätte ich es schöner gefunden, wenn er gesagt hätte, dass er es gerne hätte, wenn ich es trug?

»Und ich würde mich freuen, wenn du es trägst. Es ist lange her, dass ich eine Frau gebeten habe, bei einem Spiel mit meinem Trikot auf der Tribüne zu sitzen.« Jetzt lächelte er.

»Ich habe noch nie ein Trikot getragen.«

»Es wird dir stehen. Eine schöne Frau kann alles tragen.« Mit einem Mal war er wieder in seinem gewohnten Modus. »Und du weißt, dass es nach dem Spiel den schönen Brauch des Trikottauschs gibt.«

»Träum weiter.« Ich lachte. Diese seltsame Stimmung, die mich eben noch im Griff gehabt hatte, war weg. Schlagartig freute ich mich wie ein kleines Kind auf die Tage, die vor uns lagen.

Kapitel 18

»Ich habe Alains Freundin Camille gebeten, dich bei deinem ersten Besuch im Stadion unter ihre Fittiche zu nehmen.«

Wir schlenderten durch das nächtliche Viertel. Leon hatte nichts dagegen gehabt, es heute Abend locker angehen zu lassen. Nun überraschte er mich mit dieser Neuigkeit, die mich spontan beruhigte. Ich wusste weder, wo das Stadion war, noch wo ich hin musste, wenn ich dort war.

»Das ... das ist nett von dir.«

»Das hört sich so überrascht an.«

»Nein, es ist nur ... Ich finde es schön, dass du daran gedacht hast.«

Er antwortete nicht und ich überlegte, ob Maxim dahintersteckte. Wahrscheinlich schon.

»Ist sie nett?«

»Du wirst sie mögen. Alain hat mit ihr einen Glückstreffer gelandet. Sie ist klug, schön und süß. Und sie spricht Deutsch, weil ihre Mutter deutsche Wurzeln hat.«

»Das klingt nach einer Traumfrau.«

»Wenn es die gibt, dann kommt Camille ihr schon sehr nahe.«

»Wenn es die gibt? Hat nicht jeder irgendwo einen Traumpartner?«

»Hast du einen? Wie sollte er sein, Jools, der Mann, der dich erobert?«

»Keine Ahnung. Nett, denke ich. Witzig.«

»Keine Ahnung?«

»Ich weiß nicht, irgendwie habe ich das Gefühl, ich bin

nicht wirklich für die große Liebe geschaffen.« Ich weiß nicht, warum ich so ehrlich war. Es lag wohl an der Dunkelheit und an der Aussicht, die wir gerade genossen. Wir standen auf einer Brücke, die Arme auf dem Geländer aufgestützt, und sahen hinunter auf die Seine. Die Häuser ringsum waren erleuchtet, es war kalt, aber trocken.

»Wie viele Männer hattest du schon?«

»Was? Was ist denn das für eine Frage?«

Er richtete sich auf und lehnt sich jetzt mit dem Rücken an das Geländer. »Komm schon, Jools. Spuck es schon aus. Wie viele?«

»Keine Ahnung. Weniger als du Frauen vermutlich.«

Er grinste. »Das hoffe ich doch. Ernsthaft, wie viele?«

»Ein paar.« Ich drehte mich ebenfalls um und lehnte mich an. Es waren vier, unter uns. Alex, mein erster richtiger Freund und meine erste Erfahrung in der körperlichen Liebe. Ich hatte mich in ihn verliebt und mit siebzehn kamen wir zusammen. Himmel, was habe ich ihn verehrt. Und dann … dann war es eine einzige Enttäuschung gewesen. Solange wir nur keusche Küsse tauschten, war alles gut. Doch dann ging ich mit ihm ins Bett und alles war anders. Ich sagte es keinem, auch ihm nicht, aber das, was er da tat, fand ich nicht wirklich toll. Ich hörte zu, wenn meine Freundinnen davon erzählten, und fragte mich, was mit uns nicht stimmte. Ich war weit davon entfernt, explodierende Sterne zu sehen oder Abgründe, in die ich stürzen würde. Ich mochte es nicht, wenn er mit seinen ewig kalten Fingern unbeholfen meinen Körper streichelte, an den unmöglichsten Stellen zu fest rieb, andere jedoch schnell überging, und war froh, wenn es vorbei war. Es gibt da diesen Witz, dass die Frau zu ihrem Mann während sie Sex haben sagt, er solle bitte das Licht ausmachen, wenn er fertig wäre. Nun, das könnte ich gewesen sein. Sein langatmiges Fummeln ließ mich alle Lust verlieren. Ich trennte mich schließlich von ihm, überzeugt davon, dass er eben der Falsche war. Dann kam Jonas. Jonas war ein paar Jahre älter als ich und wirkte sehr erfahren. Ich war verliebt, dachte ich. Und ich wollte jetzt wissen, wie es wirklich war. Es war besser als mit Alexander, doch das war nicht schwer. Leidenschaftlich wurde ich allerdings auch nicht bei ihm. Dieser Kick, von dem sie alle schwärmten, den spürte ich einfach nicht. Ich wollte mit ihm schlafen, hatte Lust auf ihn. Und dann, wenn er auf mir lag, war ich plötzlich ... gelangweilt. Es begann gut und gerade als ich dachte, ja, jetzt aber, war da irgendetwas anderes in meinem Kopf und alle Lust war weg. Ich begann mich zu sorgen, ob mit mir was nicht stimmte. Auch Jonas war bald Geschichte, er fand mich zu kühl.

Michael war der dritte und dieses Mal dachte ich, den Richtigen gefunden zu haben. Er war souverän, selbstbewusst und sah großartig aus. In seiner Gegenwart spürte ich ganz ungewohnte Gefühle und das Verlangen, ihm nahe zu sein. Es dauerte ein paar Monate, bis er mich bemerkte, aber dann tat er es richtig. Er umwarb mich recht stürmisch und ich gab nach wenigen Tagen nach. Ich hatte genug gesehen und gehört, um zu wissen, dass er sehr erfahren war auf diesem Gebiet. Leider war er indiskret genug, das auch selbst zu verbreiten und vor seinen Kumpels und mir ständig damit zu prahlen, wen er alles schon beglückt hatte.

Theoretisch gab mir das Hoffnung. Wenn auch nur die Hälfte davon stimmte, dann würde mich hier endlich das Feuerwerk erwarten, von dem alle so atemlos erzählten. In der Realität aber war es so, dass ich die ganze Zeit krampfhaft versuchte, nicht an meine Vorgängerinnen zu denken. Nicht daran, dass ausnahmslos jede ihm danach verfallen war. Nicht daran, dass viele von ihnen schöner gewesen waren als ich oder cooler. Und dass er hohe Ansprüche hatte. Und wieder erlebte ich, dass mein Körper mich im Stich ließ, dass er nach einem richtig guten Start plötzlich abschaltete und ich lustlos und gleichzeitig seltsam unbefriedigt zurückblieb. Michael merkte es nicht und grunzte zufrieden und schläfrig neben mir. Unsere Beziehung war bald darauf Geschichte.

Auf einer Party belauschte ich dann zufällig ein Gespräch zweier Freundinnen. Die eine klagte der anderen, dass der Sex mit ihrem Freund so eintönig wäre. Und die andere antwortete, dass sie sich damit lieber arrangieren solle.

»Das kommt immer, glaub mir. Die sehen dich als was ganz Besonderes und die wollen dich gut behandeln. Und natürlich wollen sie, dass du eine Heilige bist. Wenn du mich fragst, richtig guten Sex bekommst du mit einem One-Night-Stand. Dem sind solche Sachen egal, der sorgt sich nicht darum, etwas Schmutziges von dir zu verlangen. Für den ist es nur wichtig, jetzt und hier richtig guten Sex zu haben. Und im Gegenzug kannst du das auch einfordern. Dem kannst du ohne Probleme sagen, was du magst und wo er seine Hände wegnehmen soll. Glaub mir, da erlebst du ganz neue Dinge.«

Sie hatte gelacht und ich war nachdenklich nach Hause gegangen. War es so? Konnte man sich besser gehen lassen, wenn man sich nicht zu wichtig war? War das mein Problem? Dass ich Angst hatte, dem anderen zu sagen, was ich wollte oder was ich gar nicht wollte? Oder war ich wirklich nicht in der Lage, dabei etwas zu empfinden?

Irgendwann passierte es dann, dass ich auf einer Party einen tollen Typen kennenlernte, bei dem alles passte. Ich fand ihn cool, wir verstanden uns und ich ließ mich auf eine gemeinsame Nacht mit ihm ein. Das Ergebnis war weit davon entfernt, mich in Ekstase zu versetzen. Und ich weit davon, ihm das zu sagen. Wieder einmal wurde ich enttäuscht, auch wenn es zumindest das bisher beste Erlebnis gewesen war. Aber mir fehlte das entscheidende Quäntchen. Mir fehlte dieser letzte Schritt. Alles war toll und ich dachte schon, ja, das ist es. Die hatten recht, das ist tatsächlich gut. Und plötzlich, als wäre die Batterie frühzeitig leer, war da nichts mehr und ich wartete wieder einmal, bis der Typ fertig war, während mir die blödesten Gedanken im Kopf herumschwirrten. Und ich beschloss, dass es das nicht wert war. Das war einfach nicht mein Ding. Wieso sollte ich mir das immer wieder antun, wenn es mir keinen Spaß machte?

Ich wagte dennoch einen letzten Versuch. Nein, nicht mit einem Mann. Mit mir. Erleichtert stellte ich fest, dass ich doch nicht frigide war, wie Manu so sensibel festgestellt hatte, als ich ganz vorsichtig versuchte, das Gespräch auf mein Problem zu bringen.

»Es macht dir keinen Spaß? Du bist noch nie gekommen? Nicht mal bei Jonas? Himmel, du bist ganz offensichtlich frigide, Josephine«, hatte sie gesagt und den Kopf geschüttelt. »Da wirst du mit leben müssen.«

Nein, musste ich nicht. Ich musste nur damit leben, dass es mir mit einem Kerl nicht gefiel.

»Jools?« Leons Hand legte sich auf meinen Arm und ich schüttelte leicht den Kopf, um wieder im Hier und Jetzt zu landen. Das war es, mein großes Geheimnis. Und das würde es bleiben. Ich hatte keinen besonderen Spaß an Sex mit einem Kerl und deshalb war ich absolut sicher vor Leons Charme.

»Was? Entschuldige, ich habe gerade an etwas gedacht.«

»Etwas Schönes?«

Ich nickte und straffte mich. Lügen gehörte normalerweise nicht zu meinen Schwächen, aber er war ganz bestimmt der Falsche, um dieses Thema anzusprechen.

Kapitel 19

Am nächsten Tag machte ich mich zum ersten Mal alleine auf, um die Stadt zu erleben. Und diesmal wollte ich endlich dorthin, wo das Leben war, wo die schönen Dinge waren: Ich wollte in die Läden. Vor allem wollte ich in den einen Laden, die berühmte Galeries Lafayette.

Schon von außen war das Gebäude beeindruckend. Die Weihnachtsbeleuchtung war bereits eingeschaltet und ich stand einen Moment einfach da und genoss den Anblick. Durch den sehr milden und sonnigen November war der Gedanke an Weihnachten noch weit weg, auch wenn sich alles dafür rüstete und überall Lichterketten auftauchten. Die öffentlichen Gebäude und Brücken wurden noch nicht beleuchtet, nur die Geschäfte glänzten bereits und erinnerten daran, dass es jetzt Zeit wurde für die Geschenke. Dann betrat ich die große, runde Halle des Kaufhauses und drehte mich um mich selbst, den Blick zur gigantischen, wunderschönen Kuppel erhoben. Da hing ein Weihnachtsbaum kopfüber von der großen Glaskuppel herab. Ein pinker Baum, glitzernd mit Kugeln und riesigen Steinen. Und es sah einfach unglaublich toll aus. Die ganze Halle war ... einfach nur unbeschreiblich. Aufwendige Säulen, Gold, wo man hinsah. Und Stockwerk um Stockwerk ringsum Balustraden, wie Balkone, nein, wie Logen in der Oper. Überall leuchteten warme Lichterketten. Es war, als hätte ich ein Märchenland betreten, als wäre ich im Wunderland angekommen. Es war ... Autsch! Voll. Und laut. Ich senkte meinen Blick und sah direkt in das grimmige Gesicht einer Frau, die eben in mich hineingerannt war. Jetzt bemerkte ich auch die Rempler, die ich fast im Minutentakt einfing. Wie konnte man in so einer Umgebung bloß so schlecht gelaunt sein? So hastig, dass man keinen Blick für die Umgebung hatte? Ich jedenfalls hatte den ganzen Tag Zeit und ich würde mir das von keinem verderben lassen.

Ich schlenderte, ungeachtet der bösen Blicke, weil ich nicht schnell genug aus dem Weg ging, an den einzelnen Boutiquen vorbei. Nahezu alle großen Marken waren hier vertreten und ich bestaunte die Kleider und stellte mir vor, wie ich in ihnen über den Laufsteg schweben würde. Wie sie sich anfühlen würden auf meiner Haut. Und wie ich mich fühlen würde, wenn ich sie tragen durfte. Und ich entdeckte begeistert die Boutiquen, in denen wunderbare Mode zu erschwinglichen Preisen wartete. Auch wenn es nicht Chanel war, es war französische Mode, und ich konnte nicht widerstehen. Außerdem fühlte man sich gleich viel besser, wenn man ein paar Tragetaschen in den Händen hielt. Ich trotzte dem Wetter und trank auf der beeindruckenden Dachterrasse einen Milchkaffee. Der Ausblick über die Stadt entschädigte mich für die Kälte mehr als ausreichend. Und schließlich stellte ich mit einem Blick auf die Uhr erstaunt fest, dass es schon später war als gedacht und dass Leon sicher inzwischen vom Abschlusstraining daheim sein würde.

Ich machte noch ein paar Fotos und packte dann meine Taschen zusammen. Es war nicht zu leugnen, dass ich mich darauf freute, ihn zu sehen. Gestern Abend, als ich diese seltsame Stimmung gehabt hatte, war er überraschend nett gewesen. Er hatte mich nicht gedrängt, mehr zu erzählen, sondern mich mit ein paar amüsanten Geschichten seiner Mannschaftskollegen unterhalten und auf andere Gedanken gebracht. Dann waren wir zeitig zu Bett gegangen, weil er heute unbedingt ausgeruht und fit sein wollte. Es war ein harmonischer, schöner und ruhiger Abend gewesen. Kein Alkohol, keine Frauen. Maxim konnte stolz auf mich sein.

Als ich kurze Zeit später die Wohnungstür öffnete, war nichts mit Ruhe. AC/DC wummerte mir entgegen. Ich bewunderte kurz die Schalldämmung, die in diesem Haus ausgezeichnet sein musste, denn eigentlich hätte ich die Musik bis nach unten hören müssen. Von Leon war nichts zu sehen, also drehte ich die Lautstärke ein wenig herunter und sah mich um.

»Mach das wieder an.« Oha, er war also da. Und wieder einmal nur notdürftig bekleidet mit einer kurzen Sweatshorts.

»Auch hallo.« Ich ignorierte seine Bitte. »Und, wie war dein Tag?«

»Beschissen.« Er warf sich auf das Sofa und starrte den Fernseher böse an, als wäre es seine Schuld.

»Weshalb?« Ich nahm sicherheitshalber ein wenig entfernt Platz. Ich hatte schon viele Seiten an ihm kennengelernt, aber dieser Zorn war neu und machte mir ein wenig Angst.

»Weshalb? Weil mein Trainer beschlossen hat, mich morgen wieder auf die Bank zu setzen. Das Spiel ist wichtig, hat er gesagt, und ich will kein Risiko eingehen. Als wäre ich ein Risiko.«

»Oh.« Ich dachte nach. »Das Training heute …?«

»Das lief gut. Ich war gut. Herrgott, ich bin gut. Aber er ist nicht ganz überzeugt. Ich müsste mir erst wieder sein Vertrauen erarbeiten. Zeigen, dass ich Biss habe und den Willen, alles zu geben. Wie soll ich das, wenn ich nur auf der Bank sitze?«

Ich sagte nichts. Was sollte ich auch sagen? Dass sein letztes Spiel schlecht gewesen war? Dass er offensichtlich einmal zu oft in den vergangenen Wochen unkonzentriert und müde zum Training gekommen war? Das wusste er selbst. Dass man sich eben anstrengen musste, wenn man erst einmal diesen Ruf hatte, langen Atem brauchte und nicht aufgeben durfte? Das wollte er nicht hören. Das war es, was Sabine auch immer gesagt hatte, und ich hatte es gehasst. Natürlich wollte man nicht warten müssen, wollte, dass die anderen sahen, dass man jetzt bereit war, alles zu geben.

»Das tut mir leid.«

»Er stellt Xavier auf meine Position. Er ist gut, aber er kämpft noch immer mit seiner Wadenmuskulatur. Er ist nicht schnell genug im Moment und morgen wird es auf Schnelligkeit ankommen. Aber das ist egal, ich sitze trotzdem draußen und werde zusehen, wie er hinterherrennt.«

»Du musst Geduld haben.« Jetzt sagte ich es doch. »Du musst beweisen, dass diese Zeiten hinter dir liegen, in denen du dich nicht ganz auf den Sport fokussiert hast.«

»Und du musst weniger mit Maxim reden. Du klingst wie er.«

»Er will nur dein Bestes.«

»Und du? Du auch?«

»Schon, irgendwie.« Ich holte tief Luft und sah ihm fest in die Augen. »Du bist ein Ausnahmespieler. Ein netter Mensch, wenn du mich nicht gerade blöd anmachst wegen einer Sache, für die ich nichts kann.«

Ich sah, wie sein Gesicht sich ein wenig entspannte, und atmete auf.

»Du hast Mumm, Jools, das gefällt mir.«

Ich grinste schwach. »Sonst wäre ich nicht hier.«

Kapitel 20

»Salut.« Camille, die Freundin von Leons Teamkollegen, strahlte mir entgegen. Sie stand neben dem wartenden Taxi und lief mir entgegen, sobald ich auf die Straße trat.

»Wie schön, dich kennenzulernen.« Ihr Deutsch war nahezu perfekt. Ein leichter Akzent, der aus dem »dich« ein »disch« machte, ließ sie noch bezaubernder wirken.

»Danke.« Ich war sofort von ihr angetan. Sie war groß und sehr schlank, die langen braunen Haare glänzten sogar heute, wo das Wetter wirklich bescheiden war. Es war kalt geworden, bleierne Wolken hingen tief am Himmel und verhießen nichts Gutes. »Gleichfalls.«

Auf dem Weg zum Stadion plapperte sie unentwegt. Eines war sofort klar: Sie und Alain hatten keine Vertrags-Liebe oder sie war um Welten besser als ich. Ich lauschte ihren Erzählungen, hörte mir eine lange Liste an, weshalb Alain ein so wundervoller Mann und sie die glücklichste Frau der Welt war. Normalerweise stehe ich nicht darauf, wenn mir jemand, den ich noch gar nicht kenne, gleich zu viel Persönliches mitteilt, aber irgendwie störte es mich bei ihr nicht.

»Ah, ich bin so aufgeregt. Ich bin jedes Mal furchtbar nervös, wenn Alain spielt.«

»Warum?«

Sie sah mich überrascht an. »Weil ich ihn liebe. Warte nur ab, du wirst dieses Gefühl kennenlernen.«

»Bestimmt.« Ich sah interessiert aus dem Fenster. »Sind wir bald da?«

»Früher war ich auch nicht so. Aber du kannst dich nicht verschließen. Wenn dein Mann da unten auf dem Platz steht, das ist schrecklich aufregend. Warst du schon einmal bei einem Spiel?«

»Leider nicht.«

»Dann kennst du die Atmosphäre nicht. Sie wird dich verschlingen.«

»Ich bin gespannt.«

Das Taxi war jetzt am Stadion angekommen und fuhr im Schritttempo an den Menschenmengen vorbei, die auf den Eingang zuströmten. Dann bog es ab und fuhr bis fast zum entgegengesetzten Ende der normalen Eingänge, wo der Fahrer uns aussteigen ließ.

Ich war heilfroh, nicht alleine hier zu sein. Camille lotste mich, zeigte mir den VIP-Eingang, an dem man unsere Schilder, die wir uns im Taxi umgehängt hatten, sehr aufmerksam betrachtete. Dann schleuste sie mich durch den mächtigen Bau.

»Manche Frauen gehen in die VIP-Lounge. Ich halte nichts davon. Dort spürt man die Stimmung nicht. Wir gehen auf die Tribüne.«

Ich nickte zustimmend. Langsam begann ich, mich auf das Spiel zu freuen.

Pünktlich zum Anpfiff kam auch der Regen. Kalter, unangenehmer Regen war es, der uns trotz der Überdachung in die Knochen zu kriechen schien. Camille hatte mich zu einem Platz geführt, der ganz nah am Spielfeldrand war und dicht am Kabinenausgang. Es waren noch andere junge Frauen hier, eine schöner als die andere, und Camille begrüßte alle mehr oder weniger freundlich. Mit einigen schien sie eine echte Freundschaft zu verbinden, man sah es an der Art, wie sie sich ansahen, ehe sie die obligatorischen Küsschen tauschten. Bei anderen fiel mir auf, dass ihr Oberkörper seltsam starr blieb, um ja jeden unnötigen Körperkontakt zu vermeiden.

»Das ist Josephine«, stellte sie mich immer wieder vor. »Leons Freundin.«

Auch ich küsste fremde Wangen und lächelte und lächelte. Und war froh, als das Spiel endlich begann.

Von Anfang an stand Leons Mannschaft ziemlich unter Druck. Camille neben mir wurde immer aufgeregter und überraschte mich mit einem Temperament, das ich gar nicht vermutetet hätte. Sie schrie und gab Anweisungen, die im allgemeinen Lärm untergingen. Auf den ausverkauften Rängen gab das Publikum alles. »Allez, allez«, sangen sie unermüdlich gegen die gegnerischen Fangesänge an und Camille stimmte ein und schwenkte ihren Fanschal. Dann passierte das, was Leon gestern Abend düster prophezeit hatte: Ein Angriff verlief im Sand, Ballverlust, und ein Konterangriff wurde gestartet. Xavier, der sich den Ball hatte abnehmen lassen, spurtete hinterher, war aber nicht schnell genug. Ein Abwehrspieler klärte schließlich. Camille jubelte.

»Alain!«, schrie sie und ich wusste endlich, welcher der Männer da unten ihrer war. »Gut gemacht.«

Das Spiel wurde noch schneller und die aufgeladene Stimmung begann auch mich zu packen. Ich stöhnte mit den anderen über eine verpasste Chance und schrie aufgeregt, wenn es zu einem Angriff kam. Und dann stimmte ich in den kollektiven Aufschrei ein, als die Mannschaft das Gegentor kassierte, kurz bevor die erste Halbzeit abgepfiffen wurde.

Die Stimmung auf der Tribüne war gedämpft. Camille plapperte unentwegt, dass der Trainer die Jungs jetzt aufbauen müsse, die Aufstellung ändern und die Strategie sowieso. Ich nickte und hüpfte ein wenig auf und ab. Es war definitiv kalt hier und meine Finger begannen zu schmerzen. Außer mir schien es keinen zu stören. Camille zog eine zum Schal passende Mütze in Blaurot aus der Jackentasche und stülpte sie sich über die Ohren.

»Cool. Wo gibt es die denn? So was brauch ich auch.«

»Was? Im Fanshop natürlich. Ich zeig es dir nach dem Spiel, ja?«

Ich nickte und zog mir meinen eigenen Schal etwas höher, um zumindest die Ohrläppchen zu schützen. Wenn Leon wollte, dass ich von nun an öfter hier war, würde sich die Anschaffung sicher lohnen.

Die zweite Halbzeit begann, wie die erste geendet hatte. Nur dass der Rasen jetzt so durchweicht war, dass es regelrecht spritzte, wenn ein Spieler schnell abbremste. Der Regen hatte beschlossen, es uns heute aber mal so richtig zu zeigen, und die Temperaturen fielen immer mehr. Ich schielte neidisch auf Camille, die nun auch noch passende Handschuhe hervorgezaubert hatte.

Unter uns liefen sich ein paar Spieler warm. Ich sah Leon mit grimmigem Gesicht durch den Regen rennen und fragte mich, warum er so scharf darauf war zu spielen. Es war kalt, nass und es war deprimierend, wie jede Aktion abgeblockt wurde. Und dennoch sah ich es an seiner Haltung, dass er am liebsten sofort auf den Rasen gestürmt wäre. Und dann bekam er seine Chance. Xavier spurtete und rutschte auf dem nassen Untergrund aus. Es tat weh, schon beim Hinsehen, und er lag auf dem Boden und hielt sich seine rechte Wade.

»Er muss raus.« Camille sah gebannt nach unten.

»Woher weißt du das?«

»Hast du sein Zeichen nicht gesehen? Er ist fertig.«

Anscheinend hatte sie recht. Kurze Zeit später wurde die elektronische Auswechseltafel hochgehoben und Leons Rückennummer leuchtete grün.

»Leon …«, rief der Stadionsprecher auch schon.

»Sandmaaaaaaaann«, jubelten die Fans. Camille schrie begeistert mit und ich stimmte leicht verlegen ein.

Leon fand es ganz offensichtlich toll, dass er nun auf dem durchweichten Platz herumrennen durfte. Vom ersten Moment an machte er klar, dass er gekommen war, um das Spiel herumzureißen. Er rannte und kämpfte um die Bälle und so etwas wie neue Hoffnung machte sich breit. Er ließ die gegnerischen Verteidiger hinter sich und schien immer einen Tick schneller zu sein als sie. Das wurde natürlich auch von denen bemerkt und da sie nicht vorhatten, sich den Sieg nehmen zu lassen, wurde er ein paarmal ruppig gestoppt.

»Foul!«, schrie Camille. Der Schiedsrichter sah es genauso und gab Gelb. Leon stand auf und rannte weiter. Meine Bewunderung wuchs. Ich wusste, wie schwer es war, immer weiter zu kämpfen, wenn es eigentlich aussichtslos schien.

Und dann bekam er einen Pass von irgendwem. Ich sollte dringend die Namen lernen, dachte ich. Egal, er bekam den Ball, spurtete los. Gab ab, bekam den Ball zurück, zielte und zog ab. Die Kugel landete im Tor und Jubel brach aus um uns herum. Camille fiel mir um den Hals und weinte fast vor Glück.

»Gut gemacht«, jubelte sie, als wäre ich es gewesen, die das Tor geschossen hat.

»Sandmaaaaaaaann«, brüllte die Menge und ich spürte, wie ich eine Gänsehaut bekam. Das war es also, dieser Moment, der ihn antrieb.

Von nun an war das Spiel zwar schnell, aber nicht mehr

schön. Es wurde gefoult, was das Zeug hielt, und am Schluss trennten sich die beiden Mannschaften mit einem Unentschieden.

»Jaaaa!«, schrie Camille ein weiteres Mal neben mir.

»Ist das gut? Hätten sie nicht gewinnen müssen?«

»Schon, aber ein Unentschieden ist gut. Sie haben einen Punkt geholt und bleiben weiter an der Spitze der Tabelle.«

Ich musste mir auch dringend von meinem Vater ein wenig Nachhilfe geben lassen, was die Geheimnisse des Fußballs anging. Punkte, Tabellen, so was eben. Ich sah hinunter zu den Spielern, die recht zufrieden wirkten mit dem Ergebnis. Leon hob den Blick und sah zu mir hinauf. Dann grinste er und warf mir eine Kusshand zu. Plötzlich war die Kälte nicht mehr so schlimm. Ich hatte ihn noch nie so zufrieden gesehen.

An diesem Abend war Leon bester Laune. Er sprühte nur so vor Testosteron und ich ließ mich davon anstecken. Ich lauschte einmal mehr seinem Bericht über ein Spiel, das ich selbst gesehen hatte, und zeigte ihm meine neu erworbenen Fan-Artikel, die mich in Zukunft vor der Witterung schützen sollten.

»Du warst shoppen? Na, es scheint, du erfüllst die Klischees auf der ganzen Linie, die man einer Spielerfrau unterstellt.«

»Vor allem habe ich keine Lust, mir jedes Mal meine Ohren abzufrieren. Und ich vermute schwer, dass es nicht mein letzter Stadionbesuch war.«

»Ganz sicher nicht. Du bringst mir Glück, Jools.«

»Quatsch. Oder ist es Glück, wenn ein anderer sich verletzt?«

»Nein. Aber wenn ich einen angeschnittenen Ball gut auf den Fuß bekomme, dann schon. Mensch, Jools, das müssen wir feiern. Ich habe heute gezeigt, dass ich es wert bin, aufgestellt zu werden.« Zufrieden warf er mir das Handy zu. Erste Berichte zum Spiel waren schon online und in allen wurde er als der Heilsbringer gefeiert, der Mann, der das Spiel noch gerissen hatte. »Sandmann streut Sand ins Getriebe der Gegner«, stand da in dicken Lettern.

»Woran denkst du?« Ich war überrascht, welche Energie ihm das Spiel verliehen hatte.

»Nun, da fällt mir direkt was ein.« Sein Grinsen wurde anzüglich und seine Hand streifte meine Wange.

»Dann solltest du das ganz schnell wieder vergessen.« Ich stand auf und nahm mein leeres Glas mit zur Küche. Die Stimmung hatte umgeschlagen und das, was nun in der Luft lag, war nichts für mich.

»Ach, Jools.« Er war aufgestanden und mir in die Küche gefolgt. Nun stand er vor mir, strotzend vor Selbstbewusstsein, und funkelte mich spöttisch an. »Hast du heute nicht gesehen, dass ich alles erreichen kann, wenn ich es nur will? Wir beide, wir verstehen uns doch gut. Wir sind durch diesen Vertrag aufeinander angewiesen. Was spricht dagegen, die Zeit auch ein wenig zu unserem Vergnügen zu nutzen?«

Es war eine Herausforderung und plötzlich war auch mein Selbstbewusstsein wieder da. »Ich spreche dagegen. Du kannst fast alles bekommen, was du willst. Aber mich nicht. Konzentriere dich also lieber auf dein Spiel und überlass die Spielchen den anderen.«

Sein Lachen verfolgte mich bis zu meiner Schlafbox. Ich sah mein Gesicht im Spiegel, die Augen, die kampflustig strahlten. Und irgendwie wusste ich, dass ich jetzt etwas begonnen hatte, das mich noch in richtige Schwierigkeiten bringen würde.

Kapitel 21

Maxim befand, dass nun der richtige Zeitpunkt wäre, unsere sogenannte Beziehung öffentlich zu machen. Es wäre perfekt, unbewusst würde so in den richtigen Köpfen eine positive Verknüpfung stattfinden. Leon hatte endlich wieder gezeigt, was er draufhatte, und gleichzeitig dem wilden Leben abgeschworen und eine neue Beziehung begonnen.

»Das Schicksal hätte uns nicht besser in die Hände spielen können«, meinte er zufrieden.

Also posteten wir, was das Zeug hielt. Leon mit seiner tollen Agentur, ich alleine. Nun ja, fast. Maxim hatte mich gebeten, meine Beiträge dazu mit ihm abzustimmen. Ich tat ihm den Gefallen. Von vier Vorschlägen ließ er zwei durch. Einmal mich von hinten im Fanshirt mit seinem Namen auf dem Rücken, wie ich mit einem breiten Grinsen über meine Schulter sah. »Team Sandmann« war die Bildunterschrift. Und dann, einen Tag später, ein Bild mit uns beiden. Wir hatten es damals auf dem Turm von Notre-Dame gemacht. Im Hintergrund war einer der grotesken Wasserspeier zu sehen und der Eiffelturm. Anstatt meines geplanten »Über den Dächern von Paris« empfahl er »Wolke 7«.

»Ist das nicht ein wenig zu kitschig?«, hatte ich gefragt. Ich meine, im Ernst? Wolke 7? Gut, da war eine nette kleine Wolke zu sehen, direkt über uns, aber trotzdem?

»Mach es einfach«, hatte er geantwortet und ich hatte einfach gemacht.

Die Reaktionen waren überraschend. Sabine war die Erste und sie war komplett aus dem Häuschen.

»Warum weiß ich das nicht?«, schnappte sie am Telefon.

»Weil es privat ist. Ähem, war. Also, weil wir erst einmal sehen wollten ... Na, du weißt schon.«

»Josephine, vergiss diesen Privatscheiß. Das ist das Beste, was dir passieren konnte.« Ich sagte nichts. Vor Kurzem war das Beste noch ein Katalogshooting gewesen. »Wenn du das richtig promotest, glaub mir, dann geht dein Marktwert durch die Decke.«

»Das ist mein Leben, kein Werbegag«, fühlte ich mich bemüßigt zu sagen, weil die alte Josephine das gesagt hätte. Und ja, ich fühlte mich schlecht dabei.

»Alles ist Werbung. Ich muss Schluss machen, ich spüre, das wird jetzt was. Vermasselt das bloß nicht wieder. Und sieh zu, dass du noch ein paar Fotos hochlädst.«

Nachdenklich legte ich auf. Es war genau das, was wir geplant hatten, und das, worum es ging. Und dennoch, sie hatte mich nicht einmal gefragt, ob ich glücklich war. Sabine sah nur den Nutzen, den es hatte und den ich für sie hatte.

Dann kamen die ersten Meldungen in Promi- und Klatschportalen. Leon Sandmann und die erste Future Model-Gewinnerin Josephine Bauer. Es wurde berichtet, wie süß wir zusammen aussahen und wie glücklich. Und wie Maxim es vorhergesagt hatte, zog man direkt einen Bezug zum Spiel am Samstag. Irgendwo hatte man sogar ein Foto von mir auf der Tribüne ausgegraben, wie ich das Spiel verfolgte. »Josephine war sogar schon im Stadion und hat ihren Leon angefeuert.« Ich schüttelte den Kopf. »Er hat für sie das Tor geschossen«, titelte eine andere Seite und zeigte Leon, wie er jemandem einen Handkuss zuwarf. Was für ein romantischer Murks, dachte ich. Und trotzdem druckte ich die Artikel aus.

Dann erschienen die neuen Klatschmagazine und wir waren drin. Teilweise als Meldung am Rande, in zweien jedoch ganz groß, inklusive der Bilder von der Sportlergala. »Hier begann ihre Liebe«, schrie die Schlagzeile. Ich las, wie wir uns kennengelernt und sofort zueinander hingezogen gefühlt hatten. Ich las, wie ich ihn in Paris besucht hatte und er mir die Stadt zeigte. (»So romantisch! Leon Sandmann entführt seine Josephine über die Dächer von Paris!«) Und zu meiner Verwunderung las ich auch, dass »petite fille1999« bereits vor zwei Wochen ein Bild auf ihrer virtuellen Pinnwand geteilt hatte, das uns beide beim Abendessen zeigte. (»Romantisches Dinner im Café der großen Liebenden«). Ich glaube, wenn ich wirklich in ihn verliebt gewesen wäre, wenn ich tatsächlich am Beginn einer neuen, romantischen Liebe gestanden hätte, dann hätte es mir Angst gemacht, was da alles mit Bildern dokumentiert worden war. So aber nahm ich es als Mahnung, nie zu vergessen, dass alles, was wir in der Öffentlichkeit taten und nicht taten, aufgezeichnet werden konnte.

»Wir sollten jetzt Gas geben. Nachschub liefern.« Maxim rief mich jetzt täglich an und wir waren mittlerweile zum vertrauten »Du« übergegangen. Irgendwie passte es nicht, jemanden zu siezen, während man besprach, ob man sich nicht endlich mal beim Küssen erwischen lassen sollte.

»Am Wochenende hat er ein Auswärtsspiel.«

»Man kann auch unter der Woche nach Paris fliegen. Wie sieht dein Terminkalender aus?«

»Hm.« Ich überlegte. Ich hatte zwei Castings und wenn es klappte, dann würden sich daraus drei Tage Arbeit ergeben. »Dazwischen könnte ich ein, zwei Tage einschieben.«

»Dann tu das.« Seine Stimme ließ keinen Widerspruch zu. »Ich halte es für keine gute Idee, jetzt lange zu warten.«

Also flog ich am Mittwochabend wieder hinüber. Ich hatte

einen Job in der Tasche, eine Show in Berlin. Ich würde am Freitag direkt hinfliegen, wenn Leon mit der Mannschaft Richtung Lyon fuhr. Ich kam mir toll vor, erfolgreich und wichtig. Von einem Termin zum nächsten, das war doch was.

Den Donnerstag verbrachte ich wieder in der Stadt. Leon war im Training und ich hatte etwas vor.

Als ich am Abend zuvor angekommen war, gab es einen Moment, der ein bisschen peinlich gewesen war. Wir brauchten immer ein paar Augenblicke, um uns aufeinander einzustellen. Ich meine, wir saßen ja nicht da und fieberten die ganze Zeit unserem Wiedersehen entgegen. Und nun, da wir offiziell ein Paar waren und inoffiziell noch nicht einmal gute Freunde, weil wir uns einfach zu wenig kannten, waren wir ein bisschen unter Druck, wie wir miteinander umgehen sollten.

Lange allerdings nicht, denn diesmal war mein Besuch nur kurz und es gab einiges zu tun. Wir ließen uns in einer kleinen Bar sehen, machten Bilder, die der Öffentlichkeit zeigen sollten, wie glücklich wir waren, während wir uns gegenseitig lachend Salat in den Mund schoben.

Hat schon einmal jemand diesen Schwindel bemerkt? Ein Paar, das sich gegenseitig verliebt Salat in den Mund schiebt, eine Hand sanft auf der Wange des anderen, hat keine Hand frei, um Bilder zu machen. So war es auch bei uns. Und wir brauchten auch keine, denn Maxim hatte sich uns heute Abend angeschlossen. Er wollte den Zeitplan durchgehen, allerdings erst nachher in der Wohnung. Vorher saß er mit uns beim Essen und fotografierte wie ein Profi. Mir machte das Spaß, Leon aber war ein wenig genervt.

»Das ist doch zu offensichtlich«, maulte er und weigerte sich, weiterhin Häppchen von meiner Gabel zu nehmen.

»Die Leute schauen bereits.«

»Und bald werden noch Millionen mehr das sehen«, antwortete Maxim zufrieden und steckte endlich das Handy weg. »Jetzt iss erst mal, dann sehen wir weiter.«

Wir sahen weiter. Maxim drängte uns, ein paar Bilder auf einer der alten Brücken zu machen. Im Hintergrund leuchteten Lichterketten, die Häuser sahen schmuck und einladend aus.

»Wir brauchen Material. Wir müssen jetzt dranbleiben und regelmäßig Nachschub liefern.«

Ich bewunderte seinen Einsatz und seine Geschäftsmäßigkeit. Allerdings nur, bis wir endlich in der Wohnung saßen, ein Glas Wasser vor uns. Den leichten Weißwein hatte er uns nur für das Shooting in der Bar zugestanden.

»Ihr müsst euch fit halten.«

Ich zog verwundert die Augenbrauen hoch. Ihr? Ich war fit, mein Körper war in der Form seines Lebens, wenn ich von den Treppensteig-Battles absah, die ich immer noch haushoch verlor. Aber schließlich trat ich gegen einen Profi an. Wenn man es im großen Ganzen sah, dann war ich noch nie so durchtrainiert gewesen wie jetzt. Was nicht schwer war, denn früher war ich eher ein Sportmuffel. Ich bewegte mich gerne, aber ohne Plan. Ich war joggen gegangen und hatte Volleyball in einem Verein gespielt. Im Sommer fuhr ich gerne Rad, im Winter natürlich Ski. Seit der Castingshow jedoch hatte ich angefangen, das Ganze mit mehr System anzugehen, und meinem Körper war das anzusehen. Ich war dreimal die Woche im Fitnessstudio und ich lief jetzt regelmäßig meine Runden. Ich war auf dem Cover einer Sportzeitschrift gewesen, das sagt doch alles. Nun ja, fast alles. Es gab da einen klitzekleinen peinlichen Moment, als der Fotograf meinte, mein

Bauch könnte ein paar Konturen vertragen. Und ja, man hatte mir ein Sixpack aufgeschminkt, aber auf einen flachen Bauch. Und niemand verlangte von mir, dass ich neunzig Minuten hinter einem Ball herrennen musste. Ich musste gut aussehen, wenn ich mich auszog, und das tat ich im Moment. Meine Meinung.

»Außerdem ist mir heute Abend aufgefallen, dass ihr beide zu steif wirkt«, fuhr Maxim nonchalant fort. Ich sah ihn an. Was erwartete er? Ich meine, wir hatten uns doch wirklich bemüht.

»Jeder, der näher mit euch in Kontakt kommt, wird sofort merken, dass ihr euch nicht wirklich kennt.« Er schien meine Gedanken zu erraten. »Deshalb denke ich, wir straffen den Zeitplan ein wenig.« Sein Lächeln war undurchschaubar und spontan vermutete ich, dass er das die ganze Zeit schon geplant hatte.

»Will heißen?« Leon lehnte sich zurück, sein Gesicht war jedoch hochkonzentriert.

»Wir ziehen den Umzug vor. Ihr müsst mehr Zeit zusammen verbringen.«

Ich wollte protestieren, einfach aus Prinzip. Ich mochte es nicht, wie er über uns verfügte.

»Das war ja ein Teil dieser Abmachung und sollte damit kein Problem sein. Wir dürfen jetzt keine Fehler machen.«

»Wann genau?« Leons Stimme war ganz ruhig.

»Im Januar. Nach eurem Urlaub.«

»Urlaub?« Ich sah interessiert zu ihm.

»Über Weihnachten ist Spielpause. Leon hat seinen Urlaub schon lange gebucht, ich kümmere mich darum, dass die Anlage weiß, dass er in Begleitung kommt.«

»Die Anlage?«

»Eine nette, private kleine Luxusanlage. Malediven. Wasserbungalow, dreißig Grad, Sonne.« Maxim wusste, was er sagte. Und dass ich niemals Nein gesagt hätte.

»Okay.« Es gelang mir nicht ganz, meine Aufregung zu verbergen.

»Ich schick dir den Link. Ihr fliegt am zweiten Weihnachtstag, ab Frankfurt. Er wird am Heiligen Abend seine Familie in Nürnberg besuchen.«

Leon verdrehte die Augen. »Leider.«

»Zurück geht es am siebten Januar. Rechtzeitig zur Rückrunde. Und dann wirst du nach Paris umsiedeln. Irgendein Problem?«

Leon schüttelte den Kopf und grinste. Ich schüttelte ihn auch, den Kopf, meine ich. Und überlegte, wie ich meinen Eltern diesen übereilten Umzug erklären sollte.

Kapitel 22

Nachdem Maxim uns verlassen hatte, holte ich mir doch ein Glas Wein. »Er scheint sein Geld wert zu sein. Wirklich sehr effizient.«

Leon lachte. »Er ist es wert. Hast du Angst bekommen?«

»Angst? Nein, wieso sollte ich?«

»Eben, wieso solltest du? Du ziehst ja nur zu einem Typen, den du kaum kennst. Ich sollte dich warnen, Jools. Ich bin nicht immer einfach. Und ich weiß nicht, wie lange ich das aushalte.«

»Mit mir? Keine Sorge, ich bin sehr anpassungsfähig, wenn es sein muss.« Und wenn die Kohle stimmte.

»Nein. Nicht mit dir. Oder doch mit dir. Ohne Frau, stattdessen mit dir.«

»Ich bin eine Frau.«

»Ach ja?« Er bekam wieder diesen Tonfall. Den Ich-bin-der-Tollste-lass-uns-rummachen-Tonfall. »Ich bin jung, gesund, fit. Ich brauche ab und zu eine Frau.«

»Dann«, ich stand auf und sah auf ihn herab. »Dann solltest du mit deinem Manager reden. Bestimmt kann er was arrangieren, ganz diskret.«

»Und wenn ich das nicht will?«

»Dann wirst du es eben mal eine Weile ohne aushalten. Andere schaffen das auch.«

Er verzog spöttisch seinen schönen Mund.

»Aber wenn es dir so schwerfällt ...« Ich lächelte ihn an.

»Dann?«

»Dann geh einfach mehr joggen oder so.«

Wieder einmal hörte ich sein Lachen, das mir nachjagte

und mich dazu brachte, diese verfluchten offenen Räume zu hassen.

Ich verfluchte sie auch am Morgen. Ich hasste es, aufzuwachen und ihn zu sehen, wie er dastand mit einem Becher Kaffee in der Hand.

»Schon mal was von Privatsphäre gehört?«

»Ich war eben auf der Toilette.«

»Mit Kaffee?«

Es lachte. »Nein. Bevor ich ihn holte. Komm schon, Jools, der ist für dich. Ich war übrigens bereits joggen.«

»Braver Junge.« Ich richtete mich auf und nickte gnädig, dass er reinkommen durfte. Der Kaffee duftete zu verführerisch.

»Was hast du heute vor?« Er nahm wieder am unteren Ende des Bettes Platz.

»Shoppen, denke ich. Es gibt da etwas, das ich gerne hätte.«

»Dann viel Spaß.« Er stand auf. »Ich werde mich auf den Weg machen. Ich will noch eine leichte Einheit vor dem Training einlegen.«

»Weißt du schon, ob du spielen wirst?«

»Nein. Aber ich werde alles tun, dass ich es darf. Ich kann sehr hartnäckig sein, wenn ich etwas will und es sich wirklich lohnt.«

Ich konnte auch hartnäckig sein, wenn ich etwas wollte. Ich war mit einer Einkaufs-App und dem festen Vorsatz gestartet, heute einzukaufen. Keine Klamotten. Nein, ich hatte vor, mir etwas anderes zu gönnen. Etwas besseres, das ich bestimmt sehr schätzen würde, wenn ich ab nächstem Monat hier wohnen sollte.

Erst im vierten Laden wurde ich fündig. Da stand er, genau so, wie ich es mir vorgestellt hatte. Ein guter, altmodischer Paravent. Sehr groß, vier breite Elemente. Stabiler Holzrahmen, sicherer Stand. Und am schönsten: Lässiger Shabby-Chic, weißer Rahmen und die Holzlamellen in Softeisfarben gestrichen. Rosé, mintgrün, mauve, lichtgrau. Ich war verzückt, als man mir bestätigte, dass man das gute Teil auch direkt in die Wohnung liefern würde, und bezahlte, ohne nachzudenken, den saftigen Aufpreis, den man für diese Dienstleistung nahm. Das war es wert. Man hatte versprochen, schon morgen zu liefern. Und selbst wenn es keine echte Tür ersetzen konnte, war es doch ein klares Statement. Und ein wenig Schutz vor fremden Augen.

Die Firma, die die Ware auslieferte, kam früh. Ich hatte gerade meinen ersten Kaffee in der Hand, als es klingelte.

»Wer ist das denn?« Leon ging zur Tür. »Bitte? Nein, Sie müssen sich irren. Ich habe nichts ... Ach so? Ja, dann stimmt das. Kommen Sie rein. Vierter Stock.« Er drehte sich um. »Hast du Möbel gekauft?«

»Möbel? Nun ja, nicht direkt Möbel. Nur ein Teil. Toll, dass die so früh sind.« Ich trat neben ihn an die Tür und sah zu, wie der Aufzug ankam und die Männer freigab.

»Salut.« Ich winkte sie herein. »Hier bitte.«

Mit vor der Brust verschränkten Armen sah Leon zu, wie sie den Paravent zusammenschraubten. Schnell war das erledigt und ich ging einmal bewundernd um ihn herum. »Das sieht toll aus. Sieht das nicht toll aus, Leon?«

»Toll. Und so bunt.«

»Ich wusste, er gefällt dir.« Ich lächelte ihn an. »Diese

offenen Räume sind ja ganz schön, aber ein Gästezimmer sollte doch ein wenig privater sein, oder, mon cher?«

Leon trat neben mich und sein Arm zog mich an sich. »Du musst es wissen, Jools.« Sein Griff wurde noch ein wenig fester und ich konnte seinen Herzschlag spüren. »Sie wissen es immer besser, was, Jungs?«

Die Männer, die zwischenzeitlich ihr Werkzeug verstaut hatten, grinsten und stupsten sich gegenseitig an.

»Vielen Dank.« Ich sah zu Leon hoch. »Ich werde mal eben ... wenn du mich entschuldigst.«

»Ich mach das, ma belle.« Er ging schnellen Schrittes zur Küche und holte sein Portemonnaie. »Vielen Dank.« Er steckte jedem einen Schein zu.

»Schönen Tag.« Die beiden trippelten ein wenig von links nach rechts, ehe sie sich umdrehten und Richtung Tür verschwanden. Dann drehte sich der eine doch noch mal um.

»Entschuldigen Sie. Ich ... ich bin ein Riesenfan. Dass ich heute bei Ihnen etwas abliefern durfte ... Ich dachte, als ich den Namen sah, das kann nicht sein. Ich meine, so was passiert doch nicht. Nicht bei uns.« Verlegen senkte er den Blick. »Monsieur, wenn es Ihnen nicht zu viele Umstände macht ... Mein Junge ist ebenfalls ein großer Fan.«

Leon nickte nur. Dann holte er einen Zettel und begann, eine kurze Nachricht zu schreiben. »Wie heißt er?«

»Sandro, Monsieur.«

»Sandro.« Leon war fertig und riss das Blatt ab. »Grüßen Sie ihn von uns. Und einen schönen Tag.«

Ich wartete, bis der Aufzug die beiden Männer wieder verschluckt hatte. »Bist du mir böse? Ich meine, dass ich Fans in die Wohnung geholt habe?«

»Was? Nein. Ich bin überrascht, dass du einkaufen warst.

Das Ding passt nicht in meine Wohnung.«

»Oh doch, es passt. Und stell dich schon einmal darauf ein: Wenn ich hier wohnen soll, möchte ich auch ein bisschen meinen Stil einbringen. Ich meine, was ist, wenn wir Besuch bekommen? Jede Frau würde sofort merken, dass das immer noch eine reine Männerbude ist.«

»Okay. Aber wenn du wieder einkaufen gehst, dann nimm mich mit. Ich möchte hier nicht in kürzester Zeit im rosaroten Wunderland leben.«

»Ich stehe nicht auf Rosa.« Ich sah seinen Blick, der zu meinem Schal gewandert war. Dekorativ lag er auf dem dunkelbraunen Ledersofa und verbreitete eine heitere Note. »Das ist nicht Rosa. Das ist Mauve. Das ist doch was ganz anderes.«

»Ganz anders.«

»Ich sehe schon, wir werden viel Spaß zusammen haben. Und nun entschuldige mich. Ich muss mal eben nachsehen, wie sich der neue Raumteiler macht.«

Kapitel 23

»Du willst wirklich nach Paris umziehen? Nach so kurzer Zeit?« Meine Mutter sah mehr freudig überrascht als erschrocken überrascht aus.

»Nun, ja. Wir, Leon und ich, also, wir beide denken, dass ich das wagen sollte.«

»Wann lernen wir ihn kennen?«

»Bald. Bestimmt bald. Aber weißt du, er hat Training, Spiele, das ist nicht so leicht.«

»Verstehe.« Sie grinste zufrieden.

»Was? Was denn?«

»Ach, Josephine, ich freue mich einfach. Ich hatte schon befürchtet, dass du nie die echte Liebe spüren wirst. Weißt du, dass ich damals den Antrag deines Vaters angenommen habe, vier Wochen, nachdem wir uns kennengelernt hatten? Manchmal weiß man einfach, der ist es.«

»Also von Antrag war nie eine Rede.« Ich musste sie ein wenig ausbremsen.

»Nein, natürlich nicht.« Sie tätschelte meine Hand.

»Und ihr seid mir wirklich nicht böse, dass ich der großen Familienfeier am zweiten Weihnachtsfeiertag nicht beiwohnen werde?«

»Nein. Du machst es richtig. Malediven, was? Ich freue mich für dich. Und wie es aussieht, kannst du den Urlaub gut gebrauchen. Scheint ja nächstes Jahr auf der ganzen Linie mehr zu werden in deinem Leben.«

Das stimmte. Mein Job in Berlin war richtig gut gelaufen. Ich hatte großartige Rückmeldung bekommen und es gab ein Bild von mir, wie ich auf der Show lief. Das war eine Auszeichnung, dass die Medien mich rausgesucht hatten. Und als Reaktion darauf hatten sich neue Jobs ergeben. Zwei Kampagnen hatte ich bereits geschossen und für Januar war ich schon bei drei weiteren Jobs fest gebucht. Es war besser als in meinen kühnsten Träumen. Meine Followerzahlen in den sozialen Medien explodierten, nun ja, zumindest für meine Verhältnisse. Auch wenn ich manchmal, in einer stillen Stunde, ein wenig sauer war deswegen. Ich war ja nicht schöner oder besser, nur weil ich jetzt angeblich einen Sportstar liebte. War es wirklich um so vieles besser, wenn die Freundin einer bekannten Person für ein Paar Schuhe warb? Aber so tickte die Branche eben. Ich war mehr wert durch ihn, und deshalb buchte man mich. Und mit jedem Job wurde ich noch ein bisschen mehr wert, weil mein Marktwert, wie Maxim es versprochen hatte, durch seinen besser wurde.

»Bringst du das Fleisch hinein? Paps hat schon die Lichter am Weihnachtsbaum angemacht. Und bestimmt war auch das Christkind schon da.« Sie zwinkerte, als wäre ich noch ein kleines Kind.

»Klar, Mama.«

Weihnachten war bei uns seit jeher ein ganz besonderes Fest gewesen und so war es auch dieses Jahr. Ich sah zu, wie meine Eltern sich gegenseitig beschenkten, küssten und schließlich die alten Weihnachtslieder abspielten und sich langsam dazu im Takt drehten. Meine Mutter strahlte verliebt, mein Vater schwenkte sie stolz um ihre eigene Achse. Ihr Rock bauschte sich um ihre immer noch schönen, schlanken Beine und beide lachten.

Als ich an diesem Abend zu Bett ging, dachte ich darüber nach, wie das sein musste, so zu lieben. Ein Leben lang. Dann stöpselte ich mir meine Kopfhörer in die Ohren und dachte darüber nach, ob ich alles eingepackt hatte für unsere Reise. Ob ich meinen Pass auch wirklich eingesteckt hatte. Und ob sich mauvefarbene Kissen auf Leons Sofa gut ausnehmen würden. Ich dachte über alles nach, was mir in den Sinn kam, um die Geräusche nicht zu hören, die aus dem Zimmer meiner Eltern kamen. Lachen und Kichern. Die würden jetzt doch nicht …? Ich meine, ich war natürlich froh, dass sie sich immer noch liebten, aber ich wollte es nicht hören, falls sie das taten. Ich wollte nicht mitbekommen, dass sie immer noch Spaß daran hatten. Mehr Spaß, als ich jemals daran gehabt hatte. Vielleicht war es doch keine so gute Idee gewesen, die Einladung anzunehmen und über die Feiertage wieder in meinem alten Kinderzimmer zu wohnen, damit ich nicht hin- und herfahren musste.

Der erste Weihnachtstag war traditionell ruhig. Nach dem Frühstück unternahmen wir einen langen Spaziergang durch die kalte, schneelose Landschaft, um uns dann mit einem Buch im Wohnzimmer niederzulassen. Also, jeder mit einem Buch, aber es war etwas, das ich sehr mochte. Meine Eltern lasen sich manchmal gegenseitig Passagen vor, die sie besonders schön fanden, ansonsten tauchte jeder in seine Welt ab. Man war für sich und doch nie allein. Der große Rummel war immer erst am zweiten Feiertag, wenn sich die ganze Großfamilie versammelte. Dann wurde gesungen und gelacht, erzählt, gefoppt und die neusten Nachrichten ausgetauscht. Dieses Jahr würde ich zum ersten Mal nicht dabei sein. Ich musste mir keine blöden Fragen anhören, ob ich immer noch alleine war, und ich musste mich nicht rechtfertigen, ob mein Job ein Job war und ich nicht dämlich, mein aussichtsreiches Studium zu vernachlässigen. In den letzten Jahren waren das nämlich die Themen gewesen, die meine Onkel und Tanten am meisten interessierten. Schade, denn früher fand ich diesen Tag eigentlich nett. Und dieses Jahr hätte ich ganz sicher den Vogel abgeschossen, mit einem Freund, der berühmt war, und steigenden Aufträgen als Model. Und dennoch war es besser, denn ich fühlte mich nicht besonders gut dabei, wenn ich Menschen, die ich mochte, anlog. Es war eines, in der Öffentlichkeit so zu tun, aber das war doch eine ganz andere Nummer, die ich mächtig unterschätzt hatte.

Die Türklingel holte mich aus meinen Gedanken.

»Erwarten wir Besuch, Schatz?« Meine Mutter sah auf.

»Nicht dass ich wüsste.« Mein Vater machte sich auf den Weg zur Tür. »Aber an Weihnachten sollte unser Haus schließlich für jeden offen sein.«

Ich lauschte nur mäßig interessiert. Bestimmt die Nachbarn, die auf einen Schluck hereinschauen wollten. Doch dann ließ mich etwas aufhorchen. Mein Vater klang aufgeregt, viel zu laut.

»Na, das ist aber eine Überraschung. Ich wusste ja gar nicht ... Himmel, ich bin völlig ... Entschuldigen Sie, nur herein. Bitte, hier entlang. Nein, ist das eine Überraschung.«

Und dann die Antwort. »Es tut mir leid. Ich habe es einfach nicht mehr ausgehalten und bin losgefahren. Ich hoffe, ich störe nicht.«

Langsam ließ ich mein Buch sinken. Das konnte nicht sein. Das war unmöglich. Nicht abgesprochen.

»Na, da wird sich jemand aber sehr freuen. Josephine, sieh nur, wen der Wind uns ins Haus geweht hat.«

»Es tut mir leid. Ich hätte vorher anrufen sollen.«

»Allerdings.« Ich hatte Leon in mein Zimmer verfrachtet. Offiziell, um seinen Koffer zu verstauen. Inoffiziell, um ihm die Meinung zu sagen. Wie konnte er einfach hier auftauchen? Wie konnte er mich in diese Lage bringen? Ich stand da wie vom sprichwörtlichen Donner gerührt und sah ihm entgegen, als er zur Tür hereinkam.

»Sie ist ganz von den Socken vor Freude«, hatte meine Mutter gejubelt. »Sie kann es gar nicht fassen.«

Nein, sie konnte es nicht fassen. Was bitte schön machte er denn hier? Er sollte in Nürnberg bei seiner Familie sein, wie es der Plan vorsah, und so, wie ich es meinen Eltern erzählt hatte. »Sie sehen ihn ja auch viel zu selten und wir beide haben dann den Urlaub für uns.« Und nun stand er hier. Im Gegensatz zu mir beherrschte er seine Rolle. Er kam mir mit großen Schritten entgegen, riss mich in die Arme und drückte mir ungeniert einen Kuss auf den Mund.

»Sorry, ich hab es nicht mehr ausgehalten. Ohne dich.« Er lächelte, nicht ganz so breit und selbstsicher wie sonst. »Gute Überraschung?«

»Super Überraschung.« Ich konnte nichts mehr daran ändern, also durchatmen und mitspielen. »Mama, Paps, das ist Leon. Leon, meine Eltern.«

»Horst«, sagte mein Vater und war tatsächlich verlegen. »Ich freue mich wirklich sehr, Sie persönlich kennenzulernen.«

»Leon, bitte.«

»Und das ist meine zauberhafte Frau, Rosa.«

»Sehr erfreut.«

»Ja dann ... Sie kommen genau richtig zum Kaffee. Sie trinken doch Kaffee?« Mein Vater war ziemlich verwirrt. Seine Augen huschten wie Tischtennisbälle zwischen mir und Leon Sandmann hin und her, ein seliges Grinsen im Gesicht.

»Ich liebe Kaffee«, antwortete er und sah dabei mich an. Meine Mutter seufzte.

»Dann werden wir uns mal drum kümmern. Ihr beide kommt sicher einen Moment alleine zurecht.«

»Also, warum bist du hier?«

»Es tut mir leid. Ich bin auf der Flucht.«

»Du bist was?«

»Ich habe es nicht mehr ausgehalten. Meine Eltern ... ständig sind sie dabei, sich gegenseitig das Leben schwerzumachen. Meine Mutter erzählt mir, was mein Vater alles falsch macht, er schimpft über sie. Ständig diese Andeutungen ... Und ich sitze dazwischen und soll mich entscheiden, wem ich glaube, wem meine Loyalität gilt. Die Worte meines Vaters. Loyalität.« Er schüttelte den Kopf. »Und wenn sie fertig sind, sich gegenseitig runterzumachen, dann geht es weiter mit dem Geld. Das Haus könnte einen neuen Anstrich vertragen. Die Nachbarn haben jetzt einen großen Pool mit Wärmeanlage, stell dir das vor, dabei ist deren Grundstück kleiner als unseres. Aber es soll ja fit halten im Alter, wenn man schwimmt. Wir haben uns auch schon mal umgesehen, aber natürlich können wir uns das nicht leisten ...« Er strich sich durch die Haare und nahm auf dem Bett Platz. »Und ich soll dann sagen, klar, Pool, Anstrich, kauf ich. Nicht, dass es mir etwas ausmachen würde unter anderen Umständen. Aber das ist alles, was sie an mir interessiert.«

»Oh. Das tut mir leid.«

»Ich bin kaum noch dort, weil es ständig schlimmer wird. Ich weiß, dass sie nicht besonders viel Geld hatten und dennoch alles taten, um mich zu fördern. Allerdings habe ich schon vor langer Zeit einen großzügigen Dauerauftrag für sie eingerichtet. Nur dass es eben nicht genug ist. Es ist nie genug. Ich bin nicht genug. Wann ich denn endlich in die Nationalmannschaft berufen werde, hat mein Vater gefragt. Ich müsse mich anstrengen, denn meine Zeit wäre bald abgelaufen, und wenn ich das nicht schaffe ... Nun, dann habe ich ihn enttäuscht. So ist er. Alles andere zählt nicht, wenn ich dieses eine Ziel verfehle. Und er ist noch immer sauer, dass ich Maxim eingestellt habe und ihn nicht mehr als Berater haben will. Er denkt, der Job und das Geld stünden ihm zu.« Er lachte bitter. »Ihm, der nichts anderes kann, als mich kleinzumachen.«

Nachdenklich nahm ich neben ihm Platz. »Aber du spielst in der ersten Liga. Du bist ein hochbezahlter Fußballer. Du hattest einen der teuersten Transfers der Saison, habe ich gelesen.«

»Na und? Es gibt so vieles, was ich nicht habe. Keine Familie. Man hätte gerne ein paar Enkel. Ich frage mich, wieso. Wenn sie mit denen genauso liebevoll umgehen wie mit mir, dann lasse ich das doch lieber. Und ich soll endlich heiraten. Ich könne mir doch die schönsten Frauen aussuchen.«

»Und?« Irgendwie hatte ich das Gefühl, dass jetzt ich an der Reihe war.

»Nun ja, mein Vater hält dich für eine Glücksritterin. Dieses Casting-Hühnchen, das nur etwas von meinem Ruhm abhaben will.«

»Nun, nicht ganz dumm, was?« Ich grinste schief.

»Nein.« Er grinste zurück, aber nur kurz. »Tatsächlich war es das, was das Fass zum Überlaufen brachte. Dass sie auf dir herumhacken, ohne dich zu kennen. Ohne zu wissen, ob du mir guttust oder nicht. Plötzlich dachte ich, hey, Nürnberg, das ist doch gar nicht so weit weg von ihr. Und ehe ich mich versah, habe ich mich verabschiedet und saß im Wagen. Und dann traute ich mich nicht, dich anzurufen. Wenn du Nein gesagt hättest, wäre ich heute Nacht auf der Straße gelandet.«

»Wohl eher im Hotel.« Ich stand auf. »Na komm schon, der Kaffee ist sicher längst fertig. Jetzt sind wir nun mal drin in der Sache und müssen zusehen, dass wir das Beste daraus machen.«

Kapitel 24

Ich hätte mir einen anderen Rahmen für unseren ersten Auftritt als frisch verliebtes Paar gewünscht als gerade hier in unserem Wohnzimmer. Doch schon bald merkte ich, dass es vielleicht gar nicht schlecht war. Meine Eltern sahen, was sie sehen wollten, weil sie keine Veranlassung hatten, skeptisch zu sein. Sie lächelten, weil sie dachten, ich wäre nervös und deshalb ein wenig zurückhaltend, was Körperkontakt anging. Sie tauschten Blicke, um sich gegenseitig zu bestätigen, dass ihre Tochter sehr verliebt sein musste, weil sie offensichtlich ihre Coolness verloren hatte und ständig aufgeregt aufsprang und sich wieder setzte und überhaupt viel zu zappelig war. Und dann waren sie selig, als Leon mich kurz entschlossen neben sich auf das Sofa zog und seinen Arm um mich legte.

»Komm schon, Jools, entspann dich. Ich werde dich schon nicht blamieren.«

»Natürlich wird er das nicht. Wie kommst du denn darauf?« Mein Paps sah mich entrüstet an.

»Ich fürchte, das ist meine Schuld. Ich kann einfach meine Hände nicht bei mir behalten, wenn sie in der Nähe ist. Ihre Tochter ist ein wunderbarer Mensch, bildhübsch, von außen und von innen.« Er sah mich mit einem Blick an, den George Clooney zu seiner besten Zeit nicht hinbekommen hätte. »Ich bin sehr glücklich, sie getroffen zu haben.«

Meine Mutter wischte sich die Augen. »Ich wusste es. Deshalb der schnelle Umzug. Ich bin so glücklich für euch.«

Und dann saß ich da und ließ nicht nur zu, dass Leon meinen Eltern vorgaukelte, dass ich sein größtes Glück wäre. Nein, ich spielte mit. Leon war schlau genug, hier keine große

Knutschnummer abzuziehen, sondern ein lockeres Gespräch mit meinen Eltern anzufangen. Er warf mir immer wieder Brocken hin, auf die ich mit einem witzigen Kommentar antworten konnte, und meine Anspannung löste sich ein wenig. Er erzählte von Paris, von unserem Besuch auf dem Glockenturm.

»Ihr hättet ihn sehen sollen, wie er da als Quasimodo herumsprang. Es war eine Schande, ich konnte die Atmosphäre der Kirche gar nicht genießen.«

»Auch der war einfach von ganzem Herzen verliebt.«

»Ja, aber welches Ende hat seine Liebe gefunden?«

»Er hat seine Esmeralda bekommen und war glücklich bis ans Lebensende?« Leon schien keinen Schimmer zu haben, unseren Disput jedoch sehr zu genießen.

»Nicht wirklich. Aber immerhin waren sie im Tod vereint.«

»Im Tode vereint zu sein ist ja nicht das Schlimmste. Wenn das Leben davor lang und schön war.«

»Du hast keine Ahnung, oder?«

Er lachte. »Ich gestehe, außer an den Buckligen erinnere ich mich nicht mehr an allzu viel. Sie haben also kein gutes Ende gefunden?«

»Er ist für sie gestorben, letztendlich. Das ist doch romantisch«, warf meine Mutter ein.

»Ernsthaft?« Ich sah sie an. »War Esmeralda nicht sowieso schon tot? Welchen Zweck hatte es denn dann noch, für sie zu sterben?«

»Er konnte ohne sie nicht leben.« Sie sagte es mit so viel Ernst, dass ich einen Moment meinen Spott vergaß.

»Dann will ich nie so lieben wie er.«

»Das, mein Kind, sucht man sich nicht aus.« Sie tätschelte das Knie meines Vaters und tauschte einen Blick mit ihm, der mich hoffen ließ, dass die beiden noch ganz lange Zeit leben würden.

Beim Abendessen konnte mein Vater sich dann nicht mehr zurückhalten und begann, das Thema auf den Fußballsport zu lenken. Meine Mutter versuchte, ihn auszubremsen, aber ich winkte ab. Stattdessen bot ich mich an, ihr in der Küche mit den Überresten des Essens zu helfen.

»Lass ihn. Er ist so glücklich und Leon und ich haben noch die nächsten Tage für uns.«

»Er ist wirklich nett.«

»Das ist er.«

»Und er ist sehr in dich verliebt.«

»Hm.« Ja, das konnte man meinen. Er hatte das richtige Maß an Berührungen gefunden. Hier ein Streicheln, dort ein Blick und zwischendurch ein schneller Kuss, dem ein langer Augenkontakt folgte. Es wirkte perfekt.

»Wann müsst ihr los?«

»Ziemlich früh. Ihr müsst nicht aufstehen wegen uns.«

»Natürlich werden wir aufstehen.« Sie legte die letzte Gabel in die Schublade und hängte sorgfältig das Geschirrtuch auf.

»Natürlich«, seufzte ich.

Der restliche Abend verlief in einer wunderbaren Stimmung. Draußen regnete es, wie immer war es viel zu warm für Schnee. Aber wir hier im nur spärlich beleuchteten Wohnzimmer machten uns nichts daraus. Meine Eltern hatten jetzt die Gesprächsführung übernommen und unterhielten Leon mit Familiengeschichten, die nicht nur einmal ziemlich peinlich für mich waren. Ich saß da und schlug mir die Hände vors Gesicht, als sie erzählten, wie sie vor vielen Jahren von den Eltern meiner Mutter überrascht worden waren, als sie gerade dabei waren, die Liebe zu entdecken.

»Damals war das nicht so einfach wie heute. Die hätten uns nie erlaubt, in einem Bett zu übernachten, ohne einen Trauschein.«

»Wenn das ein Problem ist … Das Gästezimmer ist doch sicher hergerichtet?«

»Ach was, Josephine, ich bitte dich. Natürlich muss Leon nicht ins Gästezimmer. Das wäre ja noch schöner.«

Ja, das wäre in der Tat noch schöner. Allerdings waren meine Eltern fest davon überzeugt, dass sie es besser machen mussten als ihre eigenen, und für sie gab es nur einen Weg. Schade, dass ich nie heiraten und Kinder bekommen würde. Ich hätte mir jetzt in diesem Moment vorgenommen, sie einfach zu fragen, was ihnen am liebsten ist.

»Wie wäre es noch mit einem Tänzchen, ehe wir die beiden alleine lassen?« Mein Vater stand auf und hielt meiner Mutter die Hand hin.

»Immer.« Leichtfüßig sprang sie auf, gerade als die CD eines ihrer Lieblings-Weihnachtslieder abspielte.

»Das ist so peinlich. Tut mir leid«, raunte ich Leon zu, der meine Eltern bestaunte, die sich wie ein Tanzpaar aus den Fünfzigerjahren durch das Zimmer wiegten.

»Das ist nicht peinlich. Du weißt gar nicht, wie gut du es hast. Ich finde sie wunderbar, und ich wünschte fast …«

»Was?«

»Dass du auch mit mir tanzt.« Er sprang auf, munter und mit blitzenden Augen. Ich wusste zwar nicht, was er eigentlich hatte sagen wollen, aber ganz bestimmt nicht das.

»Du spinnst doch.«

»Nein, komm schon, lass uns tanzen.« Seine Arme legten sich um meine Taille, seine Hand auf meine Hüften. Ich spürte seine Wärme, meinte, seinen Herzschlag zu hören, so nahe war er mir. Seine andere Hand, die, die meine hielt, drückte zu und dann begann er sich zu bewegen. Auch er wiegte sich eigentlich nur, aber wie er das tat! Langsam drehten wir uns und seine Hand, die meine umfasst hatte, ignorierte alles, was sie vielleicht einmal über Tanzbereiche und Abstände gewusst hatte. Langsam kam sie näher, bis seine Finger sachte meine Wangen streiften. Sein Kopf neigte sich mir zu, ich spürte seinen Atem an meinem Hals, seine Lippen, ganz zart, wie eine Einbildung, und das Echo eines Wunsches.

»Danke, Jools. Du hast gar keine Ahnung, welches Geschenk du mir heute gemacht hast.«

»Ich habe dir doch gar nichts …«

»Schschttt.« Seine Finger waren jetzt von meiner Wange bis zu meinem Mund gewandert, strichen über meine Lippen. »Übrigens, wir sind hier genau unter einem Mistelzweig.«

»Das heißt nichts. Die hängen hier überall, ich weiß nicht, was sie sich dabei denken …«

»Ich schon.« Ich spürte, wie sein Daumen meine Unterlippe leicht nach unten zog und wie mein Mund sich automatisch ein ganz klein wenig öffnete. Und dann übernahmen seine Lippen. Ein wunderschöner Kuss, so zart, so sanft, so unendlich. Er versuchte erst gar nicht, seine Zunge ins Rennen zu schicken, ließ nur ganz dezent die Zähne eingreifen, sie meine Unterlippe übernehmen. Es war ein Kuss, der völlig anders war als die Küsse, die ich bisher bekommen hatte. Und zu meiner Überraschung fühlte er sich richtig gut an. Nicht falsch oder verlogen. In diesem Moment war er schlicht richtig und wollte nichts weiter, als einfach ein Kuss sein.

»Also, dass das klar ist: Deine Hände bleiben bei dir! Der Rest von dir auch. Keine dummen Gedanken!«

»Jawohl!« Leon salutierte zackig und nahm meiner Ansprache damit ziemlich viel Ernst.

»Das meine ich so.«

»Ich auch. Keine Sorge, ich werde mich benehmen.«

»Und du lässt dein Shirt an.«

»Ich schlafe nie in ...«

»Ist mir egal. Bei mir lässt du deine Sachen an.«

»Jawohl.« Diesmal klang es nicht zackig, sondern resigniert. »Du hingegen darfst gerne das Shirt ausziehen, mir macht das nichts aus. Autsch.« Er duckte sich und entging dem Kissen, das direkt auf seinen Kopf zukam. »Wieder verstanden.«

»Dann ist ja gut.« Ich rutschte unter die Decke und schloss die Augen. Es war albern, sich so aufzuführen, nur weil wir ein Bett teilten. Ich meine, was soll's? Wir liegen hier nebeneinander und schlafen, fertig. Solange er nicht anfing zu schnarchen, wäre das meine leichteste Übung.

Das Schlafen ging auch ganz gut. Erstaunlicherweise dauerte es nicht lange, bis wir beide selig eingeschlummert waren, jeder auf seiner Seite des Bettes. Was ich unterschätzt hatte, war das Aufwachen. Ein Arm auf meiner Hüfte, ein Körper, der sich an meinen schmiegte. Langsame, gleichmäßige Atemzüge. Und das Gefühl, mich gerade absolut wohlzufühlen.

Kapitel 25

»Es ist unglaublich schön hier.«

Auch am dritten Tag im Paradies konnte ich mich noch nicht sattsehen an der Aussicht, die sich mir bot, wenn ich die Augen aufschlug. Türkisblaues Meer, strahlendes Himmelblau, saftig grüne Palmen waren das Erste, was ich sah. Direkt vom Bett aus hatte man eine unglaubliche Aussicht auf den Pool und das Meer. Unser Bungalow war eines dieser wunderschönen luftigen Häuschen mit Strohdach. Nicht besonders groß, ein Schlafzimmer, ein Badezimmer, ein Wohnzimmer mit einer kleinen Küchenzeile. Nun ja, Leon hatte es eigentlich für sich alleine gebucht oder für sich und eine willige Gespielin, die kein eigenes Schlafzimmer wollte, was weiß ich. Maxim hatte jedenfalls keine Veranlassung gesehen, ein größeres zu buchen, und eigentlich war ich froh, denn es war einfach unfassbar schön. Jeder Raum hatte mindestens eine verglaste Seite mit Fensterelementen, die man wie eine Ziehharmonika einfach zur Seite klappen konnte. Und jeder Raum hatte Meerblick und einen direkten Zugang zur Terrasse. Die dominierende Farbe war Weiß, dazu viel helles Holz. Und als Akzente das strahlende Blau des Wassers und des Himmels.

Leider gab es nur ein Bett, aber dafür war das ein echtes Kingsize-Modell. Und nachdem wir eine Nacht in meinem alten, eins vierzig breiten Jungmädchenbett überstanden hatten, sah ich kein Problem darin, dieses fast doppelt so breite Teil mit Leon zu teilen. Er hatte sich bei mir zu Hause wirklich vorbildlich benommen und nicht versucht, seine Hände irgendwohin wandern zu lassen, wo sie nicht hingehörten.

Und als ich an jenem Morgen aufgewacht war in seiner Umarmung, so unschuldig und sanft, da war irgendetwas passiert. Sein plötzliches Auftauchen und vor allem sein Eingeständnis, was ihn hierhergetrieben hatte, schafften eine ganz neue Basis. Er, der unerschrockene Stürmer, der Mann, der den Gegner nicht fürchtete, der ein unglaubliches Selbstbewusstsein hatte und den unerschütterlichen Glauben, dass ihm alle zu Füßen lagen, hatte mich hinter seine Fassade blicken lassen und mir einen Menschen gezeigt, der wie alle anderen mit Problemen kämpfte. Es war, als wären wir seither wirklich Freunde. Natürlich kennt man jemanden nicht besser, nur weil man ein Bett geteilt hat, aber es kam mir so vor und ihm auch, glaube ich. Ich hatte das Vertrauen gewonnen, dass ich diese Nummer mit Freundin und Küsschen mit ihm durchziehen konnte, dass wir entschieden und umswitchten, ob wir im Schauspiel- oder Freundemodus waren.

Eine leichte Brise ließ die Vorhänge sanft flattern, die Terrassentüren standen schon weit auf. Und nun drang auch der Kaffeeduft in meine Nase. Leon hatte wohl schon das Frühstück bestellt. Ich sprang aus dem Bett und trat hinaus auf die Holzdielen. Ich hatte richtig vermutet, der Tisch war gedeckt. Leon selbst stieg eben aus dem Privatpool, der zu unserer Terrasse gehörte und geschützt war vor neugierigen Blicken. Ich stand da und starrte. Himmel, wäre ich eine andere Frau gewesen, ich hätte vermutlich auch noch gesabbert. Leon war natürlich sehr gut gebaut, er hatte einen tollen Körper, kein Wunder bei seinem Trainingspensum. Aber er hatte in diesen drei Tagen, die wir hier waren, auch schon eine unglaubliche Farbe angenommen. Ernsthaft, er war viel dunkler als ich und ich hatte mich vor den Feiertagen noch einer Bräunungsdusche unterzogen. Und dazu kam, dass er ein gut aussehender Mann war und diese ganz bestimmte Ausstrahlung hatte, die man nicht faken konnte und die nichts mit schön oder nicht schön zu tun hatte. Seine Präsenz war schlicht unglaublich. Wenn er wollte, dann konnte er den ganzen Raum beherrschen, einfach so.

»Mund zu, Jools.« Leon hatte sich ein Handtuch geschnappt und die Haare nachlässig abgerubbelt. Nun warf er es auf den Stuhl, setzte sich und streckte die Beine weit von sich.

»Wenn es mit dem Fußball mal nicht mehr läuft, solltest du über das Modeln nachdenken.«

»Meinst du? Ich weiß nicht, ob das was für mich wäre.« Er grinste zufrieden.

»Weißt du was? Nach dem Frühstück versuchen wir es einfach einmal.«

Es machte großen Spaß, auf der anderen Seite der Kamera zu stehen. Ich ließ Leon mindestens zehnmal die Stufen aus dem Pool heraufsteigen.

»Streich dir die Haare aus dem Gesicht. Versuch mal weniger zu lächeln. Nein, nicht ganz so ernst. Kannst du vielleicht die Badeshorts ein winziges Stück tiefer rutschen lassen? Nicht sooo tief, herrjeh. Ja, perfekt. Bleib so.« Ich wusste, dass ich ihn an die Grenze trieb, aber die Versuchung war zu groß, ihn ein wenig herumkommandieren zu können.

»Ich dachte, du willst einfach einen spontanen Urlaubsschnappschuss machen, um damit anzugeben.«

»Klar will ich das. Genau das machen wir. Du glaubst doch nicht im Ernst, dass irgendjemand wirklich einfach einen Schnappschuss macht und den dann hochlädt? Perfekte Schnappschüsse sind viel Arbeit.«

»Das wird mir gerade klar.«

»Du machst das gut. Können wir noch einen drüben auf dem Steg machen? Oder noch besser in dieser abgefahrenen Hängematte?«

Die abgefahrene Hängematte war wirklich abgefahren. Sie hing so raffiniert zwischen zwei Podesten über einem Ausläufer des Pools, dass man den Eindruck hatte, frei über dem Wasser zu schweben. Der Pool war an dieser Stelle nur knietief, doch es wirkte, als ginge er nahtlos in den Ozean über.

»In der Hängematte? Dann aber zusammen.«

»Wir zwei?«

»Na, mit dem Room-Boy sicher nicht.«

»Aber erst, wenn du trocken bist. Und ich einen anderen Bikini anhabe.«

»Den spontanen Selfie-Bikini?«

»Eben den.«

»Ich mach lieber noch eines.« Ausgerüstet mit Selfiestick und meinem knappen beigen Häkelbikini war ich in die Hängematte geklettert und Leon neben mich. Es war eine sehr schöne Hängematte, extra breit, mit einem Holzstab oben und unten, der verhinderte, dass sie sich zusammenrollte. Sie war passend zu meinem Bikini aus einem wollweißen, geknüpften Material mit Fransen, die seitlich fast bis ins Wasser hingen. Zwei weiße Spitzenkissen sorgten für ein angenehmes Liegen. Und natürlich Leons Arm, der mich an seine Brust zog. Leider konnte ich mich nicht wirklich daran erfreuen, denn es ist viel schwieriger, als man denkt, in so einer Position seinen Körper anzuspannen und ihm eine schöne Linie zu geben, vor allem auf diesem wackelnden Untergrund.

»Zapple doch nicht so.« Leon lag einfach da und sah dabei vermutlich auf jedem Bild hammer aus, während ich mich hier abrackerte und mal die Finger, mal die Füße vergaß.

»Ich zapple nicht. Ich suche die richtige Pose.« Ich drückte ab. »Ich schau mal, ob schon was …«

Leon nahm mir den Stick aus der Hand und stand auf. Achtlos wurde beides auf dem Podest abgelegt.

»Die richtige Pose? Du suchst die richtige Pose? Es gibt nur eine richtige Pose hier.« Und blitzschnell schnappte er mich und hob mich hoch.

»Was tust du denn da?«

»Ich zeige dir die richtige Pose.« Er schritt durch den kleinen Ausläufer die Stufen hinunter in den Pool.

»Nein«, kreischte ich noch, aber er lachte nur, ehe er in die Knie ging und ich und mein schweineteurer Häkelbikini im warmen Wasser versanken.

»Oh doch.« Sein breites Grinsen war ansteckend. »Jools, wir haben hier einen wunderschönen Pool. Und du gehst nur rein, wenn du ein Foto schießen willst. Genieße es doch zur Abwechslung einmal.« Wieder packte er mich, nahm mich hoch, als wöge ich nichts, und der Einfachheit halber schlang ich meine Arme um seinen Nacken, weil ich sonst entweder meinen Bauchmuskeln Unmögliches abverlangt hätte, um mich in dieser Position aufrecht zu halten, oder aber kläglich rückwärts ins Wasser gefallen wäre. »Warum gehst du nie ins Wasser? Warum liegst du ständig auf der Liege?«

»Weil ich … nun, weil ich die Zeit gerne nutzen würde, um ein wenig Farbe zu bekommen. Echte Bräune, nicht immer nur dieses Zeug aus der Farbdusche.«

»Dazu musst du auf dem Liegestuhl sein? Du wirst doch auch im Wasser braun.«

»Ich werde eigentlich nirgends braun. Aber auf der Liege kann ich mich mit Kokosöl einreiben und zusehen, dass die Sonne überall hinkommt.«

»Überall?« Er prustete.

»Der Hals, das Dekolletee, so was überall.«

»Und deshalb liegst du dann so steif da, anstatt Spaß zu haben.«

»Ich habe Spaß dabei. Nicht jeder muss nur einmal kurz in die Sonne hüpfen, um knackig braun zu sein.«

»Ich mag deine Farbe. Ich mag auch deine Haut, sie ist so weich.« Jetzt veränderte sich sein Tonfall wieder. »Und ich mag es viel lieber, wenn du hier bei mir bist und nicht steif da oben in der Sonne brätst.«

»Und genau da werde ich jetzt wieder hingehen. Auf meine Liege.« Eigentlich wäre es ganz nett, noch ein wenig hier zu sein, im Wasser und in seinen Armen. Ganz nah an diesen Augen, die so unglaublich waren. Doch wir sollten das Spiel nicht zu sehr ausreizen.

Langsam nahm Leon einen Arm weg, den, der meine Beine gehalten hatte, und ich rutschte an ihm herunter. Seinen anderen Arm ließ er, wo er war, sodass ich schließlich zwar wieder auf meinen eigenen Beinen stand, aber immer noch eng an ihn gedrückt war.

»Wir haben Urlaub. Zumindest heute Morgen noch. Warum können wir es nicht einfach genießen?«

»Wir genießen es doch. Du hier im Wasser, ich gleich daneben.« Flink entwand ich mich seinen Händen, die überzeugender waren als seine Worte. Ich wollte nichts riskieren, gerade jetzt, wo Leon so unerwartet gut mit allem umging und ich mich wirklich wohlfühlte neben ihm in diesem riesigen Bett, dem einzigen, das es hier gab. Es waren die kleinen

Dinge in dieser Vertrags-Sache, die uns vor die größten Probleme stellten, aber inzwischen hatten wir gelernt, damit umzugehen. Man musste nur darauf achten, ein, zwei Kissen zwischen sich und den anderen zu packen, um zufälligen Körperkontakt zu vermeiden und nicht in diese seltsame Stimmung zu geraten, in denen Leons Augen fast schwarz wurden und meine Haut ganz trocken und prickelig.

Kapitel 26

»Du bist so wunderschön.« Leons Stimme klang dunkel und verführerisch und seine Hände, die meinen Rücken eincremen sollten, lösten geschickt den Verschluss des Oberteils, schoben die dünnen Bänder zur Seite, trugen dann in sanften, kreisenden Bewegungen weiter den Sonnenschutz auf.

»Du weißt schon, dass man uns nur sehen kann, aber nicht hören?« Ich schloss die Augen und lächelte zufrieden. So ein Teleobjekt konnte ganz schön nahe kommen, obwohl der Fotograf weit weg war.

»Man kann nie wissen.« Deutlich ungeschickter schloss er den Verschluss wieder und hauchte einen Kuss auf mein Schulterblatt. »Ich glaube, es ist das erste Mal, dass ich einer Frau freiwillig wieder das Oberteil schließe, ehe sie sich auch nur einmal umgedreht hat.«

»Wie charmant.« Breit grinsend setzte ich mich auf. »Ich kann es mir nur zu gut vorstellen, wie das normalerweise abläuft.«

»Ich ebenfalls. Aber ich kann es dir auch gerne zeigen.« Er war rittlings hinter mich gerutscht und legte seine Arme um meine Taille, gerade noch in vertretbaren Abstand zum recht winzigen Bikinioberteil, das ich mir für diesen ganz besonderen Ausflug ausgesucht hatte.

»Vergiss es.« Ich ließ meinen Kopf an seine Schulter sinken und legte meine Hände auf seine. »Die bleiben schön da, wo sie sind.«

»Ganz wie du willst.« Sein Mund streifte meinen Hals. »Ich muss gestehen, ich finde diese Idee gar nicht mehr so übel wie anfangs.«

»Tatsächlich?« Eigentlich war ich fast seiner Meinung. Es war seltsam aufregend, hier zu sitzen und zu wissen, dass man beobachtet wurde. Das war mein Metier. Ich konnte mir vorstellen, dass irgendwo ein Fotograf war, der mir Anweisungen zurief. Ich kannte den Job, wusste, was für Bilder er von mir wollte, und ich gab mein Bestes, um sie zu liefern. Einzig die Umsetzung war ein wenig schräg.

Wir waren auf einer kleinen Jacht, die wir für den heutigen Mittag gemietet hatten. Und Maxim hatte dafür gesorgt, dass bekannt wurde, wo wir waren. Das hatte er schon öfter getan, die Paparazzi mit ein paar Insider-Informationen versorgt, allerdings immer nach vorheriger Rücksprache. Man sollte sich nie zu sehr auf das Schicksal verlassen, war seine Devise, wenn es um den heiß geliebten Plan ging. Und so tauchten nach kurzer Zeit tatsächlich zwei andere Boote auf und ankerten in unverdächtigem Abstand zu uns. Das fand ich grandios. Ich meine, ernsthaft, waren wir wichtig genug, dass die extra rausfuhren, um Bilder zu bekommen?

»Und nun zeige ich dir mal, wie wir Profis das machen.« Ich stand auf und schlenderte hinüber zur Box, wo auf Unmengen Eis Unmengen Getränke lagerten. Ich entschied mich für ein Wasser, bei einem Job sollte man immer nur Wasser trinken. Dann räkelte ich mich ein wenig mit der Flasche an der Reling und sorgte dafür, dass jeder zumindest ein gutes Bild hinbekommen sollte. Leon lag auf der Liege, die Sonnenbrille verbarg seine Augen, aber ich wusste, dass auch er es genoss. Nun ja, es sollte ja auch genau so aussehen, dass ich diese Nummer nur für ihn abzog. Also spielte ich ein wenig das Häschen, das für seinen Freund eine nette kleine Show hinlegt, bis ich schließlich übermütig wurde. Ich beschloss, ihn einzubeziehen, so wie er mich heute Morgen in seine Wasserspielchen einbezogen hatte. Wir hatten in der Fernsehshow ein ganz ähnliches Paar-Shooting gehabt und ich wusste, was gut ankommen würde. Und wie ich das so hinbekommen sollte, dass es heißer aussah, als es war.

Mit der Sonnencreme bewaffnet und einem frechen Grinsen im Gesicht ließ ich mich rittlings auf ihm nieder, sorgsam darauf achtend, auf seinem Bauch zu sitzen und nicht auf seiner Hüfte. Dann malte ich mit der Creme ein Herz auf seine Brust und begann, sie auf seiner Haut zu verteilen.

»Rasierst du dich eigentlich?« Ich lächelte glückselig für die Kameras, die ich nicht sah.

»Bitte?«

»Deine Brust. Sie ist so glatt.«

»Das ist alles, was dir gerade einfällt? Ob ich mich rasiere?«

»Warum nicht?«

»Warum nicht? Verdammt, Jools, weißt du, was du hier machst? Du bist kurz davor, denen die Bilder ihres Lebens zu liefern. Und sag später ja nicht, ich hätte etwas Verbotenes gemacht. Ich versuche nur, hier Schlimmeres zu vermeiden.« Er hörte sich sehr seltsam an und einen Moment fürchtete ich, er wäre sauer auf mich, fand, dass ich zu weit ging oder so. Aber dann hatte er schon meinen Nacken gepackt und mich fest im Griff. Er zog mich zu sich hinunter und sein Kuss war fast hart. Blitzschnell packten seine Hände meine Hüften, schoben mich nach unten, weiter zu seinem Schoß, und ich wusste sofort, was sein Problem war. Und nun meines, weil ich es ganz genau gespürt hatte, als er mich kurz anhob und darüber hinweghob. Und ich spürte es auch jetzt noch, hart an meinen Bauch gedrückt.

»Leon!«

»Beweg dich bloß nicht!« Er klang scharf. »Wenn du dich bewegst …«

»Keine Angst. Aber vielleicht könnte ich einfach runterklettern?«

»Ganz bestimmt nicht. Du stehst hier nicht auf und lässt mich mit einem Riesenständer liegen, solange Fotografen in der Nähe sind.«

»Ich kann doch nicht …«

»Oh doch, du kannst.« Wieder küsste er mich. »Verdammt, das ist mit Abstand die absurdeste Situation, die ich jemals erlebt habe.«

Plötzlich musste ich grinsen. »Und was hast du jetzt vor?«

»Keine Ahnung. Ich kenne nur einen Weg, mit so einer Situation umzugehen, aber der kommt im Moment wohl nicht infrage.«

»Definitiv nicht.«

»Dann müssen wir warten, bis es sich von selbst löst, das kleine Problem.«

»Ganz so klein scheint es nicht zu sein.« Ich spürte, wie es an meinem Bauch kurz zuckte.

»Es ist gar nicht hilfreich, so etwas zu sagen. Ich könnte noch immer meine Kinderstube vergessen. Ich müsste dich nur ganz kurz anheben und …«

»Und ich müsste nur aufstehen und dich und dein heißes Höschen den Kameras überlassen.«

Wir sahen uns in die Augen. Es war ein sehr skurriler Moment, ganz ohne Frage.

»Kannst du versuchen, dich umzudrehen? Ich könnte deinen Rücken einschmieren, und du wärst aus der, hm, Bredouille.«

»Das könnte klappen.«

Langsam erhob ich mich, gerade weit genug, dass er sich unter mir drehen konnte. Ich spürte sein Ding einen Moment an der Innenseite meines Schenkels. Dann schraubte ich wieder die Creme auf und begann, seinen Rücken zu bearbeiten. Grober als ich gemusst hätte.

»Willst du mich einreiben oder mir die Haut abziehen?«

»Ich dachte, ich bring dich auf andere Gedanken.«

»Und wenn ich darauf stehe? Dass du so zupackend bist?«

Abrupt hörte ich auf. »Du stehst darauf?«

»Ich fürchte, im Moment stehe ich auf alles.« Er knurrte jetzt fast. »Verdammt, da sitzt eine wunderschöne heiße Frau auf mir, die nur einen winzigen Bikini trägt und die sich kurz zuvor nach allen Regeln der Kunst zur Schau gestellt hat. Welcher Kerl würde anders reagieren?«

»Eine ganze Menge, hoffe ich doch. Wo kämen wir denn hin, wenn jeder Kerl sofort einen Ständer bekommt, nur weil irgendwo eine Frau im Bikini rumläuft?« Ich erhob mich und legte mich auf meine eigene Liege, mit ausreichend Abstand.

»Ich bekomme nicht ... Vergiss es. Am besten vergisst du diese ganze peinliche Sache hier.«

Ich vergaß es nicht. Natürlich vergaß ich es nicht. Ich meine, wer hätte das vergessen? Es hätte die peinlichste Sache der Welt werden können, aber irgendwie hatten wir es geschafft, dass es das nicht wurde. Und nun, da wir das hinter uns hatten, war ich mir sicher, alles andere auch zu wuppen. Wir hatten das große Glück, dass wir beide darüber lachen konnten und ich ihn und seinen Sexualtrieb immer ein wenig auf die

Schippe nehmen konnte. Als wir nach einer Woche im Paradies wieder in den Flieger stiegen, war ich mir sicher, dass auch der nächste Schritt, die gemeinsame Wohnung, gut gehen würde.

Kapitel 27

Es ist unglaublich, dass manche Menschen anscheinend nur Pläne machen müssen und die dann ganz nach Wunsch aufgehen. Ich meine, wir alle machen doch Pläne, aber meistens klappt es dann trotzdem nicht. Maxim schien dieser Regel nicht zu unterliegen. Er hatte geplant, dass dieser Urlaub auch der Publicity dienen sollte, und seine Wünsche wurden prompt erfüllt. Als wir wieder zu Hause waren, lächelte mir mein Bild aus diversen Zeitschriften entgegen. Erstaunlich viele Klatschblätter fanden es interessant genug, dass Leon und ich zusammen urlaubten. Ich war begeistert. Wir sahen wie ein echtes Jetset-Paar aus, glücklich und sorglos. Nichts zu sehen oder zu lesen von Leons kleinem Problem, aber selbst ich glaubte uns, dass wir glücklich und sehr verliebt waren.

Maxim war ebenfalls zufrieden. »Gut gemacht. Ihr habt eine tolle Chemie zusammen, ich wusste das. Jetzt bloß nicht nachlassen. Wenn du Zeit hast, besprechen wir die Details deines Umzugs.«

Er wollte sich um alles kümmern, ich musste nur meine Sachen hier einpacken und dort wieder aus den Kisten holen. Ich nahm das Angebot gerne an.

»Es ist im Interesse aller, wenn der Umzug schnell über die Bühne geht. Die Vertragsverhandlungen laufen bereits. Wir können jede gute Publicity gebrauchen. Mein Job ist es, euch im Hintergrund den Rücken freizuhalten, und das mache ich.«

Nicht alle waren jedoch Maxims Meinung, dass der Umzug schnellstmöglich stattfinden sollte. Meine Eltern waren zwar erfreut, dass es mich ganz offensichtlich erwischt hatte, aber auch ein wenig angespannt, weil sie langsam merkten, dass ihre Tochter, wie sie sie kannten, und diese Frau, die sich so überstürzt in eine Liebesbeziehung warf, irgendwie nicht vereinbar waren.

»Versuch macht klug«, sagte mein Vater leicht verunsichert angesichts meiner Kisten.

»Das denke ich auch. Deshalb werde ich meine Wohnung erst mal nicht kündigen, damit ich zurückkommen könnte.« Beinahe hätte ich »kann« gesagt. Bei meinen Eltern fand ich es immer schwieriger, diese Geschichte mit der großen Liebe aufrechtzuerhalten. Alle anderen lasteten nicht so schwer auf meinem Gewissen, aber die beiden ...

Auch Manu war nicht sonderlich begeistert von der Entwicklung.

»So kenne ich dich gar nicht, Josephine. Du willst ernsthaft nach so kurzer Zeit zu einem Typen ziehen?«

»Ja.«

»Aber wieso?«

»Wieso nicht? Wir wollen einfach mehr Zeit füreinander haben.« Diesen Satz hatte ich vor dem Spiegel geübt, so lange, bis ich ihn überzeugend fand.

»Dir ist schon klar, was das für ein Kerl ist?«

»Ein ziemlich heißer, finde ich.« Langsam ging sie mir auf die Nerven.

»Und einer, der nichts anbrennen lässt. Denkst du ernsthaft, dass der sich lange zufriedengibt mit dem, was du dir so vorstellst unter einer Beziehung?«

»Keine Sorge, wir haben beide so ziemlich die gleichen Erwartungen und Ansprüche an diese Beziehung.« Jetzt nervte sie mich wirklich. »Es ist schön, dass du dich mit mir freust.«

Ich schob sie zur Seite, um mich der Wäschekommode zuzuwenden, an der sie lehnte und mich missmutig anstarrte. Ich musste jetzt bereits die Zähne zusammenbeißen, wenn ich daran dachte, wie ich im Sommer wieder zurückkehren würde. Ohne gebrochenes Herz und ohne zerschlagene Träume, was allerdings niemand wissen würde. Und Manu würde da sein, um mich daran zu erinnern, dass sie es immer geahnt hatte.

»Hey, vielleicht kann ich euch mal besuchen kommen in Paris? Das wäre doch cool, ein paar schöne Mädelstage!« Ihre Augen leuchteten plötzlich auf. »Wie früher, weißt du noch? Als wir einfach die Wochenenden durchgefeiert haben?«

»Klar weiß ich das noch.« Damals, als unsere Freundschaft noch viel einfacher war.

»Das machen wir. Und du kannst mir ein paar Typen aus seiner Mannschaft vorstellen. Vielleicht ist da ja einer für mich dabei.«

»Ich werde mal sehen, was sich machen lässt. Ich kenne die ja selbst noch nicht. Und ich werde in nächster Zeit gar nicht so oft in Paris sein, tatsächlich ist mein Terminkalender recht voll.« Ich sah ihre Miene, die sich sofort verdüstert hatte, und lauschte dem Klang meiner Worte nach. Ja, sie war genervt und neidisch, doch unter uns, ich wäre es im umgekehrten Falle vielleicht auch ein ganz klein wenig. »Aber ein Wochenende finden wir bestimmt. Das wäre toll.«

Haben wir nicht eben darüber gesprochen, dass manche Menschen einfach nur Pläne machen müssen, und die setzen sich dann prompt um? Wie es schien, war Maxim der Meister darin. Nicht nur sein Plan, unseren Jachtausflug medienträchtig zu vermarkten, überhaupt unsere Liebe zu einem

Schachzug zu machen, ging auf. Auch seine Versprechungen, die er mir gemacht hatte, erfüllten sich.

Kaum waren wir wieder zurück, hatte Sabine angerufen. Sie war seit Neustem nicht zu toppen an Freundlichkeit und Einsatzbereitschaft. Sie ließ immer wieder durchklingen, wie sehr sie sich für mich freute, besonders weil sie doch an mich geglaubt hatte die ganze Zeit und mich immer unterstützt und mir mit meinem ersten Vertrag erst diesen Erfolg ermöglicht hatte. Ich war hin- und hergerissen. Einerseits gab ich ihr nämlich ein bisschen recht. Andererseits jedoch hatte ich nicht vergessen, wie sie vor meinem geheimen Deal mit mir geredet hatte. Ich vermied es also tunlichst, mich zu irgendeiner Aussage bezüglich weiterer Verträge hinreißen zu lassen, und hoffte, dass ich, wenn es so weit war, die richtige Entscheidung treffen würde.

Meinen ersten Abend als Pariserin verbrachte ich nicht romantisch mit meinem Freund, sondern ganz businesslike mit seinem Manager im Schlepptau. Maxim wollte sicher sein, dass wir die nächsten Schritte nicht vermasseln würden.

»Die Spendengala des Sports steht an. Der Prix d'Or. Das sind Termine, die ihr machen müsst. Es wäre gut, wenn es auch ein paar Veranstaltungen gibt, zu denen Josephine eingeladen wird und zu denen du sie begleitest. Das kommt immer gut an. Wie sieht es aus? Was hat dein Management in dieser Hinsicht geplant?«

»Ähem ...« Ich tat, als dachte ich nach. »Nicht so viel, fürchte ich.«

»Das fürchte ich ebenfalls. Ich will ja nicht kritisieren, aber was ich mitbekomme, läuft das Ganze doch recht schleppend.«

»Sabine ist die Chefin meiner Agentur, nicht meine persönliche Managerin«, nahm ich sie jetzt doch in Schutz.

»Dann solltest du das ändern. Such dir einen Manager. Und denke darüber nach, die Agentur zu wechseln. Du brauchst mehr, als sie dir bietet.«

»Darüber habe ich auch schon nachgedacht. Aber irgendwie mag ich sie und sie hat an mich geglaubt, zumindest am Anfang.«

»Gefühle und Geschäft sind sehr schwer zu vereinbaren. Ich kann dir nur den Rat geben, beides zu trennen. Lerne, dich frei davon zu machen. Nur dann kommt man ganz nach oben.« Plötzlich sah er gar nicht mehr wie ein Streber oder Muttersöhnchen aus. Seine Augen hatten einen ungewohnt harten Glanz.

»Aber schließt das eine denn das andere aus?« Ich versuchte, die Stimmung ein wenig aufzulockern. Und ich wollte, dass er wieder mehr wie früher war. »Ich meine, sieh dir uns an. Das klappt doch hervorragend. Man kann also durchaus beides sein, Freund und Geschäftspartner.«

»Solange alles nach Plan verläuft, schon. Doch wir sollten uns anderen Fragen zuwenden. Ich bin nur bis morgen in Paris und es gibt noch ein paar Dinge, die ich mit Leon besprechen muss.«

»Dein Manager kann ganz schön gefühlskalt sein, was?« Endlich hatte Maxim die Wohnung verlassen und ich kam aus meinem Zimmer, wohin ich mich zurückgezogen hatte.

»Er ist der Beste. Das wird man nicht, wenn man nur Kuschelpartys organisiert.«

»Okay.«

»Ich vertraue ihm blind. Seine Ratschläge sind immer

gut. Wenn er zu etwas rät, mache ich es. Wenn er mir abrät, lasse ich die Finger davon.«

»Du bist ziemlich vertrauensselig.«

»Ich muss Menschen haben, denen ich vertrauen kann. Er gehört dazu. Du auch, sonst hätte ich mich nie darauf eingelassen.«

»Du hast dich darauf eingelassen, ehe du mich kanntest.«

»Maxim hat mir natürlich Videomaterial aller Kandidatinnen gezeigt, die infrage kamen, und ich gestehe, ich mochte sofort, was ich da von dir sah. Und für alle Fälle hatte ich diese Rücktrittsklausel, falls du im echten Leben völlig anders gewesen wärst. Ich hätte nicht jede Frau in Betracht gezogen, nur um an mein Ziel zu kommen, und ich hätte schon gar nicht jede Frau hier einziehen lassen. Aber du bist nicht jede, du bist etwas ganz Besonderes, Jools.«

Ich konnte es nicht verhindern, dass ich insgeheim mächtig stolz war auf seine Worte. Etwas Besonderes zu sein war cool und seine Worte fanden direkt einen Weg in mein Herz.

Kapitel 28

Ich hatte mir fest vorgenommen, meine Zeit in Paris aus ganzem Herzen zu genießen. Ich wollte die Monate in dieser wunderbaren Stadt mit allen Sinnen erleben. Nun ja, fast allen Sinnen. Und ich wollte die perfekte Mitbewohnerin sein. Nun ja, fast perfekt.

»Jools, was ist denn das?« Leon zeigte auf die neuen Sofakissen.

»Hübsch, nicht?«

»Die sind rosa.«

»Nein, die sind mauve. Das ist ganz was anderes.«

»Für mich nicht. Das sind alles Mädchenfarben.«

»Und ich bin ein Mädchen. Komm schon, wenn es echt wirken soll, dann muss man sehen, dass ich hier wohne. Und außerdem habe ich für dich mein Zuhause aufgegeben. Ich mache so viele Zugeständnisse für diese Sache, da sollten neue Kissen doch kein großes Problem sein.«

Leon schnaubte. »Kissen, okay. Aber du fängst jetzt nicht an, hier Wände zu streichen oder sowas in der Art.«

»Nein. Obwohl ...« Ich sah mich nachdenklich um.

»Das ist mein Ernst.« Er kam einen Schritt näher. »Nichts, was ich nicht in einen Müllsack stopfen kann.«

»Damit kann ich leben.« Und ehrlich, das gab mir genug Raum für meine Wünsche.

Ich hätte gar keine Zeit gehabt, um Wände zu streichen. Plötzlich war mein Leben voll und erfüllt. Als wäre der Umzug in diese Stadt der endgültige Startschuss gewesen, war ich plötzlich interessant.

»Hat sie den Womanizer gezähmt?«, titelte die Klatschpresse und »Endlich die große Liebe?« Dazu wurden Bilder von uns abgedruckt und mein Name wurde immer wieder erwähnt. Dann kamen erste Meldungen wie »Bauen sie sich bereits ein Liebesnest?« und »Paris, der Liebe wegen«. Und je öfter ich irgendwo erwähnt wurde, desto häufiger bekam ich Einladungen zu Castings. Und wurde ausgewählt. Ich war viel unterwegs und ich genoss jede Sekunde. Ich durfte Shows laufen, zusammen mit den ganz Großen der Branche, und ich schlug mich nicht schlecht. Ich hatte ein paar Shootings für Modestrecken und dann kam eine Anfrage, ob ich eine Strecke mit einem persönlichen Teil machen wollte. Man würde eine zwölfseitige Kampagne shooten und dann ein Interview dazu machen. Ich sagte sofort zu.

Parallel dazu bekam ich Anfragen von zwei großen Agenturen, die gerne mit mir über einen Vertrag reden wollten. Meine Haut kribbelte, als das passierte. Alle meine Wünsche wurden plötzlich erfüllt. Ich führte mit beiden Agenturen ein Telefonat und saß dann unschlüssig da. Mein Bauch sagte, dass ich Sabine nicht einfach so verlassen sollte, mein Kopf aber war überzeugt, dass ich diese Chance nutzen musste. Hier würde mich niemand zu einem Katalogshooting überreden und vor allem gingen hier die Anfragen der richtig erfolgreichen Häuser ein. Die besten Fotografen bedienten sich aus der Kartei dieser Unternehmen, und ihre Namen versprachen Glanz und Erfolg.

Nachdenklich saß ich vor dem Rechner und starrte auf die Angebote, die ich bekommen hatte. Und auf die Mail von Sabine, die mir die neusten Termine mitteilte.

»Was machst du da?« Leon war zurück und kam eben aus der Dusche. Himmel, ich wünschte wirklich, er würde sich mal mehr anziehen. Diese Abneigung gegen Oberteile schien schon pathologisch zu sein.

»Mein Vertrag läuft aus und ich muss mich entscheiden, wie es weitergeht.«

»Welche Optionen gibt es?« Er zog sich einen Stuhl heran und nahm Platz. Wasser tropfte aus seinen Haaren und lief langsam seine Brust herab. Ich blinzelte und sah weg.

»Ich kann meinen alten verlängern. Und ich habe zwei neue Angebote. Große Agenturen.«

»Zeig her.« Er beugte sich näher zu mir, um auf den Bildschirm zu sehen. »Das sieht doch gut aus.«

»Ja. Es wäre ein Traum, da reinzukommen.«

»Und wo ist dann das Problem?«

»Ich fühle mich schlecht, wenn ich Sabine verlasse. Obwohl sie alles andere als optimal war.«

»Jools, so ist das eben. Man durchläuft Stationen im Leben. Jede einzelne bringt dich im Idealfall ein Stückchen weiter nach oben.«

»Das klingt ganz schön hart.«

»Das hatten wir doch schon. Du musst an dich denken. An deinen Traum. Und was du dafür bereit bist zu tun. Weißt du, warum die meisten Menschen ihre Träume nicht erreichen? Sie tun nicht alles dafür. Es reicht nicht, etwas zu wollen. Du musst etwas dafür tun. Du musst bereit sein, Opfer zu bringen, alles zu geben, über deine Grenzen zu gehen. Du darfst nie das Ziel aus dem Auge verlieren. Wenn du denkst, dass du alles gegeben hast, dann musst du noch einen weiteren Schritt machen. Und du musst immer ganz fest darauf vertrauen, dass du es kannst. Niemand anderer kann das, was du kannst. Und fürchte die Konkurrenz nicht, sieh sie als Herausforderung. Schau dir an, was sie gut machen, und mache es besser.« Seine Stimme klang so überzeugt und seine Augen blickten fest und selbstsicher.

Er ist der geborene Stürmer, dachte ich wieder einmal. Geschaffen für Zweikämpfe und mit dem festen Willen, sie zu gewinnen.

»Ich werde Maxim bitten, einen Blick darauf zu werfen. Er kennt sich aus mit Verträgen, er kann dir sagen, ob sie in Ordnung sind.« Er angelte nach dem Handy. »Maxim? Jools schickt dir was zu. Verträge. Kannst du einen Blick drauf werfen?« Er nickte mir zu. »Das wäre nett. Und dieser Auftrag kommt von mir, ja? Schreib es zu den Sonderaufgaben.«

»Das ist nett von ihm. Und dir.« Ich war bereits dabei, die Dateien an eine Mail zu hängen. »Aber ich kann das selbst regeln. Ich meine finanziell.«

Leon grinste. »Wenn du diesen Deal unter Dach und Fach hast, dann kannst du das bald sicherlich tun.«

Ich schickte die Mail ab und versuchte, nicht darüber nachzudenken, was Maxim wohl für seine Leistungen berechnete.

Eine Woche später teilte ich Sabine mit, dass ich den Vertrag mit Zhara-Models nicht verlängerte. Ich tröstete mich mit dem Gedanken, dass sie zumindest in den letzten Wochen gut mit mir verdient hatte. Und spätestens, als sie mir an den Kopf warf, dass ich mich ganz offensichtlich überschätzte und dachte, nur weil ich jetzt mit einem Promi zusammen war, würde ich auch ein besseres Model sein, war ich froh, Leons Rat angenommen zu haben. Maxim hatte sich die Verträge angesehen und mir ein paar Tipps gegeben, was ich auf alle Fälle ändern lassen sollte und was ich versuchen konnte, optional noch einbauen zu lassen. Ich hatte meinen Bauch überzeugt, auf den Kopf zu hören, etwas, das ich sehr gut konnte, und auch wenn ich es nicht schaffte, seine Änderungsvorschläge durchzusetzen, weil ich Angst hatte, sonst doch nicht genommen zu werden, war ich glücklich. Ich hatte nun einen Vertrag bei einer der renommiertesten Agenturen von Paris und einen Termin mit einem bekannten Fotografen, um Bilder für meine neue Sedcard zu machen. Es war ein toller Morgen, wir konnten gut miteinander agieren, ich verstand seine Wünsche und konnte ihm die Gesichtsausdrücke liefern, die er haben wollte. Er versprach, mich demnächst anzurufen, wenn er einen Auftrag hatte, zu dem ich passte. Er mochte meinen Look, den ich in Absprache mit der Agentur noch ein wenig frecher gemacht hatte. Die Haare blieben platinblond, aber sie waren jetzt noch ein wenig wilder geschnitten und der ultrakurze Pony sah zwar ungewohnt, aber sehr modern aus. Einen Moment war ich versucht gewesen, meine neue Agentin zu überzeugen, dass ich die Haare wieder wachsen lassen wollte, aber sie war der Meinung, dass dieser besondere Look meinen Wiedererkennungswert ausmachen würde und hervorragend zu mir passte. Ich verstand, dass sie damit elegant verpackte, dass ich mit langen Haaren in natürlichem Blond wahrscheinlich als eine unter vielen untergehen würde, und machte brav den Termin mit dem empfohlenen Coiffeur aus. Und spätestens als ich nach diesem Termin nach Hause kam, wusste ich, dass der horrende Betrag, den ich dort gezahlt hatte, berechtigt war.

»Du siehst großartig aus. Ein bisschen Elfe, ein bisschen frecher Kobold und ganz viel Jools, die man einfach nur vernaschen will.« Leon war mal wieder in einer seiner Stimmungen.

»Du weißt doch, hier werden keine Wände gestrichen

und keine Frauen vernascht. Und überhaupt, willst du dir nicht mal was anziehen?«

»Nein.«

Ich lachte und stellte die Blumen, die ich unterwegs mitgenommen hatte, in eine Vase. Seit der Ständer-Affäre fand ich es einfacher, mit ihm umzugehen. Wir waren Freunde geworden, die ein Ritual entwickelt hatten. Er tat ein wenig so, als ob er mich unbedingt herumbekommen wollte, und ich bremste ihn aus und erinnerte ihn immer wieder daran, dass wir nur gute Freunde waren.

Kapitel 29

»Morgen ist die Sportler-Spendengala. Denkst du dran?«

»Natürlich. Ich werde gegen Mittag in Paris landen.« Ich schielte über meine Schulter. »Leon, ich muss Schluss machen, es geht hier weiter.«

Ich war auf Gran Canaria und der Job zog sich hin. Es gab Probleme, weil die Kollektion nicht vollständig geliefert worden war, und die Produktionsleitung tat ihr Bestes, um die Sache zu regeln. Der Fotograf war ungehalten und hatte vorher fluchend das Set verlassen. Ich saß im Schatten eines Sonnendaches, trank stilles Wasser und wartete. Diese Momente gab es eben auch und niemandem nützte es, wenn ich jetzt zusätzlich noch anfing herumzuzicken. Die Produktion hatte keine Schuld an der Misere und schon genug Stress. Nun aber schien eine Lösung gefunden und Geschäftigkeit setzte ein. Die Stylistin kam mit einem Badeanzug, der aus mehr Schnüren als Stoff bestand, und half mir hinein. Die Visagistin scharrte schon mit den Hufen, um mein Make-up aufzufrischen, und erst als beide zufrieden nickend von mir zurücktraten, wagte man es, den Fotografen, Milo Fisher, zurückzurufen.

Er war offensichtlich immer noch schlecht gelaunt und bellte mir seine Befehle zu. Ich sah die besorgten Gesichter der Crew und atmete durch. Wenn ich mich jetzt ins Bockshorn jagen ließ, war die Arbeit eines ganzen Tages dahin. Die Kosten würden explodieren, mein Termin und die aller anderen würden gesprengt. Leons Worte fielen mir ein. Um ehrlich zu sein, wiederholte ich sie oft, wenn ich am Set war. »Niemand anderer kann das, was du kannst.« Niemand konnte das Ding hier noch retten, nur noch ich. Ich änderte meine Pose, knipste mein strahlendstes Lächeln an, streckte den Hintern in diesem Bondage-Ding noch ein wenig weiter heraus und begann dann, mit der Kamera zu flirten. Ich sah, wie Milos Gesichtszüge sich entspannten. Na also. Sollte doch klappen mit der Gala und meinem Flug morgen früh.

»Wir haben es.« Milo hielt die Kamera dem beflissenen Assistenten hin, der nichts anderes zu tun hatte als Kameras an- und abzureichen. Dann winkte er mich zu sich und gemeinsam sahen wir uns die Bilder an.

»Gut gemacht.« Milo war von der wortkargen Sorte, hatte man mich im Voraus gewarnt. Spricht nicht viel und wenn, dann meint er es nicht so. Das bezweifelte ich mittlerweile. Ich hatte den Verdacht, dass er alles genau so meinte, wie er es sagte. Und dass er ein ganz schöner Arsch war, nebenbei. Brillant und alles, aber ein Arsch. Und dieses Wort hatte er ins Spiel gebracht. »Mehr Arsch!«, hatte er gerufen, als ich schon wie eine Irre meinen Hintern rausstreckte. »Mehr Titten!«, hatte er gefordert, und ich kam ganz schön an die Grenzen dessen, was möglich war in Sachen Balance und so.

»Zieht diesen verdammten Badeanzug zurecht«, hatte er geschnauzt und damit nicht gemeint, die spärlichen Stoffstücke besser vor meinen intimsten Körperstellen zu verteilen, sondern im Gegenteil, sie noch ein wenig mehr freizulegen und dafür mehr Gewicht auf die Verschnürungen zu legen. Oder die fast durchsichtige Spitze des nächsten Modells. Den transparenten Meshstoff des dritten Bikinis. Ich hatte jedes Mal durchgeatmet und leise bis zehn gezählt. Die Produktionsleiterin Marga, eine nette und sehr stressresistente Dame in den Vierzigern, hatte seine Anweisungen stets so umgesetzt, dass ich nicht zu viel Haut zeigte. »Ich will mehr Arsch«, hatte er wieder gedröhnt und ich hatte unter ihrem Blick das Bikinihöschen ein wenig anders platziert.

»Ich hätte gerne deutlich weniger Arsch«, hatte Marga zwischen den Zähnen gezischt und mich zum Grinsen gebracht.

Nun trat sie zu uns, um ebenfalls einen Blick auf die Fotos zu werfen. »Wie gewohnt erstklassige Arbeit, Milo. Danke.«

»Natürlich.« Er sah sie an, als überlege er, ob er sie kennen müsse. Er wuchs einem doch minütlich mehr ans Herz, der Blödmann. Marga hatte sich ein Bein herausgerissen, um das Shooting zu retten, das könnte er doch auch mal sehen.

Aber er sah nur die Bilder, durch die er sich langsam klickte. Marga hatte recht, sie waren einfach unglaublich. Ich sah viel weniger nach Domina oder Flittchen aus, als ich befürchtet hatte. Die Bilder waren heiß, gar keine Frage, doch nicht vulgär. Und er hatte es geschafft, dass mein Gesicht einen großartigen Ausdruck hatte. Stolz und selbstsicher, stark und unerschrocken blickte ich in die Kamera. Ein wenig herausfordernd, ein wenig lockend, und direkt in die Augen des Betrachters.

»Ich will dich noch einmal fotografieren. Für einen Bildband. Mein Assistent wird dich wegen eines Termines kontaktieren.« Milo sah immer noch auf die Bilder.

»Oh ... Klar.« Ich sah zu Marga, die die Brauen zusammenzog und die Lippen aufeinanderpresste.

Der Tag war lang gewesen und ich beschloss, früh in mein Zimmer zu verschwinden. Auch, um dieser seltsamen Stimmung zu entgehen, die hier vorherrschte. Ich hatte Margas Unmut gespürt, weil Milo mich noch einmal vor die Kamera holen wollte, und wusste nicht so recht, was ich davon halten sollte. Sie war mit meiner Arbeit zufrieden, hatte sie gesagt. Und sie war den ganzen Tag nett gewesen. Nun ja, auch ihr reichte es wohl einfach.

Dann ließ mich ein Klopfen noch einmal hochfahren. An meiner Tür hämmerte es und langsam stand ich auf und ging hinüber. Überrascht starrte ich Milo an, der tatsächlich so etwas wie ein zerknirschtes Lächeln trug und eine Flasche Weißwein.

»Ich komme, um mich zu bedanken. Ich weiß, dass ich schwierig bin, wenn ich arbeite, aber ich gebe immer alles und verlange das auch. Du hast dich wacker geschlagen.« Er ging lässig an mir vorbei in mein Zimmer und etwas unbehaglich folgte ich ihm. Er war der Letzte, mit dem ich freiwillig den Abend verbringen wollte.

»Wie alt bist du?« Er sah mich an.

»Vierundzwanzig.« Ich hob das Kinn und starrte zurück. Du machst mir keine Angst, dachte ich.

»In dem Alter noch Fuß fassen zu wollen – Respekt. Das gefällt mir. Aber du weißt selbst, dass es dadurch nicht leichter wird. Es ist hilfreich, wenn dir jemand unter die Arme greift.«

Ich antwortete nicht. Was für eine beschissene Situation er hier herbeigeführt hatte. Ich in meinem Schlafshirt und er in meinem Zimmer.

»Ich kann dir helfen.«

»Und wie?« Ich beschloss, hier nicht lange das Dummerchen vom Dienst zu geben.

»Indem ich dich vorschlage. Für Produktionen.« Er hob die Augenbrauen.

»Und mit Verlaub, was springt für Sie dabei raus?«

Er lachte, ein Lachen, das zu ihm passte. Laut und dreckig und nicht so, dass man einstimmen wollte.

»Du hältst dich für ganz abgebrüht, was? Nun, ich werde mir etwas überlegen. Ich hatte gehofft, dass du von selbst darauf kommst, während wir ein Glas Wein zusammen ...« Er ließ seine Zungenspitze aus dem Mund schnellen, so flink, dass es wie eine Einbildung wirkte.

»Ich hatte einen langen Tag.«

»An die wirst du dich gewöhnen müssen. Du kannst es schaffen, wenn du bereit bist, hart zu arbeiten und alles zu geben, um das Ziel zu erreichen.«

Die Art, wie er das sagte und wie er mich ansah, gefiel mir nicht. Automatisch schlug ich die Beine übereinander, presste sie fest zusammen, verschlang sie förmlich ineinander, eines um das andere gewickelt, verschränkte meine Arme vor meiner Brust. Alles in mir ging in Abwehrhaltung, was er offensichtlich auch bemerkte. Er stellte die Flasche auf den Tisch und stand auf.

»Nun, ich dachte, wir könnten hier unsere neue Zusammenarbeit feiern, aber ich merke, es ist noch zu früh. Du musst erst darüber nachdenken und erkennen, welche Chance sich dir bietet. Und was es bedeuten würde, sie auszuschlagen. Du wirst von mir hören.« Sein Blick glitt noch einmal über meine nackten, verschlungenen Beine. »Denk nicht zu lange nach. Ich bin kein Mensch, den man warten lässt. Wenn ich etwas will, dann gleich. Ach, und noch ein guter Rat: Dein Bauch könnte etwas durchtrainierter sein.« Er verließ das Zimmer ohne weiteren Gruß.

Nachdenklich schloss ich die Tür ab. Dieser Auftritt war sehr seltsam gewesen. Er hat es mit Absicht gemacht, dachte ich. Mich verunsichert, mir Angst gemacht, mir Gedanken eingepflanzt, die mich aufschrecken sollten. Ich wusste, dass er mir ein großes Angebot unterbreitet hatte, als er sagte, dass er mich fördern und für einen seinen berühmten Bildbände ablichten wollte. Ich wusste allerdings nicht, ob es mir lieber gewesen wäre, wenn er es nicht getan hätte. Ablehnen konnte mein berufliches Todesurteil sein. Annehmen konnte meine persönliche Schmerzgrenze treffen. Er war schlau genug, mich nicht anzufassen, nicht mit seinen Händen. Er baute darauf, dass ich die Botschaft verstand und von mir aus zu ihm kam. Um dann die Spielregeln zu bestimmen?

Ich meine, ich war nicht naiv. Ich wusste, was manchmal abging, in dieser Branche wie in jedem Büro. Wie manche Typen dachten, ihre Machtposition ausnutzen zu müssen. Und ich war eigentlich recht pragmatisch. Nicht dass ich auf solche Angebote eingehen würde. Nein, eigentlich hatte ich noch nie so eines bekommen. Anmachen ja, aber keine dieser »wenn du nicht mitmachst, bist du weg«-Ansagen.

Manche Menschen verdienen ihr Geld mit ihrem handwerklichen Geschick, ihren Fähigkeiten, zu unterrichten, ihrem grünen Daumen oder dem Talent für Zahlen. Ich verdiente meines mit meinem Körper. Und deshalb fand ich es erst einmal nicht schlimm, wenn man mich auch als das sah, als schönen Körper, der ein Produkt verkaufen soll. Sollte ich mich deswegen aufregen? Ich hatte mich dafür entschieden und ich wusste, was ich tat. Milo jedoch hatte mir gezeigt, dass es eben doch verschiedene Arten gab, mit diesen Körpern umzugehen, die man da kaufte. Oder mit der Definition des Wortes kaufen in diesem Zusammenhang. Ich war froh, dass ich morgen ganz früh abreisen würde.

Kapitel 30

»Jools, bist du fertig?« Leons Stimme drang leicht gedämpft in mein Schlafzimmer hinter meinen schönen, so praktischen Paravent.

»Ja-ha.« So gut wie zumindest. Es fehlte nur das Kleid, das noch auf dem Bügel hing. Aber ich trug schon die zugehörige Unterwäsche, einen festen, blickdichten schwarzen BH und eine Unterhose, die eher wie eine kleine Boxershorts aussah. Das Ensemble erinnerte mehr an einen Fünfzigerjahre-Bikini denn an moderne Unterwäsche, aber ich mochte den Look. Ich hatte mich entschieden, heute Abend aufzutrumpfen und ein echtes Designerkleid zu tragen, das aus hauchzarter schwarzer Spitze war und sehr durchsichtig. Und zu dem deshalb diese eher keusche Unterwäsche gehörte, die dem Ganzen einen ziemlich heißen Look verpasste, weil man mehr Unterwäsche als Kleid sah.

»Gut, dann kannst du mir vielleicht eben mit dieser …«

Ich fuhr herum. Leon kam um den Raumteiler, die Krawatte offen um den Hals. Aber schon im Hemd, immerhin.

»Hallo. Da will jemand unbedingt in die Presse kommen. Ein wenig viktorianisch, aber ich mag es. Man wird mich definitiv beneiden.«

»Haha. Was willst du?«

»Diese Krawatte. Ich bekomme einfach keinen anständigen Knoten hin.«

»Komm her.« Ich besah mir das Teil. Er hatte es definitiv schon probiert. »Nicht zappeln.«

»Das sagst du so. Ich muss sagen, die Aussicht lenkt mich

ziemlich ab.« Er schielte ungeniert in mein Dekolletee.

»So, fertig. Und ich auch gleich.« Ich nahm das zarte Kleid vom Bügel und schlüpfte hinein. Es war schmal und lang, hochgeschlossen und mit einem langen Schlitz auf der einen Seite. »Kannst du den Reißverschluss schließen?«

»Wenn ich ihn nachher wieder aufmachen darf.« Manchmal konnte er es einfach nicht lassen.

»Da ich mir ja keinen anderen mitnehmen darf, stehen die Chancen gut.« Ich sah prüfend in den Spiegel. »Und, was meinst du?«

»Du siehst toll aus.« Er trat hinter mich und legte seine Arme um meine Taille. »Wunderschön. Ich kann es kaum erwarten, wieder nach Hause zu kommen.«

Ich hatte mir ein wenig Sorgen gemacht, weil ich nicht besonders gut französisch sprach und heute Abend eine Weile auf mich gestellt war. Im Zuge der Gala würde Leon mit drei Teamkollegen eine Stunde am Telefon sitzen und persönlich Spenden entgegennehmen. Diese Veranstaltung war in zwei Bereiche geteilt, hatte Maxim mir im Vorfeld erklärt: der offizielle Teil, der im Fernsehen übertragen wurde und in dem viel Prominenz auf die eine oder andere Weise mitwirkte. Und den Ort hier, an dem diese Prominenz später zusammenkam, feierte und dabei gerne großzügige Schecks für die gute Sache ausstellen durfte.

Es war unnötig gewesen, mich zu sorgen. Ich saß mit Camille und ein paar anderen Spielerfrauen am Tisch, und nicht alle waren Französinnen. Wir unterhielten uns in einem Kauderwelsch aus Deutsch, Englisch und Französisch und hatten ziemlich Spaß. Camille behandelte mich wie eine alte Freundin und ich war entzückt und ein wenig in sie verliebt. Die Stimmung war aufgeheizt, es waren einfach zu viele Menschen hier, die es gewohnt waren zu gewinnen, präsent zu sein. Und ich bemerkte, dass man manchmal die Sprache des anderen nicht sprechen musste, um ihn zu verstehen.

Ein großer, gut gebauter und braun gebrannter Typ saß bald an unserem Tisch und begann, mir Avancen zu machen. Ich lachte und winkte ab, aber er hatte Spaß und gab nicht auf. Er wäre ein Beachvolleyballer, raunte Camille mir zu, und er wollte meine Nummer. Ich lachte und ließ ihm ausrichten, dass ich kein Interesse hatte, aber er grinste nur. Mit Händen und Füßen gab er mir zu verstehen, dass er gerne tanzen wollte. Ich sah hinüber zur schalldichten Glaskabine, in der Leon in der ersten Reihe saß und telefonierte. Kameras beobachteten die Sprecher. Die offizielle Spendengala übertrug auf riesigen Monitoren ständig die Bilder aus der Telefonkabine. Man konnte sehen, wie man mit jemandem sprach, das kam wohl sehr gut an. Er hob den Blick, als hätte er meinen gespürt, und winkte ganz kurz. Ich grüßte zurück.

Der Volleyballer war meinem Blick gefolgt und verzog den Mund. Wieder begann er zu reden und Camille lachte.

»Er meint, es sind immer die Fußballer, die die schönsten Frauen abbekommen.«

Die beiden unterhielten sich und ab und zu musste Camille mir etwas übersetzen. Meistens waren es irgendwelche Plattitüden, wie zum Beispiel, dass wir die Chance nutzen sollten, solange Leon noch am Telefon war, und verschwinden oder dass ich ihn auf ewig unglücklich machen würde, wenn ich ihn heute Abend nicht erhörte. Ich lachte zu allem und weigerte mich, ihn ernst zu nehmen. Nun ja, es war ganz charmant, und vielleicht hätte ich mich auf einen kleinen Flirt eingelassen, wenn ich nicht in dieser Sache mit Leon gesteckt hätte. Aber wir hatten Spaß, der charmante Franzose genauso wie wir. Und dann waren plötzlich Leon und Alain da.

»Du amüsierst dich, Chérie?« Er beugte sich über mich und küsste mich. »Salut. Ich bin Leon.« Er hielt dem anderen die Hand hin.

»Pascal.« Sie schüttelten sich die Pranken und maßen sich mit einem abschätzenden Blick.

»Ich brauch was zu trinken. Ich habe nonstop geredet.« Er winkte einem Kellner und bestellte ein Bier. Dann zog er den Stuhl neben mir zu sich und ließ sich darauf fallen. »Und ich bin nicht der Einzige, was? Warst du ein braves Mädchen?« Er war ganz dicht an meinem Ohr. Sein Atem streifte meinen Hals und ich spürte, wie ich eine völlig unangemessene Gänsehaut bekam.

»Und wenn nicht?«

»Dann werde ich dich lehren müssen, es in Zukunft zu sein.« Er zog mich auf seinen Schoß und küsste mich noch einmal. Was stand in unserem Vertrag? Keine Zunge? Stand da auch was von Zähnen? Ich konnte mich nicht erinnern. Und ich wollte mich auch gar nicht erinnern. Zähne und Lippen und dieses Brave-Mädchen-Dings. Ich stand da nicht mal drauf und doch fand ich es plötzlich richtig ... nun ja, ansprechend.

»Pass bloß auf, was du tust. Sonst muss ich dir wieder den Rücken eincremen.« Ich kicherte albern und beschloss, mich in Sicherheit zu bringen. Ich rutschte von meinem Platz und stand auf. »Wie sieht es aus? Ich habe einen Tanz ausgeschlagen. Wirst du das gutmachen?«

Als wir sehr viel später im Taxi saßen, war ich aufgekratzt und überdreht. Leon hatte mich wie eine Königin behandelt. Er hatte geflirtet und mich geküsst und dabei immer einen Weg gefunden, hart an der Grenze des Erlaubten zu segeln. Er hatte beinahe eifersüchtig darüber gewacht, dass mir keiner der anderen zu nahe kam. Und er war äußerst charmant gewesen. Ich hatte den Abend wirklich sehr genossen.

»Der Reißverschluss.« Ich trat zu ihm in seine Schlafbox und stockte kurz. Er hatte Hemd und Krawatte bereits abgelegt und trug nur noch die schmal geschnittene Anzughose.

»Gerne.« Seine Finger fuhren über meinen Hals, ehe er langsam den Reißverschluss nach unten zog und umstandslos das Kleid über meinen Kopf streifte.

»Das kann ich alleine.« Ich trat einen Schritt zurück. Wie ein williges Groupie hatte ich mich nicht gewehrt, sondern zuvorkommend die Hände hochgestreckt, damit er ja freie Bahn hatte.

»Ich will aber nicht, dass du das alleine machst.« Seine Stimme klang warm und verführerisch und seine Hände streiften den breiten Träger meines soliden BHs. »Jools.«

Kopfschüttelnd trat ich noch einen Schritt weiter nach hinten, weg von diesen Händen.

»Jools, bitte. Dieser Abend sollte nicht so abrupt enden. Deine Küsse vorher ... Ich will ...«

»Nein.« Ich schüttelte immer noch den Kopf. »Das vorher war der Job. Dies hier ist das Leben.«

Kapitel 31

Leon hatte mich eiskalt erwischt, gestand ich mir ein. Ich begann, dieses Spiel zu mögen. Anfangs hatte ich es als unangenehm empfunden, wenn er so war, und mich ziemlich unwohl gefühlt. Seine männliche Präsenz hatte mich total verunsichert, auch wenn ich es nicht zugeben wollte. Mittlerweile war es ein wenig anders. Ich kannte ihn besser, wusste, dass es einfach ein Teil seines Wesens war. Leon konnte keine schöne Frau sehen, ohne in sein Alphamännchen-Gehabe zu verfallen. Ich hatte oft genug beobachtet, wie sich seine Körperhaltung änderte, wenn er in Gesellschaft war. Er hatte sich an die Regeln gehalten, das schon, aber wie ein stolzer Hahn spreizte er dennoch den Kamm und reckte den Hals. Bei ihm war es ein Reflex, zu flirten. Das wäre jetzt keine schöne Erkenntnis, wenn man in ihn verliebt wäre. War man das aber nicht, dann half es ungemein. Es war nichts Persönliches und es war ungefährlich. Also konnte ich mich entspannen und darauf eingehen. Es war sogar so, dass ich es manchmal nett fand, seine Freundin zu spielen. Also, so richtig zu spielen, mit den tiefen Blicken, den Fingern auf meinem Nacken, den kleinen Küsschen. Den größeren Küsschen. Es war eigentlich genau das, was ich wollte, schoss es mir durch den Kopf. Eine ganz neue Art der Beziehung. Ein bester Freund, ein wenig Körperkontakt, aber nicht dieser Schlag ins Gesicht, wenn du zusammen im Bett bist und einfach nur hoffst, dass es bald vorbei ist.

In den nächsten Wochen war ich wie auf Glücksdrogen. Ich flog nach Mailand, nach Berlin, nach Stockholm. Ich hatte in

Paris ein paar Termine und ich genoss das Gefühl, wie eine Einheimische mit der Metro zu fahren, an der richtigen Station herauszuspringen, die Stufen hinauf in den kalten Spätwintertag zu erklimmen. Und mein Strahlen kam gut an, die Kunden mochten mich. Ich postete fleißig Bilder aus allen Städten, in denen ich war, und immer mal wieder ein nettes Pärchenbild. Ich gestehe, ich postete auch ab und zu die Blumen, die ich mir jede Woche selbst kaufte, und tat so, als ob sie von ihm wären, allerdings nur selten. Eigentlich hatte ich das nämlich gar nicht nötig, denn es gab genug anderes, das ich zeigen konnte. Wie sehr sich mein Leben verändert hatte, seit mich Maxim Paulsen damals angesprochen hatte. Neben den ganzen Jobs und Castings (immer noch mehr als Aufträge, aber es begann endlich, sich zu verschieben) ging ich ins Fitnessstudio oder joggen. Das war ein echter Nachteil, wenn man mit einem so gut trainierten Mann zusammenlebte. Zudem einem, der nach wie vor eine Aversion gegen Bekleidung hatte. Ich sah zu oft ein richtig tolles Sixpack. Und ich musste zugeben, langsam fielen die ganzen Kommentare, die ich wegen meines Körpers immer wieder zu hören bekam, auf fruchtbaren Boden. Also ließ ich mir einen neuen Trainingsplan erstellen und gönnte mir ein paar Stunden mit einem Laufprofi. Interessiert hörte ich ihm zu, wie ich meine Bewegungen optimieren konnte, wie ich besser, schonender und ausdauernder laufen konnte. Ich verbiss mich regelrecht ins Training, denn nach wie vor schlug Leon mich, wenn wir die Treppen zu unserer Wohnung hochspurteten, wenn auch inzwischen mit viel weniger Abstand. Aber irgendwann würde ich ihn abhängen.

Wir sahen uns übrigens deutlich seltener, als ich gedacht hatte. Jeder von uns ging seinem Job nach. Ich war jetzt öfter gar nicht in der Stadt, weil ich ein, zwei Nächte irgendwo an einem schönen Ort sein durfte, um Bilder zu machen oder über den Laufsteg zu schreiten. Leon war jedes zweite Wochenende bei einem Auswärtsspiel, hatte zusätzlich zu den Ligaspielen die ganzen Spiele der Champions League und was es da alles gab, und dazu kamen noch ein paar Verpflichtungen, die sich erst nach und nach zeigten. Einige Werbedeals, die Arbeit für die Kinder-Stiftung, hin und wieder eine Veranstaltung seines Vereins oder eine Pressekonferenz. Und natürlich sein Training. An manchen Abenden saßen wir einfach nur erledigt da und unterhielten uns eine Weile, ehe wir früh zu Bett gingen. Ich lernte ihn besser kennen. Seit Weihnachten hatte ich mich gescheut, das Thema Familie noch einmal anzuschneiden, nun aber tat er es. An einem Abend sprudelte es einfach so aus ihm heraus. Er erzählte von den Erwartungen, die schon immer in ihn gesetzt worden waren, seit er damit begonnen hatte, hinter einem Ball herzulaufen. Von den ersten Schritten im Verein und wie dann die besseren Vereine kamen. Wie er als Jugendlicher jeden Abend auf dem Platz war, entweder im Mannschaftstraining oder mit seinem Vater. Wie stolz dessen Augen geleuchtet hatten, als ein Funktionär eines Bundesligaclubs ihn in die Jugendmannschaft holte. Wie seine Eltern die Entscheidung getroffen hatten, ihn auf ein Sportinternat zu geben. Ihre glücklichen Augen, als sich zeigte, dass auch andere das Talent ihres einzigen Sohnes erkannten.

»Du bist etwas Besonderes. Das hat mein Vater gesagt, als ich meinen ersten Vertrag unterschrieben habe. Ich bin stolz auf dich.«

»Das sollte er auch sein, oder?«

»Es war das erste Mal, dass er das sagte. Sonst fand er immer nur etwas zum Kritisieren. Welche Chancen ich wegwarf, wenn ich einmal nicht auf den Bolzplatz wollte. Ich meine, ja, es war auch mein Wunsch, Fußball zu spielen, aber weißt du … Sie haben alle Entscheidungen getroffen. Sie haben mich immerzu angetrieben und unter Druck gesetzt. Es sei zu meinem Besten, sagten sie immer, dass ich diese oder jene Party nicht besuchen durfte. Nur in meinem Sinne, dass ich keine Zeit hatte für Freunde oder Mädchen. Meine Kindheit, die Teenagerjahre, sie haben mir das alles genommen. Statt zu feiern, war ich mit meinem Vater im Fitnessraum. Gewöhne dich gar nicht erst an dieses Lotterleben, Junge. Disziplin und Zielstrebigkeit, das ist das Wichtigste und es ist nur zu deinem Besten, sagte mein Vater, wenn ich versuchte, dagegen aufzubegehren. Aber es war zu ihrem Besten. Sie hatten diesen Sohn, mit dem sie angeben konnten und der nun seine Schuld zurückzahlen und sie ordentlich unterstützen muss.« Er lachte bitter. »Lag es daran, dass ich ein besonderes Talent habe? Dass ich als Mensch nicht genug war? Ich frage mich manchmal, wie es hätte sein können, wenn ich ein ganz durchschnittliches Kind gewesen wäre. Hätte ich ihnen genügt? Wohl kaum. Ich weiß, dass ich ihnen viel verdanke, dass sie sehr viel für mich getan haben. Aber sie haben die Entscheidungen getroffen, mein Vater trat als mein Manager auf, der mich mit eiserner Hand regierte. Und ich? Ich habe das viel zu lange geschluckt, bis es nicht mehr ging. Bis mein Hass so groß war, dass ich beschloss, es ihm zu zeigen. Und ich begann in den Bereichen, von denen ich wusste, dass es ihn treffen würde.«

»Zum Beispiel?«

»Partys, Frauen. Das gefiel ihm nicht, aber ich war einfach nur noch daran interessiert, ihm nicht mehr die ganze

Kontrolle zu lassen. Fußball ist mein Leben und natürlich hätte ich es nie aufgegeben, nur um ihn zu bestrafen. Aber ich begann zu rebellieren, gute zehn Jahre zu spät. Und leider blind für die Folgen. Er kam damit nicht gut zurecht und wir hatten immer häufiger Streit. Er warf mir vor, dass ich meine Karriere ruinieren würde, und ich warf ihm vor, dass er nur Angst habe um seine Mitgliedschaft im Golfclub und seinen Sportwagen. Es war unschön und ich weiß nicht, wie es weitergegangen wäre, wenn ich nicht Maxim kennengelernt hätte. Es war vielleicht meine letzte Chance. Mein Vater hat es gar nicht gut aufgenommen, dass ich ihn ersetzt habe. Meine Mutter hat mir vorgeworfen, undankbar zu sein.«

»Und dennoch warst du Weihnachten dort.«

»Weil sie mich angefleht haben zu kommen. Zu reden. Ich dachte, dass wir jetzt die Chance hätten, neu anzufangen. Aber sie sind noch immer der Meinung, dass das Geld, das ich Maxim bezahle, ihnen zusteht und sie die besseren Entscheidungen für mich treffen würden. Es war unschön.« Er stand auf und trat an die große Fensterfront. Schneeregen verwandelte die Dachterrasse in eine ungemütliche, rutschige Plattform.

»Das tut mir leid.«

»Das muss es nicht. Es ist nicht deine Schuld.«

In der Spiegelung der Scheibe sah ich sein Gesicht. Müde und traurig. Ohne nachzudenken, stand ich auf und trat hinter ihn. Meine Arme um seine Mitte geschlungen, drückte ich mein Gesicht an seinen Rücken.

»Es tut mir trotzdem leid, weil du es nicht verdient hast. Du bist etwas Besonderes. Als Mensch.«

Langsam drehte er sich um und mein Gesicht ruhte nun an seiner Schulter. Wie warm sein Körper war, trotz der kalten Scheibe, an der er eben gestanden hatte. Wie lebendig er sich anfühlte. Und wie verletzlich, trotz dieser Muskeln.

Noch nie hatte ich es so genossen, berührt zu werden und zu berühren. Leons Finger waren nicht fordernd heute Abend und meine Hände durften einfach nur halten. Ich sah es an seinem Gesicht, dass ihm diese Art der Zweisamkeit fremd war und dass es ihm guttat. Anscheinend war er sehr selten einfach in den Arm genommen worden, ohne dass man mehr von ihm verlangte, und zu meiner Verwunderung schien er die Heilsamkeit einer freundschaftlichen Umarmung zu spüren. Ich war dankbar, dass er den Moment nicht kaputt machte, indem er wieder in seinen Testosteron-Modus schaltete. Und ich vertraute ihm. Ich vertraute ihm so sehr, dass ich ihn die ganze Nacht festhielt.

Kapitel 32

»Heute nicht deine Gouvernanten-Unterwäsche?« Leon zog die Augenbrauen hoch und grinste frech. »Ich bin enttäuscht.«

Wir waren dabei, uns für den Prix d'Or zurechtzumachen. Wieder war er mit seiner Krawatte nicht zurechtgekommen und hatte mit charmantem Lächeln um Hilfe gebeten.

Ich hatte für den heutigen Abend ein aufregendes Minikleid zur Verfügung gestellt bekommen, das ich mir eben über den Kopf gezogen hatte.

»Auch wenn dieses Teil wahrscheinlich so knapp ist, dass deine ausufernde Unterwäsche darunter keinen Platz gehabt hätte.«

Ich rückte die Krawatte zurecht und trat einen Schritt zurück. »Perfekt. Wie hast du das früher gemacht mit dem Schlips? Wer hat ihn dir gebunden?«

»Ich. Etwas schief, aber es ging. Allerdings ist es schöner, wenn du das machst.«

»Du könntest mir dafür den Reißverschluss schließen.« Ich wandte ihm meinen Rücken zu.

»Wer hat das bisher für dich gemacht?«

»Niemand. Mit ein wenig Verrenkungen kann ich das selbst.«

»Aha.«

»Nichts aha. Können wir los?« Ich warf einen letzten prüfenden Blick in den Spiegel. Heute Abend wurde ein großes, prominentes Publikum erwartet und ich hatte nicht vor, darin unterzugehen. Was auch nicht zu erwarten war mit ihm an meiner Seite. Er sah einfach umwerfend aus im Anzug und ich war in diesem Kleid ebenfalls ganz nett anzusehen.

»Ich könnte mich daran gewöhnen.«

»Woran?«

»Mit dir auf solchen Veranstaltungen zu sein.« Leon blinzelte mir leicht zu.

»Das könnte ich auch.« Ich sah mich um. Die Events, auf die ich in letzter Zeit gehen durfte, waren eindeutig eine ganz andere Nummer als die, auf die ich alleine eingeladen worden war. Und ich saß nicht mehr einsam am letzten Tisch und hoffte, dass sich irgendjemand für mich interessieren würde. Ich war umgeben von spannenden oder zumindest bekannten Menschen, erfolgreichen und einflussreichen Persönlichkeiten. Und nicht wenige von ihnen bemühten sich darum, mich kennenzulernen. Es war definitiv was dran, Kleider machten Leute. Also, im übertragenen Sinn. Wenn man das Gefühl vermitteln konnte, es geschafft zu haben, dann glaubten das die Leute und taten so, als hätte man es geschafft. Und je mehr so taten, desto mehr hatte man es wirklich geschafft. Ich hatte einen gewissen Bekanntheitsgrad erreicht und von jetzt an schien sich die Spirale ganz alleine weiter nach oben zu drehen.

»Ist das ein Angebot, Jools?«

»Natürlich. Ich meine, was spricht dagegen? Ich mag dich, wir verstehen uns super, wieso sollten wir nicht auch in Zukunft zusammen solche Abende verbringen?« Ich sah seinen Blick, entschied mich aber, ihn zu ignorieren. Glaubte ich ernsthaft, dass er sich so sehr geändert hatte? Dass er dauerhaft ruhiger sein würde? Nicht unbedingt, aber ich glaubte an unsere Freundschaft, dieses ganz spezielle Band, das uns beide zusammenhielt.

»Ich sollte vielleicht darüber nachdenken. Es ist irgendwie entspannter, wenn ich mit dir unterwegs bin. Wenn nicht gerade ein halbwegs bekannter Schauspieler versucht, dich auf sich aufmerksam zu machen.« Er sah grimmig hinüber an den Nachbartisch. Ich hatte die Avancen ebenfalls bemerkt, war aber, ganz wie von mir erwartet wurde, nicht darauf eingegangen. Obwohl »halbwegs bekannt« maßlos untertrieben war. Der Kerl war gerade ganz stark im Kommen, drehte einen Film nach dem anderen.

»Und obwohl du dich nicht ein wenig von all den hübschen jungen Damen hier umgarnen lassen darfst?« Ich verwehrte es mir, in die entsprechende Richtung zu sehen. Ich hatte schon genug von ihnen mitbekommen, ihre Dreistigkeit, hier mit meinem Freund zu flirten, um auf Teufel komm raus seine Aufmerksamkeit zu erlangen.

»Nicht, solange die Schönste von allen mir ihre volle Aufmerksamkeit schenkt und mir den ganzen Abend das Gefühl gibt, der Einzige zu sein.« Er zog mich dichter an sich. »Komm schon, Jools. Zeigen wir allen, wie glücklich wir sind.«

Ich hätte nie gedacht, dass ich mal so selbstverständlich diesen Mann küssen würde. Dass ich so genüsslich seine vorgespielten Liebesbeweise annehmen würde. Normalerweise, wenn wir alleine waren, dann zeigten wir uns auch, dass wir uns mochten. In der Art, wie wir miteinander umgingen und uns um den anderen sorgten. Aber hier sprach er es aus. Er sagte lauter Sachen, bei denen ich früher die Augen gerollt hätte, die ich nun aber eigentlich ziemlich süß fand. Ich begann, mich ungesunden Fantasien hinzugeben. Er und ich, ein Power-Couple par excellence. Beste Freunde, Vertraute, und ganz hilfreich, um sich unliebsame, aufdringliche Verehrer vom Hals zu halten.

»Bis zu dem Teil, an dem du gesagt hast, dass du es genießt, mich zu küssen, war ich noch ganz und gar dabei. Aber was danach kam? Ich bin nur dazu da, dir allzu aufdringliche Typen vom Hals zu halten?«

Ich hatte mich auf der Heimfahrt von der Party an Leon gekuschelt. Die Nacht war doch recht kalt, mein Kleid bot kaum Schutz und der sehr chice Mantel leider auch nicht, weil er schon aus der kommenden Sommerkollektion war. Aber ich hatte meinen ganz persönlichen Heizstrahler neben mir sitzen und sah keinen Grund, weiterhin zu frieren.

»Nicht nur. Aber auch.«

»Und das soll ein Kompliment sein? Ernsthaft?«

»Komm schon. Wir hatten doch Glück. Ich hätte eine absolut unausstehliche Ziege sein können.«

»Manchmal denke ich, du bist nahe dran.« Er schüttelte leicht den Kopf, das gespielte Entrüsten entmachtet von den blitzenden Augen. »Da waren so viele Ladys, die alles dafür gegeben hätten, dass ich sie heute Abend bemerke und mitnehme.«

»Oder du hättest ein selbstverliebter, arroganter Arsch sein können.« Ich rückte ein wenig ab. »Was habe ich für ein Glück, dass du es nicht bist.«

»Wieso ist eine Frau wie du Single?« Der amüsierte Unterton war verschwunden. »Wo ist der Haken, Jools? Was verbirgst du vor mir?«

»Was ich ... ich verberge nichts. Ich habe keinen Haken. Ich habe einfach keine Zeit dafür. Ich meine, hallo? Du erinnerst dich? Der Vertrag?«

»Das ist es nicht. Wieso hattest du schon davor niemanden? Wieso hast du so absolut gar kein Interesse daran, ein wenig Spaß zu haben?«

»Ich habe Spaß. Jede Menge. Meine Art Spaß.« Ich rückte jetzt deutlich von ihm ab. Ich mochte es nicht, welche neue Richtung unser Gespräch nahm.

»Du hast Spaß? Mit wem denn?«

»Spaß kann man auch alleine haben.« Es war heraus, ehe ich nachdenken konnte. Und es war zu klar, worüber wir redeten.

»Das ist jetzt nicht dein Ernst?« Leon beugte sich näher zu mir und selbst in der Dunkelheit des Wagens konnte ich sehen, wie seine Augen funkelten. »Du hast ernsthaft alleine mehr Spaß als zu zweit?«

Ich war einen Augenblick lang wirklich in Versuchung, so zu tun, als wäre das alles ein einziges großes Missverständnis. Dann jedoch holte ich tief Luft. Freunde. Freunde müssen sich nicht anlügen. Und außerdem, damit hätten wir dann auch diese kleinen Anzüglichkeiten aus dem Weg geräumt, die Veranstaltungen wie der heute stets folgten. Wenn er durch die ganzen Küsse und Berührungen immer ein wenig zu aufgekratzt nach Hause kam und dann versuchte, etwas mehr zu bekommen, sich das zu holen, was er normalerweise bei der Eroberung des Tages bekommen hätte und was ihm offensichtlich so fehlte.

»Ja.« Ich reckte das Kinn in die Luft und starrte in seine gefährlichen Augen. Ich hoffte, dass meine ebenso blitzten und dass der Stolz, den ich versuchte hineinzulegen, auch zu sehen war. »Ja, wenn du es unbedingt wissen willst, ich habe alleine mehr Spaß als zu zweit. Ich mag das einfach nicht. Ich mag es nicht, wenn jemand mich berührt und dabei alles falsch macht. Ich mag es nicht, wenn jemand denkt, er müsse mich befingern, bis ich endlich so tue, als fände ich es großartig. Ich mag es nicht. Ich kann mir tausend schönere Dinge vorstellen.«

Einen Augenblick war es totenstill. »Du verarschst mich jetzt doch?«

»Nicht alle stehen darauf.«

»Jools, ernsthaft? Du machst es dir lieber selbst, als mit einem Mann zu schlafen?«

»Ja, Herrgott. Und?«

»Dann warst du noch nicht mit dem Richtigen zusammen.«

Ich lachte. Ich meine, das war schon ziemlich witzig. »Mit dir zum Beispiel? Mit wie vielen Frauen warst du im Bett? War jede die Richtige?«

»Nein. Aber ich hatte Spaß. Mit jeder. Und ich behaupte, dass auch jede von ihnen Spaß hatte.«

»Klar.«

»Also wenn du mich abends abservierst und hinter deinen Wandschirm verschwindest, dann machst du es dir selbst, anstatt es mit mir zu machen?«

»Nein. Also, nein, nicht hier.« Es kostete mich viel, jetzt nicht den Blickkontakt abreißen zu lassen. Kein Gespräch, kein Kuss, keine Berührung hatte mich bisher so aufgewühlt wie dieses. Der Gedanke, ihm das gesagt zu haben und zu wissen, dass er in Zukunft daran denken würde, es sich vielleicht sogar vorstellen würde, während ich … Ich spürte, wie mein Herz schneller anfing zu schlagen.

»Wie soll ich das jemals wieder aus meinem Kopf bekommen, Jools?« Obwohl wir nicht mehr in unserer öffentlichen Rolle waren, küsste er mich. Und ich ließ es zu. »Wie soll ich diese Herausforderung ignorieren?«

»Gar nicht, weil es keine war.« Ich schob ihn von mir, weil der Taxifahrer schon mehrfach diskret gehüstelt hatte, wie ich befürchtete. Wir standen wohl schon eine ganze Weile hier vor unserem Haus.

Was hatte mich nur getrieben, ihm das zu sagen? Ich lag im Bett und presste meine Beine zusammen. Ich konnte Leon hören, wie er unruhig durch die Wohnung streifte. Am liebsten hätte ich es ihm nachgetan, wenn es die Möglichkeit gegeben hätte, ihm dabei nicht zu begegnen. Noch nie war der Wunsch so groß gewesen, mich selbst anzufassen. Und dabei an ihn zu denken, an diese Augen, die mir jeden Tag gefährlicher wurden.

Kapitel 33

Jetzt war ich froh darum, dass ich schon immer ziemlich schmerzbefreit war, was peinliche Situationen anging. Oder zumindest so tun konnte als ob. Ich sah es ihm an, dass er meine Aussage nicht vergessen hatte. Aber ich war nicht gewillt, mich deswegen schlecht zu fühlen. Alle taten immer, als gäbe es nichts Tolleres, als ständig miteinander in die Kiste zu springen. Aber ich war ehrlich genug zu sagen, dass es für mich eben nicht zutraf. Es gab doch auch noch andere Dinge als Sex. Arbeit zum Beispiel.

Ich hatte eine neue Agentur, die mich mit reichlich Terminen versorgte, und durfte tolle Produktionen machen. Und nicht so tolle, die aber dennoch gutes Geld einbrachten. Auch hier war ich ziemlich schmerzbefreit. Es ging nicht darum, ob mir die Sachen gefielen, die ich anhatte. Es ging auch nicht darum, ob mir der Look gefiel, den man mir verpasste. Es ging darum, den Kunden zufriedenzustellen und sein Produkt bestmöglich zu verkaufen. Es ging nicht um meine Befindlichkeit, ob ich eine Stunde dasaß und wartete. Diese Einstellung half mir, den Ruf zu bekommen, dass man mit mir gut arbeiten konnte.

Allerdings nahm ich in letzter Zeit eine andere Veränderung wahr, die mir nicht zusagte und die mir mehr zusetzte, als ich erwartet hatte. Je mehr ich Fuß fasste, desto öfter wurde ich kritisiert. Mein Bauch war immer noch nicht durchtrainiert genug für den einen. Der andere fand ihn zu wenig weiblich. Meine Brüste waren für viele Kleider zu groß, was man mir auch ziemlich direkt sagte. Ich meine, was sollte ich denn da tun? Abnehmen? Wenn jemand die Formel entdeckte, mit der man eine Diät gesteuert einsetzen konnte, also damit ganz nach Wunsch Oberschenkel, Hintern oder eben den Busen reduzieren konnte, dann bekäme der höchstwahrscheinlich jeden nur erdenklichen Preis hinterhergeschmissen, besonders, wenn Frauen in den Entscheidungsgremien saßen. Zum ersten Mal wurden mir chirurgische Eingriffe nahegelegt, um meine Karriere zu fördern. Nichts, was ich in Betracht ziehen wollte. Ich achtete noch mehr auf meine Ernährung, verkniff mir das Essen, wenn ein Job anstand. Ich fuhr mein Sportpensum noch einmal in die Höhe. Jetzt, dachte ich, jetzt nur nicht nachlassen. Du hast es so weit geschafft, und nun bloß nicht die Regeln verletzen. Aber trotz allem konnte ich nicht ganz verhindern, dass der Glanz ein wenig verblasste. Ich lernte, dass mein vermeintlich dickes Fell gerne noch ein wenig wachsen durfte.

Nicht alle waren so, das wäre unfair. Aber einige eben. Ich lernte viele tolle Fotografen kennen, die jedes Mädchen mit Respekt behandelten und ihre Kritik in Worte packten, die nicht schmerzten. Und ich lernte die anderen kennen. Die, die das eben nicht taten. Es gab Fotografen, die ganz offen sexuelle Angebote unterbreiteten, um die Karriere ein wenig zu pushen. Und es gab einige, die androhten, deine Karriere zu unterhöhlen, wenn du nicht »freundlich« wärst. Mir wurde mehr als einmal an meinen Hintern gefasst, ohne dass es nötig gewesen wäre. Einer, ein eigentlich sehr attraktiver Mann, legte die Kamera beiseite und begann ungeniert, meine Brüste in einem knappen Oberteil »besser zu verteilen«. Ich schluckte und ließ ihn machen, zumal alle am Set so taten, als wäre es normal. Ich fand es schon schlimm genug, wenn die Assistentinnen an meinem Körper herumwerkelten, und dennoch ließ ich es zu, dass es hier der Fotograf war. Ich redete mir ein, dass das eben auch ein Teil des Jobs war, mit dem ich lernen musste zu leben.

Meine Fake-Beziehung zu Leon war mir dabei eine große Hilfe. Er hatte so eine Art, mich wieder aufzubauen, obwohl er gar nicht wusste, was mich eigentlich gerade runterzog, wenn ich mal wieder von einem Job kam, bei dem ich die eine oder andere Herausforderung nicht gemeistert hatte. Ich erzählte ihm nicht, wenn mir jemand körperlich zu nahe gekommen war, und auch nicht, wenn mir jemand gesagt hatte, dass mein Körper nicht perfekt genug war. Ich erwähnte genauso wenig, dass mir der mangelnde Respekt zuzusetzen begann und der Konkurrenzkampf, der umso größer wurde, je erfolgreicher ich war. Es gab Allianzen unter meinen Kolleginnen, aber ich war in keiner. Ich spürte, dass sie mich schräg ansahen, wenn wir vor einer Modenschau zurechtgemacht wurden. Ich war die, die über einen erfolgreichen Partner ins Business gekommen war, und das machte sie misstrauisch. Sie unterstellten mir Kalkül, und das war nicht hilfreich, wenn ich in unangenehme Situationen geriet. Und, ganz ehrlich, sie hatten ja auch gar nicht ganz unrecht. Ich wog noch immer ab, was mir nutzen konnte, und schluckte Sätze hinunter, die ich mir früher nicht angehört hätte, nur um den nächsten Job zu bekommen.

Bei Leon tat ich das nicht, seltsamerweise. Bei ihm war ich nie in Gefahr, etwas zu schlucken, das ich nicht schlucken wollte. In seiner Gegenwart fühlte ich mich stark und tough. Wenn er mich taxierte mit seinem Stürmerblick, fest und hart, dann war es, als ob seine Stärke auf mich überging.

»Ernsthaft jetzt? Du magst keinen Sex?«

»Nicht besonders.«

»Dann hattest du noch keinen richtigen.«

Ich lachte. »Klar. Weißt du, dass das immer das Erste ist, was Kerle denken? Dass man es der nur mal so richtig besorgen muss? Aber ich habe kein Interesse daran. Das führt immer bloß zu unerwünschten Verwicklungen.«

»Muss es nicht. Es kann einfach nur die beste Art sein, sich zu entspannen.«

»Ich bevorzuge ein Bad.«

»Kann ich mir vorstellen.« Sein Blick verdunkelte sich. »Oh ja, ich stell es mir gerade vor.«

»Du stellst dir gar nichts vor.« Ich reckte mein Kinn. Es stand zu befürchten, dass wir gerade an dasselbe dachten. Und ich mochte es nicht. Denn der Gedanke, dass er sich das vorstellte, war erschreckenderweise weniger unangenehm als aufregend.

»Jools, das Badezimmer steht dir jederzeit offen.«

»Träum weiter.« Ich stand auf, ich konnte nicht mehr sitzen. »Und jetzt gehe ich ins Studio. Ich muss noch ein wenig an meiner Bauchmuskulatur arbeiten.«

Kapitel 34

Obwohl ich so viel an meiner Bauchmuskulatur arbeitete wie nie zuvor und nebenbei bemerkt auch an meinen Oberarmen, meinem Hintern und meinen Schenkeln, wurde mir heute mal wieder gesagt, dass ich nicht dünn und durchtrainiert genug war. Ich stand für eine Kampagne vor der Kamera, die neue Kollektion eines aufstrebenden Designers. Die Klamotten waren nicht mein Fall, aber anscheinend war die Modewelt ganz verzückt davon.

Was mir auch nicht gefiel, war, dass der Designer nahezu komplett transparente Stoffe verarbeitet hatte. Ich mochte das eigentlich, wie bei meinem Kleid mit der Nanny-Unterwäsche, wie Leon immer so schön sagte. Aber hier wurden die Entwürfe ohne Unterwäsche getragen. Und der Fotograf bestand darauf, dass es im Studio eiskalt war. Keine Frage, warum. Meine Brustwarzen drückten sich überdeutlich durch die dünnen Stoffe, was ihm sichtlich gefiel. Ich musste höllisch aufpassen, welche Posen ich machte, um nicht alles auf den Bildern zu zeigen. Zum Glück war die Produktionsleiterin sehr auf Zack und gab mir immer dezente Hinweise, wenn ich zu freizügig wurde.

»Das war gerade gut. Zurück«, brüllte der Fotograf, ein älterer Kerl mit einem dünnen, sehnigen Körper und einer runden Metallbrille.

Ich sah hinüber zu Denise, die leicht den Kopf schüttelte, und versuchte, eine Pose zu finden, die ähnlich war, aber nicht gerade den Blick auf meine nur spärlich verhüllte Scham freigeben würde.

»Langweilig«, brüllte der Fotograf und ließ die Kamera

sinken. »Du trägst hier puren Sex. Spürst du das nicht? Bist du frigide, oder was? Oder soll ich dir zeigen, um was es geht?« Er grunzte leicht. »Also, noch einmal.«

Ich sollte so langsam daran gewöhnt sein, dachte ich, als ich wieder begann, mich mit einem tiefen Blick der Kamera zuzuwenden. Normalerweise fand ich es nicht schwierig, verschiedene Ausdrücke in mein Gesicht zu zaubern. Heute jedoch war es eine schier unlösbare Aufgabe. Sei professionell, sprach ich mir in Gedanken selbst zu. Mach deinen Job und hör auf, nachzudenken. Das ist nicht der Erste, der dich so ansieht. Und er wird nicht der Letzte sein.

Das Shooting zog sich in die Länge und ich muss zugeben, dass es mit an mir lag. Endlich waren alle Aufnahmen im Kasten. Doch die Freude dieses Menschen hielt sich in Grenzen.

»Ehrlich, in deinem Alter solltest du nicht so zimperlich sein. Du solltest dringend ein wenig lockerer werden. Ich helfe dir gerne dabei.«

»Danke.« Ich presste ein kleines Lächeln heraus. »Aber nein danke.«

Ein Mitarbeiter rettete mich, indem er auf die fortgeschrittene Zeit hinwies. Man müsse noch die Bilder aussuchen, und ich konnte mich verdrücken. Normalerweise war ich gerne dabei, wenn entschieden wurde, welche Bilder letztendlich genommen wurden. Nicht dass ich mitreden durfte, aber ich sah mir gerne an, was herausgekommen war. Heute verzichtete ich. Ich hatte den Verdacht, dass ich die Hälfte gar nicht sehen wollte. Und egal was der Fotograf sagte, ich kannte das Haus, für das wir diese Strecke gemacht hatten, zumindest so gut, um zu wissen, dass sie keine Schmuddelbilder wollten. Die waren nur dazu da, dem Model zu zeigen, wo es stand. Und um den Boden zu ebnen für eventuelle Gefälligkeiten.

Als ich an diesem Abend in unsere Wohnung kam, war ich wirklich erledigt. Leon hatte mir eine Sprachnachricht hinterlassen, dass er nach dem Training zu einem Meeting mit den Verantwortlichen der Kinder-Stiftung gehen würde und nicht damit rechnete, vor Mitternacht zu Hause zu sein. Das Wetter war trüb und nass und von dem extrem heruntergekühlten Studio war ich noch immer ganz durchgefroren. Ich streifte eine Weile rastlos hin und her. Was gäbe ich jetzt für ein Stück Schokolade. Oder einen Teller Nudeln. Leon aß Unmengen Nudeln. Ich nicht mehr. Ich aß fast gar nicht mehr und ich hatte mich daran gewöhnt, immer Hunger zu haben. Heute jedoch brauchte ich etwas. Irgendetwas. Ich öffnete den Kühlschrank. Zartbitterschokolade lachte mich an. Nein, morgen würde ich es bereuen. Der Rest Spaghetti, kalt und klebrig, schien mir das Paradies zu sein. Ich könnte sie in die Mikrowelle stellen. Ich könnte sie sogar kalt essen. Ich könnte erst sie und dann die Schokolade essen. Und dazu ein Glas Wein trinken. Nein. Ich schloss die Kühlschranktür. Nein, wegen kalter Nudeln würde ich mich jetzt nicht gehenlassen. Die Fashion Week stand an und ich konnte es mir nicht leisten, zu sündigen. Ich nahm meine rastlose Wanderung wieder auf, versuchte das Grummeln in meinem Magen zu ignorieren. Ich wollte noch nicht ins Bett, ich wusste, dass ich in dieser Stimmung nur schlecht schlafen konnte. Und dann stand ich wieder vor der Badewanne. Leon würde nicht kommen, und das war der einzige Luxus, den ich meinem Körper heute noch schenken konnte.

Als ich aus der Wanne stieg, ging es mir besser. Ich war aufgewärmt und mein Magen tat nicht mehr so weh. Und ich war endlich ruhig. Ich hatte mich schwergetan loszulassen, aber schließlich gab ich mich dem warmen, duftenden Wasser hin. Ich konnte endlich wieder durchatmen, spürte, wie sich meine Muskeln lockerten. Und ich schaffte es, mit mir und meinem Körper wieder ins Reine zu kommen. Auf meine Art.

Leon sah sehr entspannt aus, als er früher als erwartet nach Hause kam. Sein Gang war irgendwie anders und ich sah ihn misstrauisch an.

»Wie war's?«

»Gut. Sehr gut.«

»Deine Besprechung?«

»Was sonst?« Er ging zum Kühlschrank, sah hinein, machte ihn wieder zu. »Wie war dein Tag?«

»Ging so.« Ich zog mir den dicken Pulli über die angezogenen Knie.

»Was war los?« Er ließ sich neben mich auf das Sofa fallen, ein Stück Schokolade in der Hand. »Willst du?«

Ich schüttelte den Kopf. »Besser nicht.«

»Du isst zu wenig.«

»Mit der Meinung stehst du alleine.«

»Verstehe.«

Ich zog noch weiter an dem Pulli, bis er auch über meine Zehen ging. Klar verstand er, in seinem Lebenslauf hatte es schon diverse Model-Freundinnen gegeben.

»Komm her, Jools. Du bist einfach müde, das ist es. Lass es nicht so dicht an dich ran. Du bist eine wunderschöne Frau.« Er zog mich in seine Arme. »Und du riechst gut.«

Ich antwortete nicht, sondern atmete nur tief ein. Er roch auch gut. Und er tat mir gut.

»Maxim hat angerufen. Es gab eine Anfrage und er klärt eben die Konditionen. Ein Interview, du und ich zusammen.

Er rät dazu, es zu machen.«

»Ein Interview?« Ich horchte auf. Um Interviews wurde ich nicht oft gebeten.

»Ja. Soll wohl eine Art Homestory werden. Er gibt uns mehr Infos, wenn er alles ausgehandelt hat.«

»Hier?«

»Ganz sicher nicht. Diese Wohnung ist privat.«

Das war eine seiner Bedingungen gewesen. Keine Bilder aus diesen Räumen. Ich verstand das und ich fand es auch gut.

»Er will deinen Terminplan. Du sollst ihn ihm bitte möglichst rasch zukommen lassen.«

»Mach ich. Gleich morgen. Heute will ich einfach nur noch einen Moment hier sitzen.«

»Das trifft sich gut. Denn es deckt sich ganz exakt mit meinen Wünschen.«

Es deckte sich auch mit meinen Wünschen. Mit ihm hier zu sitzen gab mir einen Frieden, den ich in dieser Art selten gespürt hatte. Hatte ich schon jemals einen Freund gehabt, bei dem ich mich so wohlgefühlt hatte? Ich fürchte nicht. Entweder waren da immer irgendwelche persönlichen Befindlichkeiten ins Spiel gekommen, wie bei Manu, oder es waren Kerle, die nur auf das Eine hinauswollten. Aber einfach nur im Arm gehalten zu werden, das war etwas, was ich nicht oft erlebt hatte. Und heute Abend war Leon ganz frei von irgendwelchen Zweideutigkeiten. Erst als ich im Bett lag, kam mir noch einmal der Gedanke, ob es daran lag, dass er heute Abend ein ganz anderes Treffen als das mit dem Kinderbund gehabt hatte. Ich schob es zur Seite. Wenn es so war, dann wollte ich es nicht wissen.

Kapitel 35

Maxim hatte veranlasst, dass das Interview in Madrid sein würde. Ich lief dort auf einer Modenschau und es war das Osterwochenende, Leon hatte eine Woche Spielpause. Er würde also ausnahmsweise mal mich zu einem Job begleiten. Normalerweise war ich es, die regelmäßig zu seinen Spielen ging. Ich saß dann mit Camille da und feuerte ihn an, freute mich ehrlich, dass er nach langen, schweren Wochen und unermüdlichem Einsatz seinen Platz in der Stammelf zurückhatte, und litt jedes Mal Höllenqualen, wenn die gegnerische Verteidigung zu sehr in den Mann ging. Mit den anderen Frauen hatte ich wenig Kontakt. Es war hier nicht ganz unähnlich wie im Modelgeschäft. Jede wollte die Schönste sein, jede wollte Aufmerksamkeit. Außer Camille, die es auch gar nicht nötig hatte. Sie war die Schönste, dachte ich manchmal, aber sie schien sich nichts daraus zu machen. Camille war noch immer auf eine ganz unglaubliche Art nett und inzwischen sogar eine echte Freundin für mich. Sie bemühte sich, dass ich langsam in den Kreis aufgenommen wurde, den die Frauen und Freundinnen der Spieler bildeten, und als ich zum ersten Mal mit echter Freundlichkeit begrüßt wurde, hätte ich sie am liebsten an mich gedrückt.

Nun jedoch war es umgekehrt. Leon saß, attraktiv und gut gelaunt, in der ersten Reihe und klatschte begeistert, während ich die kommende Wintermode präsentierte. Es war ein tolles Gefühl zu wissen, dass er da war.

Ganz besonders toll war es, als ich nach der Show hinaustrat und er auf mich wartete. Er stand da, lässig an eine Absperrung gelehnt, und plauderte mit einer jungen Frau, die ihn offensichtlich anhimmelte. Aber sobald ich kam, verabschiedete er sich und kam mit schnellen Schritten auf mich zu.

»Du warst großartig.«

»Danke.« Ich lachte überdreht. So ein Job war immer aufregend. Man hatte mit Schuhen zu kämpfen, die nicht passten und viel zu hoch waren, um darauf zu gehen, mit Kleidern, die zu lang, zu eng oder zu ausgeschnitten waren, und heute Abend auch noch mit verrückten Kopfbedeckungen, die man bitteschön nicht verlieren sollte. Aber wenn dann alles gut gelaufen war, überkam mich jedes Mal ein irres Glücksgefühl. Es war wie Drogen, nur besser. Glaube ich zumindest, denn ich hatte keine Erfahrung damit. Ich wollte es nicht ausprobieren, ob diese kleinen Pillen und Pülverchen tatsächlich den Hunger nahmen oder dich selbstbewusster machten. Ich trank nicht einmal harten Alkohol. Aber nicht, weil ich ein besserer Mensch war. Ich hatte einfach zu viel Angst davor, dass es mir gefallen könnte. Und dass ich die Kontrolle verlor. Kontrolle war das A und O in meinem Leben und ich würde sie nicht aus der Hand geben. Lieber hatte ich Dauerhunger.

Mit Leon auf die After-Show-Party zu gehen war ebenfalls eine tolle Sache. Zum ersten Mal stand ich nicht verloren herum, musste nicht erst suchen, mit wem ich mich unterhalten konnte. Wie selbstverständlich schritt ich an seiner Hand in den Raum und sah mich um. Die üblichen Verdächtigen, Kolleginnen, ein paar Promis. Viele lokale Berühmtheiten, die ich teilweise nicht kannte, an deren Gebaren ich aber ablesen konnte, dass sie wohl wichtig waren. Leon zog einige Aufmerksamkeit auf sich und damit auch ich. Wir wurden zu einem Tisch ganz vorne gelotst, wo Leon zwei andere Fußballer begrüßte, die ebenfalls heute Abend ihre Freundinnen begleitet hatten. Ich kannte sie nicht, aber das hieß nicht viel. Auch ihre Freundinnen kannte ich nur vom Sehen hinter der Bühne. Sie waren laut und aufgedreht und bestellten Wodka.

»Der hat kaum Kalorien«, prosteten sie mir zu. »Und er macht glücklich.«

Ich nickte und nahm einen Schluck Wasser.

»Hier, der ist für dich.«

Blöde Situation. Erstmals hatte ich die Gelegenheit, eine Art Bündnis einzugehen. Ich wollte nicht trinken, doch wenn ich ablehnte, war ich wieder die spaßbefreite Tante.

»Cheers«, kreischten sie und hielten ihre Gläser hoch.

»Cheers.« Ich nahm meines auf und stieß krachend mit ihnen an.

»Das Zeug schmeckt so widerlich.« Ich hatte Mühe gehabt, nicht den Mund zu verziehen, und noch mehr Mühe, einen zweiten Schluck zu nehmen. Mein Glas war noch halb voll und inzwischen stand eine Flasche des Getränks drohend auf dem Tisch.

Leon lachte. »Dann sag es doch, dass du es nicht magst.«

»Das will ich nicht. Zum ersten Mal habe ich das Gefühl, dazuzugehören. Da will ich doch nicht gleich schwierig sein.«

»Damit hast du doch sonst auch kein Problem.« Er sah sich um. Tatjana war auf der Tanzfläche, Christine knutschte selbstvergessen mit ihrem Freund. Überhaupt schien heute Abend etwas in der Luft zu liegen, denn wo man hinsah, gab es nur offensichtlich verliebte Menschen zu sehen. Es wurde getanzt, dass man rot wurde vom Zusehen, und überall küssten sich die Menschen oder flirteten so ungeniert, dass die Luft zu prickeln schien. Wenn ich heute Abend alleine hier gewesen wäre, ich wäre schneller verschwunden als die Goodie-Tüten bei den großen Parties. Mit einer flinken Bewegung nahm Leon das Glas, goss den Alkohol umstandslos in die Schale mit den Blumen, die kunstvoll arrangiert auf den Tischen standen, und füllte das Glas bis zum Rand mit Wasser. »Bitteschön.«

»Du bist mein Held.« Ich war entzückt, wie einfach alles für ihn war.

»Na, dann komm mal her und zeig dich dankbar.«

Es machte Spaß, sich dankbar zu zeigen. Mehr Spaß, als es sollte. Ich hatte Leon schon öfter geküsst in letzter Zeit, natürlich nur, wenn wir unterwegs waren und unser Spiel spielten, aber nie war es so schön gewesen wie heute. Seine Zähne, die diese unglaublichen Dinge mit meiner Unterlippe anstellten, kannte ich ja bereits. Ich dachte, ich wäre auf sie vorbereitet, doch das war ich nicht. Heute trieben sie mich fast zur Verzweiflung, weil sie meine Gedanken auf Dinge brachten, die ich sonst nicht dachte. Ich ließ mich anstandslos an ihn pressen, nein, ich räkelte mich genüsslich in seinen Armen. Ich hatte keine Lust, an diesen blöden Vertrag zu denken und daran, dass wir nur Freunde waren. Ich bin ein Job-Mensch, dachte ich fast trotzig. Ich mache jeden Job, so gut ich kann. Und jetzt gerade war mein Job, seine schwer verliebte Freundin zu spielen. Als er mich kurz freigab, griff ich nach meinem Glas und leerte es in einem Zug.

»Jools.« Seine Stimme hatte wieder diese ganz besondere Färbung und seine Augen waren dunkel und doch so vertraut.

»Dankbar genug?« Ich konnte es nicht lassen.

»Nicht ganz.« Diesmal zog er mich auf seinen Schoß und

ich schlang lachend meine Arme um seinen Hals.

»Mehr gibt es nicht.«

»Das werden wir sehen.« Und dann waren da wieder seine Lippen und seine Hände, die auf meinem Rücken lagen. Seine Zähne, ernsthaft, noch nie hatte ich es so mit Zähnen gehabt. Ich musste ihnen Einhalt gebieten. Und es gab nur einen logischen Weg. Nicht, dass ich gerade ernsthaft logisch nachdachte. Ich tat einfach, was ich plötzlich für richtig hielt: Ich öffnete meine Lippen und bereute es sofort. Natürlich spürte er, was los war. Und natürlich nahm er die Einladung an. Doch es war kein Einhalt, es war der Weg ins Verderben. Als sich unsere Zungen trafen, zuckte ich einen Moment zurück, aber es war zu spät. Also gab ich auf. Noch nie hat sich jemand bereitwilliger ergeben als ich in diesem Moment, fürchte ich.

»Wouhou!«

Ein Aufschrei, laut und verrückt und lachend, ließ uns auseinanderfahren.

»Ihr könnt auch nicht genug bekommen, was?« Christine johlte und schwankte dabei leicht. »Ich dachte, du bist so eine Steife. Cheers!« Sie hielt mir ein Glas entgegen. Ich griff nach meinem, stieß mit ihr an und trank einen großen Schluck. Und hustete. Scheiße. Sie hatte es nicht mit Wasser aufgefüllt.

Leon klopfte meinen Rücken und rutschte ein wenig hin und her. Ach du Schande.

»Steh bloß nicht auf.« Er küsste mein linkes Ohr, während er die Worte hineinhauchte.

»Du hast ein Problem.«

»Allerdings.« Er grinste, keineswegs verlegen. »Was erwartest du? Ich lebe seit Monaten wie ein Mönch. Du kannst mich nicht so küssen und denken, dass mich das kaltlässt.«

»Erstens hast du angefangen.« Ich sah ihn mit gespielter Strenge an. »Und zweitens lässt es mich ja auch kalt.«

»Ach ja?« Seine Hand legte sich auf meinen Schenkel. »Sicher? Oder soll ich nachsehen?«

Ich griff zu, als er sie tatsächlich unter den kurzen Rocksaum zu schieben begann. »Untersteh dich.«

»Was würde mich erwarten?« Jetzt hatte er wieder seinen Stürmer-Blick, hart und unnachgiebig und sehr selbstsicher.

»Nichts«, sagte ich. Was glatt gelogen war. Denn zu meinem Entsetzen merkte ich, dass ich nicht viel besser war als er. Man sah es vielleicht nicht, aber ich spürte, wie feucht ich plötzlich war.

Kapitel 36

An allem, was nun geschah, gebe ich dem verdammten Wodka die Schuld. Daran, dass ich nicht aufstand und ging. Daran, dass ich mit Leon tanzte, auf eine Art, die ganz und gar ungeeignet war, die Situation zu entschärfen. Daran, dass ich zuließ, dass er mich weiter küsste. Dass ich ihn weiterhin küsste. Sogar daran, dass ich nicht aufhörte zu trinken. Ich wollte verdammt noch mal nicht aufhören. Und ich wollte nicht daran denken, dass ich alles aufs Spiel setzte, was wir uns aufgebaut hatten. Nicht daran, dass ich es war, die darauf zu achten hatte, dass die Regeln eingehalten wurden.

Und ganz besonders daran, dass ich den größten Fehler des Abends machte, als er eben fast zu Ende war. Wir verließen die Party spät, aufgeheizt und in meinem Fall schwankend. Im Taxi knutschten wir weiter, obwohl uns niemand sah. In der Hotellobby klammerte ich mich an ihn, einerseits, um nicht zu stolpern, mehr aber noch, weil es einfach schön war, seinen Körper zu spüren. Und dann waren wir in unsere Suite. Maxim hatte sie gebucht, zwei Zimmer, ein Wohnzimmer und ein Riesenbad. Er meinte, zwei getrennte Zimmer wären zu auffällig, und auf diese Weise konnten wir unsere Scharade aufrechterhalten. Wenn der wüsste. Ja, ich hatte hier eine Tür, sogar eine mit einem Schloss. Ja, ich hätte mich in mein Bett legen und die Tür verschließen können. Aber ich tat es nicht. Leon, ganz der Alte, zog ungeniert den Anzug aus und marschierte, wie er es am liebsten hatte, in seinen Boxershorts ins Bad, wo ich mir eben das Make-up abwusch. Kein neuer Anblick, und doch hielt ich einen Moment den Atem an. Leons Hand blieb auf halbem Weg zur

Zahnbürste in der Luft hängen. Ich sah es, wie er es sah. Und er wäre nicht er, wenn er nicht die Chance ergriffen hätte.

»Ich helf dir da raus.« Seine Hand änderte die Richtung, griff nach dem Reißverschluss und zog ihn in einem Ruck herunter. Dann schob er das Kleid langsam über meine Schultern und sah zu, wie es zu Boden fiel. Ich ließ ihn machen. Ich hatte genug damit zu tun, Luft zu bekommen. Und ich wollte es auch. Ich wollte, dass er mich ansah und dass er mich schön fand. Heute Abend trug ich keine Gouvernanten-Unterwäsche und heute Abend war mein Bauch genau richtig.

»Komm mit.« Mit einem einzigen Griff nahm er mich hoch und trug mich in das nächstgelegene Zimmer.

»Nein.« Ich wusste, dass mein Protest zu schwach ausfiel. Ich wollte nicht mit ihm schlafen, das zumindest war die Wahrheit, aber ich wollte auch nicht, dass er ging.

»Doch.« Er begann schon wieder, mich zu küssen. Verdammte Küsse, die meinen Verstand außer Kraft setzten.

»Kein Sex.« Ich wand mich ein wenig.

»Ich werde nicht mit dir schlafen, wenn du das nicht willst.« Sein Mund wanderte langsam meinen Oberkörper hinab.

»Ich will es nicht.« Ich schloss die Augen, als seine Hände nun langsam meine Schenkel hinaufwanderten. Dann erreichten sie meine Hüften und mein Körper spannte sich an.

»Dann werden wir es nicht tun. Entspann dich.« Seine Hände blieben, wo sie waren, sein Mund suchte meinen. Was für ein Spiel spielte er?

»Du hast eindeutig ein Problem damit, dich zu entspannen. Dabei gibt es so gute Möglichkeiten.«

»Nein.«

»Warum vertraust du mir nicht?« Seine Stimme klang unendlich lockend. Wie gerne ich nachgeben würde, aber ich hatte Angst davor. Angst, dass es schiefging. Angst, dass er auch nicht anders war als die anderen. Angst, dass ich dann plötzlich auch nur noch eine von vielen war. Und Angst davor, dass ich diesen letzten Gedanken gedacht hatte. Ich war nur eine von vielen. Nein, ich war noch weniger. Ich war die, die nur so tat als ob. Langsam drehte ich mich um, drehte ihm den Rücken zu. Und spürte, wie er nachrückte, seine Arme um mich legte, mich fest an sich zog.

»Ist das in Ordnung?«

»Das ist es.«

»Und das?« Sein Mund streifte meinen Nacken.

»Besser nicht.«

Er lachte leise. »Du kannst nicht ewig wegrennen, Jools. Merkst du nicht, dass wir dafür bestimmt sind?«

Ich antwortete nicht. Ich wollte hierfür bestimmt sein, einfach in seinen Armen zu liegen. Ich wollte, dass es ausreichte. Und dass dieser Augenblick nie aufhörte.

Als ich erwachte, lag Leon auf dem Bauch, breit ausgestreckt. Sein rechter Arm lag schwer auf meinem Rücken. Ich drehte mich vorsichtig und sofort griff seine Hand zu, zog mich näher zu ihm. Er öffnete die Augen und lächelte.

»Guten Morgen, Jools.«

»Morgen.« Ich senkte kurz den Blick.

»Gut geschlafen?« Leon war eindeutig ein Morgenmensch, Augen auf und zack – voll da. Ich normalerweise auch, aber heute tat ich so, als wäre ich das nicht.

»Hm.«

Er lachte. »Gib schon zu, du hast so gut geschlafen wie

lange nicht.«

Woher wusste er das?

»Ich zumindest habe es getan.« Seine Augen blitzten.

»Ich auch.« Ich fühlte mich plötzlich so leicht und frei wie ein kleines Kind. »Ich habe hervorragend geschlafen. Vielleicht ist dieser Wodka doch nicht so schlecht.«

»Er hat ganz sicher ein paar gute Eigenschaften. Ich fürchte, gleich erklärst du mir, dass es nur an ihm liegt, dass ich hier neben dir liege, und nicht daran, dass ich ein so toller Kerl bin.«

Dankbar ging ich auf seinen Ton ein. »Natürlich liegt es nur am Wodka.«

»Dann werde ich dafür sorgen, dass wir immer welchen in der Nähe haben. Und dir dann zeigen, dass es noch bessere Dinge gibt als Schnaps. Die nebenbei auch noch gesünder sind, deine Muskeln auf Trab bringen, deine Haut zum Strahlen und überhaupt dafür sorgen, dass du eine ganz unwiderstehliche Ausstrahlung bekommst.«

»Joggen zum Beispiel?« Ich rückte ein wenig ab.

»Viel besser als joggen.« Er richtete sich halb auf und strich sich durch seine zerzausten Haare. »Wir können sofort loslegen, ich wäre bereit.«

Ich rutschte zur Seite und stand auf. Sein Blick fiel auf meine Unterwäsche und sein Mund öffnete sich leicht.

»Das glaube ich, dass du das bist. Aber egal, was war, wir haben eine Abmachung. Und außerdem«, mein Blick wanderte zur Uhr, »wird Maxim in einer knappen Stunde hier sein. Wir sollten also zusehen, dass wir uns fertig machen.«

Ich sah seinen Blick, sah, dass er es durchaus darauf ankommen lassen würde. Jetzt war es also wieder an mir, die Vernünftige zu sein.

»Ich geh als Erste unter die Dusche«, rief ich, schon auf dem Weg zur Tür. Und sicherheitshalber schloss ich die Badezimmertür zweimal ab. Nicht seinetwegen. Sondern weil ich gerade viel zu viel Gefallen fand an diesem Spiel.

Kapitel 37

»Jools ist einfach eine ganz besondere Frau. Sie bringt mich dazu, vieles zu überdenken. Mit ihr ist der Tag heller, die Nacht wärmer, der Sieg schöner und die Niederlage zu ertragen. Ich liebe sie.« Beim letzten Satz sah er mir tief in die Augen und beinahe hätte auch ich ihm geglaubt. Die Redakteurin seufzte leise.

»Und wie empfinden Sie das?« Sie räusperte sich und sah jetzt mich an.

»Oh, Leon ist ein wunderbarer Mann. Er gibt mir Kraft und er bringt mich immer zum Lachen. Er sieht gut aus«, ich lachte und sie stimmte begeistert ein. »Und er behandelt mich, als wäre ich etwas ganz Besonderes.« Ich sah ihn an.

»Also auch bei Ihnen die ganz große Liebe.« Es klang wie eine Feststellung.

Ich sah zu ihr, dann zurück zu meinem Pseudo-Freund. »Ja, das ist es wohl.«

Plötzlich grinsten wir uns nur so durch den Vormittag. Wir hatten das Schwierigste geschafft. Und nun war es plötzlich ein Kinderspiel. Der Fotograf war glücklich, weil er gute und wie gewünscht auch spontan wirkende Bilder bekam, wie wir da nebeneinander auf dem Sofa saßen und anscheinend die Hände nicht voneinander lassen konnten. Leon war albern, lachte, streichelte meinen Arm und gab eine überzeugende Vorstellung des glücklichen Partners zum Besten. Und ich ging darauf ein. Es war leicht, viel leichter, als ich gedacht hatte. Wir neckten uns, nur um dann innezuhalten und uns einen Moment anzusehen. Der gestrige Abend tauchte plötzlich auf, seine Küsse, seine Hände. Und wie er mich gehalten hatte, einfach nur gehalten, obwohl ich spüren konnte, dass sein Körper nach mehr verlangte. »Vertrau mir«, hatte er gesagt. Und plötzlich tat ich es. Ich wusste, dass ich es konnte. Es wäre nicht unmöglich gewesen, letzte Nacht weiter zu gehen. Ich war in einer Stimmung, die gefährlich war, und ich war nicht ganz ich selbst, dem Wodka sei Dank. Ich hätte nachgegeben, wenn er hartnäckig geblieben wäre. Aber ich hätte es nicht wirklich gewollt und dass er das respektierte, war plötzlich ein ganz großes Geschenk.

»Jools«, er räusperte sich. »Jools macht aus meinem Leben eine bessere Party, als ich je gedacht hätte. Ich will mir gar nicht ausmalen, was aus mir geworden wäre, wenn ich sie nicht gefunden hätte.«

Ich beugte mich vor und küsste ihn, kurz und unschuldig, aber mit klopfendem Herzen. »Ich auch nicht.«

Maxim rieb sich zufrieden die Hände, als die Redakteurin und der Fotograf die Tür hinter sich schlossen. »Ihr seid unglaublich überzeugend gewesen. Gut gemacht.«

Ich nickte zufrieden.

»Ich wusste, dass du ein guter Schauspieler bist«, er klopfte Leon auf die Schulter. »Aber so überzeugend habe ich dich noch nie erlebt.«

»Vielleicht weil ich noch nie so überzeugt war von einer Rolle?« Er sah mich an. Ich hob die Hände. Meine Hochstimmung hatte eben einen Dämpfer bekommen. Natürlich hatte er eine Rolle gespielt, ebenso wie ich. Und das sollten wir auch so sehen.

»Es sind zwei Anfragen eingegangen. Aus Deutschland und aus England. Beides Top-Clubs, aber beides noch top secret.« Er sah zu mir herüber. »Und Paris ist ebenfalls interessiert, den Vertrag zu verlängern. Du hast es geschafft. Du bist wieder im Spiel. Wir beide sollten uns bald zusammensetzen und darüber reden.« Wieder sah er zu mir und ich nickte langsam. Ohne mich, weil es mich nichts anging.

»Das ist gut.« Leon ging hinüber zum Fenster und sah hinaus.

»Ich würde abwarten. Ich habe das Gefühl, dass noch mehr passiert. Du warst in den letzten Wochen so überzeugend wie nie auf dem Platz. Du bist in der Form deines Lebens. Es tut dir gut, abends nicht mehr auf Partys zu feiern.«

»Allerdings. Das ist dein Verdienst.« Er sah zu mir.

Wieder nickte ich. Auf einen Schlag war die ganze Stimmung weg. Wir waren plötzlich in einer Geschäftsverhandlung und, noch schlimmer, einer, die auf ein Ende zusteuerte. Der Plan war aufgegangen und ich war bald überflüssig. Leon würde wieder auf die Jagd gehen können und endlich wieder zu seiner geliebten Entspannung kommen.

»Du hast dich gut gehalten.« Ich hörte die Worte, auch wenn Maxim leise sprach. »Ich hoffe, dass du bei diesem Kurs bleibst. Noch einmal wird es nicht funktionieren.«

»Das ist mir klar. Und deshalb wird sich vorerst auch nichts ändern.«

»Natürlich nicht. Erst muss alles unter Dach und Fach.«

»Und dann sehen wir weiter.« Leon sah wieder aus dem Fenster. »Man sollte sich nie zu früh sicher sein. Vielleicht werde ich Jools doch noch eine Weile brauchen.«

Sollte ich mich darüber freuen? Dass er mich nicht sofort gehen lassen wollte, wenn ein neuer Vertrag abgeschlossen war? Auch wenn er es nur tat, um seine Glaubwürdigkeit nicht zu verlieren? Auch wenn ich insgeheim gehofft hatte, dass er mich bitten würde zu bleiben, ohne eine vertragliche Verpflichtung? Es war albern, so etwas zu denken. Wir hatten beide gewusst, dass es irgendwann so weit sein würde, und wir sollten das auch besprechen. Und doch fühlte es sich falsch an. Maxim schaffte es, alles nüchtern zu sehen. Natürlich sah er es nüchtern. Aber ich eben nicht. Ich war ein Mensch und ich hatte Gefühle, auch wenn ich mich gut im Griff hatte. Ich hatte nicht erwartet, dass wir uns so nahe kommen würden und dass wir uns so gut verstanden. Und dass ich es so schwierig finden würde, dass man so über mich sprach. Dass ich immer noch ein Kontrakt war, den man verlängerte – oder eben nicht.

Ich schob den Vertrag und alles, was damit zu tun hatte, zur Seite. Freunde hin oder her, was erwartete ich denn? Dass Leon es ernst meinte, wenn er sagte, dass er mich liebte? Wollte ich das? Es würde nie gut gehen, so viel stand fest. Wir waren zu verschieden, ich konnte ihm nicht geben, was er brauchte, und er mir nicht, was ich wollte. Freunde, das war unser Ding. Und Freunde konnten wir auch ohne bescheuerten Vertrag sein. Und außerdem hatte ich andere Sachen, die ich jetzt erst einmal durchdenken sollte. Mein Leben begann, komplizierter zu werden, als ich es mochte, und mich und meine ganze Einstellung vor neue Entscheidungen zu stellen.

Die ganze Zeit hatte ich gedacht, dass ich geschaffen war für das Modeln. Dass ich es besser machte als die anderen, weil ich rationeller an die Sache ging. Ich hatte immer auch die Schattenseiten gesehen und war bereit, sie zu akzeptieren. Doch in letzter Zeit merkte ich, dass es zunehmend schwieriger wurde. Vielleicht brannte doch nicht das ganz große Feuer in mir? Vielleicht wollte ich es doch nicht genug? Ich hatte gedacht, eben dieser Punkt war meine Stärke, dass ich so reingerutscht war und nichts zu verlieren hatte, weil es nicht mein lebenslanger Traum war. Probiere es aus und wenn es nichts wird, dann ist auch gut, hatte ich mir gesagt. Und dann hatte ich Blut geleckt und war ehrgeizig geworden. Nicht probieren, machen war mein neues Credo gewesen. Wäre die Castingshow schlecht gelaufen, ich am Anfang rausgeflogen, ich hätte ein wenig meine Wunden geleckt, dann aber wieder mein Leben in die Hand genommen, davon bin ich überzeugt. Doch mit jedem Schritt nach vorne war ich dem Glanz dieser Welt mehr verfallen, war ich ein Stückchen tiefer hineingerutscht. Und nun schien ich plötzlich die Augen zu öffnen, sie verwundert zu reiben und mich zu fragen, wo ich denn da gelandet war.

Noch immer machte es mir großen Spaß, über den Laufsteg zu schreiten, und ja, ich genoss es. Noch immer fand ich es toll, vor der Kamera zu stehen und Bilder zu machen. Aber ich konnte weniger gut mit dem Umfeld umgehen. Je mehr ich mich bemühte, desto weniger schien ich den Anforderungen zu genügen. Immer war da ein Mädchen, das schöner, interessanter und dünner war als ich. Und immer öfter fand ich es einfach nur deprimierend. Diese Branche, in der man fünfzehnjährige Mädchen für Zehntausend-Euro-Handtaschen werben ließ, war das wirklich meine Welt? Hatte ich mich in eine Welt verrannt, die ich gar nicht richtig wahrnahm? Und wollte ich wirklich für die nächsten Jahre nur auf meinen Körper reduziert werden? Mir so lange sagen lassen, dass er nicht schön genug, nicht dünn genug, nicht perfekt genug war, bis ich es selbst glaubte? Und zulassen, dass er mit so wenig Anstand behandelt wurde?

Kapitel 38

Als ich an diesem Abend nach Hause kam, war ich wieder einmal recht nachdenklich. Ich hatte mir einmal mehr anhören müssen, dass eben eines dieser jungen Mädchen dünner war als ich. Das konnte ich nicht abstreiten. Aber ich hatte auch erst vor drei Tagen zugehört, wie man einer anderen sagte, dass sie doch ein wenig mehr Sex in ihren Blick legen sollte. Mit fünfzehn! Ich sah, wie sich der Lichttechniker die Lippen leckte, und hätte die Kleine am liebsten vom Set gezerrt. Aber das war nicht mein Job. Das wäre die Aufgabe der Mutter gewesen, die zustimmte, dass das hier passierte. Im Übrigen war es eine ganz anständige Produktion, das Mädchen wurde nicht angemacht oder so. Ich kannte auch den Fotografen, Hector, recht gut. Er war keiner von denen, die die Situation ausnutzten oder nicht hundertprozentig professionell agierten. Er setzte nur um, was der Auftraggeber wollte, und das war nun mal ein fünfzehnjähriges Ding, das lasziv in die Kamera sah. Und dass ich eine andere Handtasche nahezu nackt bewarb. So raffiniert zusammengefaltet am Boden sitzend, dass man nichts sah, was man nicht sehen durfte, und es war immerhin eine recht große Tasche, aber trotzdem. Ich wusste plötzlich nicht mehr, ob es mir tatsächlich nichts ausmachte, dieser Moment, wenn der Bademantel fällt und am Set alle herumwuseln. Und ob ich ein gutes Vorbild war, wenn ich so tat, als wäre das völlig in Ordnung.

Heute hatte ich nicht nackt und zusammengekauert auf dem Boden gesessen, sondern in einem hocheleganten Kleid auf einer Leiter balanciert und so getan, als behänge ich einen Apfelbaum mit Laternen. Und mich in einem anderen aufwendigen Kleid in einen vermutlich denkmalgeschützten Brunnen gestellt und gelächelt, als das kalte Wasser über meinen Rücken lief. Und zusammen mit drei anderen Kolleginnen, zwei davon minderjährig, den Anschein erweckt, als wollten wir über goldfarbene Gitterzäune klettern.

Ich mochte die Shootings im Freien. Es war eine ganz andere Herausforderung. Man musste schnell sein, das Licht ausnutzen. Man durfte nicht zögern, musste alles geben. Besonders, wenn man nur einen begrenzten zeitlichen Rahmen hatte. Die Produktion fand in Versailles satt, im wunderschönen Garten, der nur für ein bestimmtes Zeitfenster für uns reserviert war. Der Tag war perfekt, ein schöner Frühlingstag, recht kalt, aber das sah man ja nicht auf den Bildern. Wir hatten früh angefangen und es war ein langer Tag gewesen.

Als ich die Wohnung betrat, empfing mich ungewohnte Stille. Normalerweise war Leon um diese Zeit schon hier und ich sah mich suchend um. Dann zog ich mein Handy heraus. Ich hatte es noch auf lautlos stehen, wie immer, wenn ich arbeitete. Und tatsächlich war da eine Nachricht, erst vor wenigen Minuten eingegangen. Er sitze noch mit Maxim zusammen, es könne sich etwas hinziehen. Die neuen Verträge, vermutete ich. Nun gut, dann würde ich die Zeit ohne ihn nutzen. Ich war heute zu lange in einem schweren, mit eiskaltem Wasser vollgesogenen Kleid im frischen Wind gestanden. Ein Bad würde mir ganz sicher guttun.

Anfangs hatte ich es nicht wirklich genießen können, hier in diesem blöden offenen Bad zu liegen. Inzwischen hatte ich bestimmte Muster festgestellt. Leon war öfter abends bei irgendwelchen Treffen. Die Hilfsorganisation, die Club-Manager und oft Maxim, gerade in letzter Zeit. Ich hatte angeboten, mich zu verdrücken, damit er wenigstens mit seinem Berater hier die Treffen abhalten konnte, wenn sie schon so geheim waren, dass ich nichts mitbekommen sollte, aber Leon hatte abgelehnt. Er wolle nicht, dass ich mich irgendwo rumtrieb, und Maxim bestand nun mal darauf, dass alles unter vier Augen bliebe, und sein Hotelzimmer wäre dafür bestens geeignet, zumal es einen erstklassigen Zimmerservice böte. Und nie kam er früh nach Hause. Ich hatte also auch heute noch genug Zeit für mich.

Ich war sogar entspannt genug, um den etwas dekadent anmutenden Fernseher, der hier im Bad hing, anzumachen. Ich meine, ernsthaft, ein Fernseher im Badezimmer? Auch das hatte ich mir anfangs verwehrt, irgendeine Geräuschquelle, während ich in der Badewanne lag. Ich lauschte immer in die Wohnung, ob da was war. Im Übrigen mache ich das auch in Hotels. Fremde Zimmer und Wohnungen sind mir nicht geheuer. Ich habe immer das Gefühl, dass plötzlich jemand da sein könnte. Dass ich mich hier mittlerweile so zu Hause fühlte, war ein schönes Gefühl. Und ein schöner Film war jetzt genau das, was ich brauchte. Ich entschied mich für eine französische Komödie, weil mich die Schauspieler spontan ansprachen. Und für den Originalton, weil ich meine Sprachkenntnisse ausbauen wollte. Was dringend nötig war, denn sonst hätte ich vielleicht die Inhaltsangabe besser verstanden. Der Film war vielleicht witzig, auch wenn mir die Pointen entgingen. Aber vor allem war er ziemlich heiß. Nicht auf diese plumpe Art, auf die ich gar nicht stand. Er war sinnlich und ich spürte die Funken regelrecht, die da flogen. Und es bewirkte leider genau das Gegenteil von dem, was ich mir erhofft hatte. Schließlich griff ich nach der Fernbedienung, die auf dem kleinen Hocker neben der Wanne lag, und stoppte den Film. Ich überlegte, ob ich das Bad auch gleich beenden sollte, aber ich war zu träge. Oder zu aufgewühlt. Ich lag da und versuchte, an etwas anderes zu denken. Aber meine Gedanken wanderten ständig zu Dingen, die ich nicht im Kopf haben wollte. Leon. Und diese Nacht. Diese eine Nacht in Madrid. Es hatte keine Wiederholung gegeben, weder was das Küssen noch das zusammen Schlafen anging. Ich tat alles, um eine Wiederholung zu vermeiden. Ich hätte besser alles getan, um sie gar nicht erst zu erleben. Denn was hatte ich davon? Dass ich hier lag und anstatt zu entspannen, zunehmend unruhig wurde. Wortfetzen zogen durch meine Erinnerungen, Sätze tauchten auf, wie um mich zu verspotten. »Soll ich nachsehen?« Seine Hand, die sich gefährlich unter meinen Rock schob, sein Blick, der so fest gewesen war, und mein Körper, der unsinnigerweise darauf reagiert hatte. Himmel, der allein schon bei dem Gedanken wieder anfing. Meine Hand, die seine imitierte. Nur dass sie nicht aufgehalten, sondern freudig begrüßt wurde.

Als Leon später nach Hause kam, saß ich mit einem Zitronenwasser und ziemlich entspannt auf meinem Bett und checkte ein paar Nachrichten.

»Und? Wie war's?« Ich sah von Manus Mail hoch, die wie immer gespaltene Gefühle in mir auslöste. Sie fragte, zum wiederholten Male, ob sie mich nicht endlich mal in Paris besuchen könne. Und mir fielen bald keine Ausreden mehr ein, weshalb sie das nicht konnte. Allerdings war klar, dass so ein Besuch nicht gutgehen würde. Manu drei Tage dauerhaft um mich zu haben, erkannte ich mit Schrecken, wäre unerträglich. Unter ihren wachsamen Augen würde unsere Schauspielleistung ein ganz neues Niveau annehmen müssen. Und das konnte ich Leon nicht antun. Egal was war, diese Wohnung war unser Rückzugsort, der Ort, an dem wir uns nicht verstellen mussten. Das konnte ich ihm nicht nehmen, schon gar nicht jetzt, wo es auf das Ende der Saison zuging und er mit seinem Team um den Meistertitel kämpfte.

»Interessant.« Er ließ sich auf dem Bettende nieder. »Und bei dir?«

»Anstrengend. Aber auch schön. Die Gärten von Versailles sind ein verzauberter Ort, selbst wenn sie von einer ganzen Produktionsmannschaft überrannt werden.«

»Ich war noch nie dort«, antwortete er nachdenklich.

»Dann sollten wir das mal machen.« Ich legte das Handy beiseite. »Ich finde eh, dass ich im Moment zu wenig von der Stadt habe. Ich renne nur noch von Metrostation zu Metrostation.«

»Das ist es doch, was du wolltest, oder? Erfolg und Arbeit. Nun hast du es.«

»Ja, jetzt habe ich es.« Ich wusste, wie undankbar es war, mich darüber zu beklagen. »Hast du dich schon entschieden?« Ich wollte nicht nur das Thema wechseln, sondern war wirklich interessiert.

»Nein. Kennst du das, dass deine Wünsche sich erfüllen und du nicht mehr weißt, ob es gut ist? Ich wollte unbedingt zurück nach Deutschland. Jetzt weiß ich plötzlich nicht mehr, ob ich es machen soll. Ich fühle mich hier wohl. Ich habe einen Stammplatz. In einem neuen Team muss ich mir das wieder erkämpfen. Ich komme gut mit den Methoden hier klar.«

»Was rät Maxim?«

»Er rät zu dem Angebot, das global gesehen am meisten einbringt. Er weiß, dass ich langsam, aber sicher auf das Ende meiner Karriere zusteuere, und denkt, ich sollte jetzt alles herausholen. Ich jedoch liebäugle mit dem, das die größte sportliche Chance bietet, auch wenn es finanziell nicht das Beste ist. Wenn ich mir keine größeren Verletzungen einfange, habe ich noch ein paar gute Jahre vor mir, die ich genießen will.«

»Eine schwere Entscheidung.«

»Nicht wirklich. Letztendlich muss ich auf meinen Bauch hören. Wir werden uns noch ein wenig Zeit lassen, aber wenn nicht noch etwas ganz Unerwartetes kommt, dann habe ich meine Wahl wohl getroffen.«

Ich nickte langsam. Das Saisonende kam in großen Schritten näher, Verträge wurden neu geschmiedet, Ablösungen ausgehandelt. Leon hatte sein Ziel erreicht, er war wieder für viele Clubs attraktiv, konnte seine Zukunft aktiv mitbestimmen. Und auch ich hatte in den letzten Monaten viel erreicht. Ich war vom abgeschriebenen Casting-Sternchen zu einem gut gebuchten Model aufgestiegen. Nein, mein Name wurde immer noch nicht in einem Atemzug mit den ganz großen gehandelt, aber ich war gut im Geschäft. Unser Plan, Maxims verwegener, gut kalkulierter Plan war aufgegangen. Und bald würde er auslaufen. Zum ersten Mal gestand ich mir ein, dass ich es nicht wollte, dass ich nicht nur Paris, sondern alles vermissen würde. Diese Wohnung, die Gespräche, das Lachen, das Gefühl, seine Begleitung zu sein. Und ihn, die Momente wie diesen hier, wenn wir uns einfach nahe waren.

Kapitel 39

»Ich bin froh, dass du mich begleitest.«

»Ach was.« Ich grinste breiter, als mir zumute war.

»Nun, sag nicht, ich hätte dich nicht gewarnt.« Leon ließ die Schlüssel des Leihwagens klimpern, die ihm eine sichtlich beeindruckte Mitarbeiterin eben ausgehändigt hatte, dann nahm er entschlossen die Koffer auf. »Auf in den Kampf.«

Es ist immer eine besondere Situation, wenn man den Eltern seines Partners vorgestellt wird. Selbst wenn man eigentlich gar nicht zusammen ist und es einem von daher recht egal sein kann, wie das Urteil ausfällt. Oder wenn es nur unter sehr zwanghaften Umständen passiert.

In unserem Fall war es der sechzigste Geburtstag von Leons Vater. Er bestand darauf, dass sein einziger Sohn mitfeiern musste. Ich konnte das verstehen, Leon jedoch hatte den Mund verzogen, als die Einladung kam.

»Es geht ihm nicht um mich. Es geht ihm darum, dass der Fußballer da ist.«

»Quatsch.«

»Nicht alle sind wie ihr. Du weißt gar nicht, welches Glück du mit deinen Eltern hast.« Er hatte keine Lust, näher auf das Thema einzugehen. Aber er hatte zugesagt und angekündigt, dass er seine Freundin mitbrächte. Und er hatte versprochen, dass wir einen Abstecher bei mir zu Hause machen würden.

Nun aber fuhren wir erst einmal zu seinen Eltern. In einem protzigen, schnellen Sportwagen. Ich wusste um seine Schwäche für solche Autos, teilte sie sogar, aber heute zog ich ihn dennoch damit auf.

»Du bedienst aber auch jedes Klischee, was? Sportwagen und Modelfreundin, hm?«

»Ich erfülle nur die Erwartungen.« Er verzog den Mund. »Und gerade den zweiten Teil werden sie lieben.«

»Wir sollten Blumen für deine Mutter mitnehmen.«

»Wieso? Wir haben ein äußerst großzügiges Geschenk für die beiden im Gepäck.«

»Und trotzdem.« Ich war entschlossen, mich hier durchzusetzen. »Trotzdem werden wir Blumen kaufen.«

»Also gut. Blumen.« Er seufzte, als wäre es ja auch egal.

»Und das ist Jools.«

»Jools? Ich denke, du bist mit dieser Josephine zusammen?«

»Josephine, richtig. Er nennt mich nur so. Ich freue mich, Sie kennenzulernen.« Ich musterte das Paar, das mir gegenüberstand. Konrad Sandmann war eine ältere Ausgabe seines Sohnes, ein sehr gut aussehender Mann mit dichten grauen Haaren und attraktiven Fältchen um die Augen. Seine Frau Ilse sah ebenfalls sehr gut aus, vielleicht ein ganz klein wenig zu straff im Gesicht. Aber das Blond sah echt aus und ihre Figur war die einer jungen Frau.

»Die Freude ist ganz auf unserer Seite. Oh, Blumen, wie reizend, nicht wahr, Konrad? Und Callas, das sind meine Lieblingsblumen. Auch wenn sich das hier niemand sonst merken kann.« Sie warf ihrem Mann einen Blick zu.

»Das hat Leon erwähnt.« Ich sah zu ihm. »Er hat mir schon viel von Ihnen erzählt.«

»Oh, nur Gutes, hoffe ich.«

»Aber natürlich, Mutter.«

»So schlimm sind die doch gar nicht.« Ich hatte mich zu Leon gebeugt und leise in sein Ohr geflüstert. Wir saßen in einem großen weißen Zelt, das im Garten seiner Eltern aufgebaut worden war, und wurden von einem sehr zuvorkommenden Service-Team betreut. Die Caterer kochten in der offenen Show-Küche live unser Essen, es wurde flambiert und abgelöscht, dass die Schwaden nur so durch das Zelt zogen, und alle zeigten sich sehr beeindruckt.

»Nein, sind sie nicht.« Er sah hinüber zu seinen Eltern, die stolz in die Runde strahlten.

»Vielleicht haben sie etwas begriffen seit Weihnachten.« Ich tätschelte seine Hand. »Das ist doch toll. Entspann dich doch mal.«

»Entspannen?« Sein Blick löste sich von seinem Vater und richtete sich nun auf mich. »Das ist gar nicht so einfach. Vielleicht kannst du mir ein paar Tipps geben?«

»Ich?«

»Nun, ich hatte ein paarmal den Eindruck, dass du ganz intensiv an deinen Entspannungstechniken arbeitest.«

Ich biss mir auf die Unterlippe, nur um etwas zu tun und nicht bloß verlegen den Blick zu senken. Und hoffte spontan, dass er auf das Yoga anspielte, meine neueste Leidenschaft.

»Oder du bringst mich auf andere Gedanken.« Er zog mich wieder einmal viel zu nahe an sich heran.

Sein Kuss wurde unterbrochen, als sich Konrad Sandmann erhob und gegen sein Glas klopfte.

»Liebe Freunde, eine kleine Rede. Ich verspreche, ich halte mich kurz …«

Alle lachten und ich lehnte mich zurück.

»Mein Dank heute gilt meiner Frau Ilse, ohne deren Rückhalt ich nicht so erfolgreich hier stünde. Und natürlich hat sie mir meinen Sohn geschenkt, Leon. Das Beste, was sie für mich getan hat, meine Gene weiterleben lassen, hehe. Ich muss nichts zu ihm sagen, natürlich nicht. Mein Sohn, Leon, der Profi.« Er lachte und grinste siegessicher in die Runde ob dieses Scherzes. Ich fragte mich, ob ihm entgangen war, dass es sich bei jenem Profi, auf den er augenscheinlich anspielte, um einen effizienten Auftragsmörder handelte oder ob es ihm egal war. »Spitzenspieler, auf der Auswahlliste zum Stürmer des Jahres. Und ohne diese dumme Verletzung zur falschen Zeit wäre er auch Mitglied in der Nationalelf geworden.« Er hob die Hände. »Nun ja, das bleibt uns wohl versagt, aber auch ohne diesen Titel kann ich sagen, dass ich sehr stolz auf ihn bin, selbst wenn ich zu gerne einmal den Bundestrainer hier begrüßt hätte, hehe.«

Ich spürte, wie Leons Hand sich anspannte.

»Dafür hat er jetzt seine reizende Freundin mitgebracht. Und ich bin sicher, ich muss sie euch nicht vorstellen. Sicherlich haben nicht nur die Damen schon das eine oder andere Bild von ihr in den Zeitschriften bewundert.« Er lachte wieder. »Herzlich willkommen in der Familie, Joon. Ich bin ein großer Fan deiner Bikini-Bilder.« Sein Lachen klang schmierig und Leon ballte langsam seine Hand zur Faust. Ich grinste recht schmallippig in die Runde. Herzlichen Dank dafür.

»Und nun hoffen wir auf die Zukunft, auf die ich gerne mit euch anstoßen werde. Stellt euch vor, was die beiden produzieren. Wunderschöne, stramme Fußballer. Dann werde ich irgendwann als stolzer Großvater doch noch ein Endspiel der Nationalmannschaft mit einem Sandmann erleben, da bin ich mir sicher. Also los, ihr beiden.« Er prostete fröhlich in unsere Richtung.

Die Menschen um uns herum lachten und klatschten. Ob

ihnen die Rede wirklich gefallen hatte, vermochte ich nicht zu sagen.

Ilse schien sie ganz in Ordnung zu finden und applaudierte begeistert. »Ich kann es noch abwarten, bis ich Oma werde. Mir sagen alle, dass ich noch so jung aussehe, ganz im Gegensatz zu dir.«

Na dann, so würden sich wenigstens ihre Wünsche erfüllen.

»Dankeschön. Das ist ... nett.« Konrad sah auf den Gutschein in seiner Hand. Eine Woche Dominikanische Republik in einem exklusiven Ressort. »Du meinst es sicher gut. Und es wird uns guttun. Auch wenn ein Pool vermutlich längerfristig mehr Entspannung gebracht hätte ...«

»Ihr habt doch einen Pool.«

»Das kleine Ding, das verdient den Namen doch gar nicht. Nun, wir dachten da an einen etwas größeren. Eventuell einen mit verschiebbaren Wänden und Dach, so eine Art Poolhaus für jede Jahreszeit. In unserem Alter ist es wichtig, fit zu bleiben.«

»Warum lässt du ihn nicht bauen?«

»Weil ...«

»Ach, Leon«, seine Mutter fiel ihm um den Hals und kreischte wie ein Teenie. »Ich wusste es. Du bist ein guter Junge.« Sie küsste ihn auf die Wangen. »Verstehst du, Konrad? Lass ihn bauen, hat er gesagt. Unser Sohn«, ihre Stimme wurde laut und aufgeregt und alle Köpfe wandten sich ihr zu. »Unser Junge hat uns soeben unseren größten Traum erfüllt. Franz, erinnerst du dich, dass wir über einen neuen Pool gesprochen haben?«

Ein dicker, älterer Mann in ihrer Nähe lachte und rieb sich

die Hände.

»Du kannst die Pläne wieder herausholen.«

Ich warf Leon einen kurzen Seitenblick zu. Seine Augen waren hart, um seinen Mund zuckte es. Er nickte leicht, als lauter Beifall einsetzte.

»Und während der Franz seine Bagger hier loslässt, erholen wir uns in der Dom Rep.« Ilse klatschte in die Hände und strahlte ihren Mann an. »Ich hab dir doch gesagt, wir müssen den Jungen einladen.«

Das war ein Abend, an dem selbst ich in Versuchung kam zu trinken. Leon ließ das Bier links liegen und griff sich einen doppelten Whisky. Im Gegensatz zu den anderen Partys, die wir in letzter Zeit besucht hatten, war er heute äußerst aggressiv, fand ich. Seine Berührungen waren aggressiv und seine Küsse auch.

»Na, Junge, hattest du nicht genug? Du musst doch fit bleiben.« Konrad Sandmann schlug seinem Sohn jovial auf die Schulter. »Und ganz unter uns, ich an deiner Stelle wüsste Besseres, als mich zu betrinken, was, Joon?« Nun legte sich sein Arm um meine Schulter. »Sie sollten ihn strenger rannehmen.« Er ließ ein dreckiges Lachen hören.

»Jools.« Ich rückte ein wenig ab. »Es heißt Jools, nicht Joon.«

»Jools.« Wieder lachte er. »Auch recht. Solange du meinen Sohn glücklich machst und dafür sorgst, dass er keine Zeit und Energie mehr hat, sich auf wilden Partys rumzutreiben und das Training zu vernachlässigen.« Er zwinkerte mir zu.

»Das macht sie.« Leon zog mich in eine feste Umarmung. »Sie macht mich glücklich. Dich und deine Freunde wohl auch.«

»Was … ach Gott, Junge. Sei doch nicht so humorlos. Ich habe es immer genossen, dass andere Männer deine Mutter attraktiv fanden und mich beneideten, dass sie abends in mein Bett gekrochen ist. Auch wenn sie nie so heiß war wie dein Mädchen, hehe.«

»Ich soll es genießen, wenn mein Vater erzählt, er sieht sich Bikini-Bilder meiner heißen Freundin an?«

»Das war doch als Kompliment gemeint. Joon hat es verstanden.«

Ich antwortete nicht. Ich hatte kein Interesse, hier auf der Geburtstagsfeier einen Eklat zu verursachen.

»Wir gehen zu Bett.« Ohne ein weiteres Wort zog Leon mich mit sich.

Kapitel 40

»Es war eine Scheißidee, hierherzukommen.«

Ich antwortete immer noch nicht. Ich meine, was sollte ich auch sagen? Ich war ernsthaft erschüttert über den Abend. Leon war ein so wunderbarer Mensch, und seine Eltern? Kalt, unsensibel und unsympathisch.

»Wieso kann er nicht einmal seinen Mund halten?« Er zog das Shirt über den Kopf und schmiss es in die Ecke. »Wieso kann er nicht einmal einfach sagen: Schön, dass du da bist. Schön, dich mal wieder zu sehen?«

»Ich weiß es nicht.«

»Einmal nur. Einmal nur nicht dieses Scheißgeld. Das ist alles, was sie interessiert.«

»Das glaube ich nicht. Er ist nur recht ungeschickt mit Worten …«

»Ungeschickt mit Worten?« Leon lachte auf. »Ungeschickt? Weißt du, was ich mich manchmal frage?«

»Ob du adoptiert bist?« Das war mir herausgerutscht.

»Nein. Obwohl es keine schlechte Frage ist. Nein, ich frage mich manchmal, was wäre, wenn ich kein besonderes Talent hätte.«

»Ich fürchte, er hätte eins gefunden. Irgendetwas, in dem er dich hochpeitschen kann.« Ich ging zu ihm und legte ihm von hinten die Arme um die Mitte. »Es tut mir leid.«

»Nein, mir tut es leid, dass ich dich mitgebracht habe.«

In dieser Nacht war ich es, die sich von hinten an ihn schmiegte und ihn festhielt. Ich spürte, dass unter seinem Zorn mehr war. Ein verletzter Mensch. Ein Kind, das sich nach der richtigen Art Zuneigung sehnte. Ein Mann, der mehr sein wollte als die Summe seiner Erfolge. Ich spürte, dass er sehr empfänglich war für Trost und dass ich gerne diejenige sein wollte, die ihm ihn schenkte.

»Schade, dass ihr schon wieder geht. Wir hatten keine Zeit für uns.« Die Stimme seiner Mutter klang recht munter.

»Ich bin mitten in der Saison. Ich kann nicht bleiben.«

»Aber im Sommer müsst ihr uns einmal länger besuchen kommen. Oder wir kommen zu euch. Paris, was, Konrad?«

»Genau, Paris. Wir können bei euch wohnen. War schön, Joon. Ich hoffe, du schaffst es, ihn zu halten.«

Charmant wie eh und je, dachte ich.

»Ach ... du hast nicht zufällig ein paar Autogrammkarten dabei? Meine Bekannten sind da ganz scharf drauf und immer sehr beeindruckt, wen ich alles so habe.«

»Es tut mir leid.« Ich lächelte ihn nett an. »Aber ich habe bloß welche, auf denen nur mein Gesicht zu sehen ist. Leider nichts im Bikini oder so, von daher wahrscheinlich nicht interessant.« Ich ignorierte die Wange und streckte meine Hand aus. »Einen schönen Tag noch.«

»Noch ein Stückchen Kuchen, Liebes?«

»Danke. Das erste war schon zu viel.«

»Du bist viel zu dünn geworden. Sie isst zu wenig, oder?« Meine Mutter sah Leon an, der langsam nickte.

»Ich esse genug. Und glaub mir, ich bin nicht zu dünn. In meinem Job ist man nie zu dünn.«

Einen Moment schien mein Vater etwas sagen zu wollen, überlegte es sich dann aber anders.

»Mir geht es gut.« Ich lächelte die beiden beruhigend an.

»Das sieht man. Und das ist das Wichtigste überhaupt.« Meine Mutter ergriff die leere Kaffeekanne und die Tortenplatte. Auf dem Weg zur Küche drückte sie mir einen Kuss auf den Scheitel, wie sie es schon immer gerne getan hatte.

»Ich helfe ihr mal.« Ich stand auf, nahm das Geschirr entgegen, das mein Vater aufeinandergestapelt hatte, und balancierte es in die Küche.

»Ich hatte ein wenig Bedenken.« Meine Mutter sah mich offen an. »Du weißt schon, ein berühmter Sportler und dazu noch einer … nun ja, der es wohl nicht immer so genau nimmt mit der Treue. Aber ich habe mich geirrt.«

»Das hast du. Leon ist ein wunderbarer Mensch.«

»Du hast dich verändert.«

»Klar habe ich das. Ich arbeite viel, ich bin in der Welt unterwegs.«

»Das meine ich nicht, Liebes. Du hast dich verändert. Du bist weicher geworden.«

»Ich bin was?«

»Du hast die Liebe entdeckt.«

Ich hätte gerne protestiert. Aber das war natürlich unmöglich.

»Halte ihn gut fest. Er ist der Richtige.«

»Ach, Mama.« Ich schloss sie in die Arme. »Lass uns wieder rausgehen.«

In der Tür blieben wir einen Augenblick stehen. Die beiden Männer saßen noch am Tisch, ihre Oberkörper waren sich zugeneigt. Sie wirkten entspannt, ihre Hände unterstrichen in kleinen, unaufgeregten Gesten ihre Worte. Dann lachte mein Vater und Leons Hand legte sich kurz auf die des anderen. Sie lehnten sich zurück und dann sah mein Vater zur Tür.

»Ihr müsst uns unbedingt einmal länger besuchen kommen.«

»Das ist nicht so einfach. Es war diesmal bereits nur möglich, weil Leon ein Freitagsspiel hatte und das zufällig ein Heimspiel war und …«

»Das werden wir machen. Versprochen.« Leon unterbrach mich mit strahlendem Lächeln. »Irgendwann werden wir es wieder einschieben können, nicht wahr, ma cocotte?«

»Macht es gut, ihr beiden. Nächstes Mal müsst ihr unbedingt länger bleiben.«

»Auf alle Fälle.« Leons Hand hielt die meines Vaters fest.

»Dann im Sommer?«

»Ja.« Noch einmal schien sich der Druck der Hände zu verstärken.

»Schön. Kommt gut nach Hause. Ach was, komm schon her, mein Junge.« Mein Vater zog, entspannt wie er eben war, Leon an sich. Ich sah, wie sein Arm sich um ihn legte, seine Hand zweimal auf den starken, muskulösen Rücken schlug. Ich hörte sogar, dass er eine Art Schniefen von sich gab. »Es war schön, dass du hier warst.« Er löste sich und sah mich an. »Du natürlich auch, Kleines. Komm her. Komm endlich her und drücke deinen alten Paps noch mal.«

Ich lachte. »Ich vermisse euch jetzt schon.«

»Und wir erst.« Meine Mutter hatte Tränen in den Augen. »Es war so schön, dass ihr ein wenig Zeit für uns gefunden habt.«

»Sie sind großartig.« Leon steuerte den Wagen wieder Richtung Flughafen.

»Das sind sie.«

»Du weißt hoffentlich, was du an ihnen hast.«

»Oh ja.« Heute noch mehr als sonst. »Und es tut mir leid, dass wir sie belügen.«

»Mir auch.« Er schaltete recht ruppig in den nächsten Gang. »Ich wünschte …«

»Ich auch. Aber wir können es ihnen nicht sagen. Wir können nur sagen, dass wir uns in Freundschaft getrennt haben, irgendwann.«

»Denkst du … denkst du, dass …« Leon sah in den Spiegel, setzte den Blinker und zog auf die rechte Spur.

»Dass wir sie vorher noch einmal besuchen? Ich weiß nicht, ob das gut wäre. Besser, sie gewöhnen sich nicht zu sehr an dich.«

Kapitel 41

Nach einem zwar sonnigen, aber recht frischen Frühling kam der Sommer praktisch über Nacht in die Stadt. Ich erwachte wenige Tage nach unserem Deutschlandbesuch und spürte sofort, dass etwas anders war. Die Sonnenstrahlen bahnten sich von den großen Terrassentüren einen Weg an meinem Paravent vorbei und irgendwie sah man ihnen an, dass sie es heute ernst meinten.

Ich sprang aus dem Bett und griff nach dem weißen Hemd, das auf dem Sessel lag. Es war perfekt, weit und bis zur Hälfte meiner Oberschenkel reichend. Um ehrlich zu sein, hatte ich es schon vor Tagen aus Leons Schrank stibitzt, für genau diesen Moment. Ich zog es über und lauschte in die Wohnung. Nichts zu hören. Dann öffnete ich die Türen und trat hinaus auf die Dachterrasse. Schon jetzt, so früh am Morgen, spürte ich, dass der Tag warm werden würde. Wie bestellt kam ein leichter Wind auf, gerade als ich an die Brüstung trat. Ich hielt mich mit beiden Händen fest, schloss die Augen und richtete mein Gesicht in die Sonne. Das war Paris. Ein kleiner Balkon (oder eine große Terrasse, aber da wollte ich mal nicht so sein), ein weites, weißes Hemd, der Wind, der mit dem Haar spielte, und eine Frau, die glücklich ihr Gesicht in die wärmenden Strahlen reckte.

»Nicht bewegen.«

Natürlich fuhr ich sofort herum. Leon stand in der Tür, unnötig zu erwähnen, dass er nur seine Shorts trug. Und eine Kamera.

»Guten Morgen.«

»Das ist wunderschön. Du bist wunderschön.«

»Ich habe mir noch nicht einmal die Haare gekämmt …«

»Vergiss die Haare. Komm schon, Jools.« Er hob die Kamera vors Auge.

Ich tat ihm den Gefallen nur zu gerne, muss ich gestehen. Ich würde ihn bitten, mir eines der Bilder zu schicken. Und es dann vergrößern und aufhängen, wenn ich irgendwann aus diesem Leben wieder verschwand und zurück in Deutschland sein würde.

»Darf ich dich um was bitten?« Er war hinter mich getreten und legte seine Hände neben meine, seitlich auf das Geländer.

»Probier es einfach.«

»Ich habe diesen Videodreh. Für die Kinderland-Organisation.«

»Und?«

»Hast du Lust, mich zu begleiten?«

»Ich? Warum?«

»Ich mag es nicht, dieses Posieren und vor der Kamera stehen. Wenn du dabei bist, fällt es mir leichter, irgendwie. Ich schau dann dich an und denke: Hey, wenn sie das schafft, kannst du es auch.«

Ich gab ihm einen leichten Knuff. »Ich komme gerne mit, wenn ich es zeitlich einrichten kann.«

Bei einer Tasse Kaffee sah ich mir die Bilder an, die er eben gemacht hatte, und nickte glücklich. Als ob er wüsste, was ich wollte, hatte er den Schwarz-Weiß-Modus eingestellt, und sie waren einfach perfekt, jedes einzelne. Ich bat ihn, mir alle zu schicken. Diese Bilder sollten nicht nur an meine Wand, die wollte ich mit der ganzen Welt teilen. Ich wusste, dass diese Wohnung tabu war, aber es war ja nur ein winziger Teil der

Terrasse zu sehen, und das würde bestimmt in Ordnung gehen.

Als er sich auf den Weg ins Training gemacht hatte, lud ich ein Bild hoch. »Perfect day«, schrieb ich dazu. Fast im gleichen Moment sah ich, dass sein Account ein neues Foto meldete. Und da war ich, auf seiner Terrasse. Das weiße weite Hemd, ein Bein angewinkelt, meine Haare standen auf äußerst dekorative Art in einem sehr offensichtlichen Out-of-bed-Look ab. Und darunter stand »my girl <3«. Plötzlich grinste das Glück aus jeder Pore meines Körpers und ich wünschte, es gäbe auch ein Bild, wie er vorhin hinter mir gestanden hatte, seine Arme seitlich um mich, sein Körper dicht an meinem, gemeinsam in den neuen Tag blickend, der voller Licht und Glück war. Das wäre das richtige Bild für meinen Untertitel gewesen.

»Komm schon, trau dich. Ja ... nein ... Tor!« Leon riss die Arme in den Himmel und jubelte, als hätte er eben die Meisterschaft gewonnen. Dann ließ er sich von dem kleinen, stämmigen Kerl, der ihn eben erfolgreich umrundet hatte, abklatschen. »Gut gemacht, Kumpel!«

Der Kleine strahlte glücklich in die Kamera. Ich saß im Hintergrund, um niemanden zu stören, und beobachtete das Szenarium.

Man hatte beschlossen, zuerst ein paar Szenen zu drehen, in denen er mit den Kindern Fußball spielte. Das war ein cleverer Schachzug, denn sobald er einen Ball vor den Füßen hatte, war Leon glücklich und vergaß alles andere.

Nun sollten ein paar Einstellungen folgen, in denen er mit den Kindern redete, bastelte oder sich sonst wie mit ihnen abgab. Ich folgte dem Tross zu einem anderen Set. Tische, bunt eingedeckt, standen in der Sonne. Auf einigen waren Gläser und Karaffen mit Wasser, auf anderen Buntstifte und Papier. Leon trat folgsam an den zweiten und nahm Platz. Er sprach ein Mädchen an, das hier saß und ein Bild malte, und sie legte den Stift weg und zeigte auf das Papier. Ich blieb neben der Kamera stehen und sah zu, wie er ein paar Worte sagte. Er lächelte und das Mädchen lächelte scheu zurück. Ein Mitarbeiter schob mir einen Klappstuhl hin und ich nahm Platz, die Knie überschlagen, das Kinn abgestützt. Ich fand es seltsam, ihn so mit den Kindern zu sehen, aber auch unbegreiflich bewegend. Ich sah ihre Augen, die vor Freude glänzten, und ihren Eifer, ihm etwas zu zeigen. Und ich sah, wie er den Kopf neigte, um ihnen besser zuzuhören, wie er sie fixierte, sie einen Moment ganz in den Mittelpunkt stellte. Dann kam ein anderes Kind, mit blonden, strohigen Zöpfen, die vom Kopf abstanden, und einer Metallbrille mit stark vergrößernden Gläsern. Sie blieb stehen und sah ihn erwartungsvoll an. Er hob kurz den Blick und ich nickte leicht. Sein Oberkörper beugte sich vor, er hörte konzentriert zu, was sie ihm erzählte. Plötzlich öffnete sie ihre Arme, schloss sie um ihn und Leon erwiderte ihre Umarmung. Nachdenklich strich ich mir mit dem Finger über die Unterlippe. Von allen Facetten seines Wesens war mir diese hier am wenigsten vertraut, und doch schien sie zu ihm zu gehören. Das war keine Show für die Kamera.

»Ich würde gerne die Schlafräume sehen und die übrigen Zimmer.«

»Das ist nicht für den Film geplant.«

»Das ist mir egal. Ich will es sehen.« Er winkte mich zu sich und beugte sich wieder zu dem blonden Mädchen.

»Das ist meine Freundin Jools. Jools, das ist Dalia.«

»Hallo, Dalia.«

»Du bist schön.« Sie strich vorsichtig über den Saum meiner weißen Spitzentunika.

»Du auch. Du bist ein bildhübsches Mädchen, Dalia.«

Sie kicherte.

»Zeigst du uns, wo ihr wohnt?« Leon griff nach ihrer Hand und sah sich um. »Oder ist das ein Problem?«

Die Leiterin beeilte sich, den Kopf zu schütteln und vor uns in eines der vielen Häuser zu treten. Ich weiß nicht, was ich erwartet hatte. Ein düsteres, englisches Waisenhaus, in dem Oliver Twist irgendwo traurig in der Ecke saß? Und dennoch war ich froh, als ich die bunten Wände sah, die Zimmer mit den liebevoll dekorierten Betten, die gemütliche Küche mit dem großen Tisch. Das Kinderland war kein einzelnes Haus, sondern ein kleines Dorf, in jedem Häuschen lebten zehn Kinder mit ihren Familienmüttern wie eine Familie. Und alle schienen so glücklich, wie man unter diesen Umständen sein konnte.

»Es ist mir einfach wichtig, zu sehen, wie das Leben hier ist.« Leon ging jetzt neben der Leiterin her und sah sich um. »Wo wir etwas verändern können. Ich will nicht nur meinen Namen geben. Ich möchte wirklich etwas mitbewegen.«

Während der darauffolgenden begeisterten Rede, welche Ideen es zur Verbesserung gab und was man alles brauchte und erhoffte, unterhielt ich mich ein wenig mit Dalia. Sie war ein cleveres Kind und ziemlich witzig.

Schließlich begann das Produktionsteam, die Kameras abzubauen. »Der Wagen ist bereit und bringt euch jetzt wieder zum Flughafen.«

»Jetzt?« Leon drehte sich zum Aufnahmeleiter um. »Ich

habe den Kindern versprochen, dass wir noch eine Runde kicken.«

»Ist das schlau? Wenn du dir jetzt eine Verletzung zuziehst …« Gott, ich hörte mich an wie Maxim und verlegen brach ich ab.

»Das sind Kinder, Jools, keine neunzig Kilo schweren Verteidiger. Es geht nur darum, ein wenig zu spielen. Komm schon, Jools. Hast du schon einmal Fußball gespielt?«

»Ich?«

»Klar, du. Ich wette, du triffst den Ball nicht.« Er zwinkerte dem kleinen Kerl zu, der aufgeregt mit dem Ball in der Hand wartete.

»Ich treff den Ball nicht? Na warte!« Ich sah zu Dalia. »Jetzt werden wir es denen mal zeigen, was wir können.«

Ich hatte nicht gewusst, dass Fußball spielen so viel Spaß machte. Wir rannten und kämpften um den Ball und ich schaffte es einmal, Leon den Ball abzunehmen und ein Tor zu schießen. Gut, er ließ ihn sich abnehmen, aber es war egal. Ich riss die Arme in die Höhe und jubelte. Am Ende verlor mein Team dennoch, doch auch das war egal. Wir hatten einfach Spaß gehabt, wie er vorhergesagt hatte.

»Und, wie war ich?« Ich baute mich vor ihm auf, die Beine breit, die Hände in den Hüften, und sah ihn herausfordernd an.

»Was denkt ihr? Wie war sie?«

»Ging so«, kam es von dem kleinen Fußballexperten.

»Da hörst du es. Ging so.« Leon lachte, dann zog er mich an seinen warmen Körper. Als er mich küsste, kreischten die Kinder und johlten. Und ich hätte am liebsten eingestimmt.

Kapitel 42

»Du hast ein Händchen für die richtigen Situationen.« Maxim nickte mir zufrieden zu. Ganz spontan hatte man das Fußballspiel doch noch gefilmt und auf den Fotos, die es dazu gab, strahlten wir mit den Kindern um die Wette. »Ich will das gerne mit einbauen. Ein kleiner Hinter-den-Kulissen-Bericht. Das macht das Ganze noch persönlicher, verleiht eine ganz eigene Ernsthaftigkeit und Nähe zu dem Projekt. Es war eine gute Idee, dass ihr zu zweit dahin seid.«

Dann hatte er sich darum gekümmert und heute schon waren die Bilder und Berichte online zu sehen. Er hatte recht, diese Fotos ließen das Ganze noch viel persönlicher wirken. Die Bilder, in denen Leon mit einem Kind sprach und man einen Produktionsmitarbeiter durchlaufen sah zum Beispiel. Es zeigte, dass er sich nicht nur für den perfekten Schuss mit einem Kind abgegeben hatte. Und am schönsten war das Foto, auf dem er mich lachend im Arm hielt, umgeben von der kleinen, fröhlich grinsenden Fußballmannschaft. Ich weiß nicht, woran es lag, aber dieses Bild war schöner als alle, die ich von uns beiden bisher gesehen hatte, obwohl ich anstatt eines aufregenden Kleides Jeansshorts und weiße Sneakers trug. Vielleicht lag es daran, dass wir einfach nur glücklich aussahen.

»Hast du den Bericht schon gesehen? Die Bilder sind toll. Du musst sie dir … ach du Scheiße! Wie siehst du denn aus?«

Ich war gerade heimgekommen von meinem Training im Fitnessstudio und inzwischen erkannte ich immer, ob er schon da war. Seine Angewohnheit, die Schuhe in den Flur zu schmeißen zum Beispiel. Und, natürlich, ein Shirt, das nicht weit entfernt lag.

Leon kam aus der Dusche, ganz offensichtlich, nur mit einem Handtuch bekleidet. Aber das war es nicht, was mich erschreckte. Ich hatte mich an diesen Anblick gewöhnt und ja, es gab schlimmere. Ich hatte mich auch daran gewöhnt, dass er oftmals von blauen Flecken geziert war. Das heute war allerdings etwas anderes.

»Ach du Schande. Was haben die mit dir gemacht?«

»Frag nicht.« Er zuckte zusammen, als ich meine Finger sachte auf seinen Bauch legte. »Der Verteidiger war ein Monster.«

»Aber ihr habt gewonnen.«

»Wenigstens das.« Er schielte nach unten. »Du hast den Rest noch nicht gesehen.«

»Hat er wenigstens eine Karte bekommen?«

»Gelb.«

»Gelb? Das ist doch ein Witz.«

»Ich wünschte, es wäre so. Ich bin erst mal gesperrt für das Training.« Er hob das Handtuch ein wenig und zeigte mir einen handtellergroßen, blau schillernden Fleck auf seinem Oberschenkel.«

»Scheiße. Ich seh mir das an.« Ich ging in die Knie und betastete den Rand des Mals. »Wir sollten da was drauf tun. Ich kann dir einen Umschlag machen.«

»Wenn deine Hände noch weiter da unten zugange sind, dann brauch ich was ganz anderes.« Leon sah auf mich herab und sofort ließ ich meine Hände sinken.

»Entschuldigung.«

»Nein, entschuldige dich nicht.«

»Wir sollten dennoch was drauf machen.« Geschäftig sah

ich mich um, nur um etwas zu tun. Etwas anderes, als seinen Oberschenkel zu betatschen, meine ich.

»Ich habe eine Salbe hier.« Leon zeigte vage in die Wohnung.

»Dann hol sie.« Ich fühlte mich plötzlich wie eine Mutter, deren geliebtes Kind man umgerannt hatte. Ich war gestern nicht beim Spiel gewesen, weil es erstens wieder mal ein Auswärtsspiel war und ich zweitens ein Casting in Berlin gehabt hatte, von dem ich erst heute zurückgekommen war. Ich hatte lediglich den Live-Bericht verfolgt und ein paar Pressestimmen zum Spiel gelesen. Ich hatte gehört, dass man ihn ein paar Mal übelst von den Füßen geholt hatte, aber nicht gewusst, wie er zugerichtet worden war. Wir hatten telefoniert nach dem Spiel und er hatte nichts davon gesagt, nur gescherzt, dass er heute die Eistonne bitter nötig habe.

»Oder ich hole sie, wenn du mir sagst, wo sie ist.«

»Badezimmer, glaube ich.« Er drehte sich um und noch einmal zog ich die Luft ein.

»Himmel.« Ein weiterer Fleck zog sich über seinen Rücken. »Wenn ich den in die Finger bekomme, der dir das angetan hat.«

»Alles gut?«

»Natürlich.«

Ich sah, wie er die Zähne zusammenbiss. »Es tut mir leid. Ich bin so vorsichtig, wie ich kann.«

»Ich halte das schon aus. Mach weiter.«

Noch vorsichtiger trug ich die Salbe auf seinen Rücken auf. »Und du bist dir sicher, dass nicht noch mehr passiert ist?«

»Jools, wir haben Ärzte. Natürlich bin ich mir sicher, die

haben mich durchgecheckt. Ich darf mit diesen Hämatomen nur eine Weile nicht trainieren.«

»Kannst du dich umdrehen?« Ich wusste natürlich, dass sie Ärzte hatten und dass die sich das Farbenspiel auf seinem Körper angesehen hatten. Doch es war, als könnte ich die Schmerzen selbst fühlen.

Sorgsam verrieb ich die Creme auf seiner rechten Brustseite. Wie konnte das nur mit Gelb bestraft werden? »Du musst dringend lernen, dich in so einem Fall ein wenig theatralischer fallen zu lassen. Wobei Theatralik hierbei gar nicht nötig ist. Beim nächsten Mal ziehst du einfach das blöde Trikot hoch und zeigst, was die dir angetan haben.«

»Ach, Jools.« Er lachte tatsächlich. »Das ist Berufsrisiko. Nicht dass ich darauf stehe, aber es ist eben ein Teil des Ganzen.«

»Zum Glück bist du kein Boxer. Das würde ich nicht überleben.« Ich ging wieder in die Hocke und lugte vorsichtig unter den Handtuchrand. »Kannst du den hier selbst behandeln?«

»Ich weiß nicht. Bücken ist gerade ganz schlecht.«

»Hm.« Ich betrachtete das Mal. Es war weit genug von allen kritischen Regionen entfernt. Langsam begann ich, die Salbe aufzutragen.

»Weißt du, dass das noch nie jemand für mich gemacht hat?« Er überlegte kurz. »Abgesehen von Doktor Mairet. Doch der zählt nicht. Seine Hände sind bei Weitem nicht so sanft wie deine.«

»Halt still.« Ich schob meine Hand ein wenig nach oben. Leon stöhnte leise auf.

»Tut mir leid. Ich bin gleich fertig.«

Seine Hand legte sich auf meine. »Ich wünschte, du würdest nicht aufhören.«

Das Telefon klingelte, aber niemand von uns achtete darauf. Langsam zog ich meine Hand zurück und richtete mich auf, die aufgeschraubte Salbentube immer noch in der Hand.

»Leon ...«

»Da gibt es noch so viele andere Stellen, die eine sanfte Hand brauchen könnten.« Er kam näher und ich schluckte. »Auch wenn heute kein guter Abend dafür ist, würde ich es auf einen Versuch ankommen lassen. Diese Salbe soll höchst wirkungsvoll sein, hat man mir versprochen.«

Ich konnte den Blick nicht von seinen Augen abwenden. Wieso schaffte er es, mich auf Gedanken zu bringen, die ich sonst nie hatte?

»Das ist keine gute Idee. Du brauchst Ruhe.«

Wie auf Kommando schaltete sich in diesem Moment der Anrufbeantworter ein. Richtig, das Telefon.

»Hey, Josef. Rate mal, wer das ist.«

Manu, dachte ich fassungslos. Kein Mensch auf der Welt nannte mich Josef – außer ihr. Wann hatte sie mich zum letzten Mal angerufen? Wir schrieben uns hin und wieder, aber seit ich in Paris war, hatte sich der Kontakt doch merklich abgekühlt.

»Und rate mal, wo ich bin.« Oh nein, dachte ich. Diese triumphierende Stimmlage, das kannte ich. Das verhieß nie etwas Gutes.

»Richtig. In Paris. Eben auf dem Flughafen Charles de Gaulle gelandet. Ich suche mir jetzt ein Taxi, und dann bin ich auch schon da. Und ich hoffe sehr, dass ich nicht vor verschlossenen Türen stehe, wenn ich bei euch ankomme.«

»Scheiße.« Ich starrte Leon an. »Scheiße, was mache ich denn jetzt?«

»Wer ist das? Deine Stalkerin?«

»Meine Freundin.« Wie seltsam das Wort klang.

»Hast du sie eingeladen?«

»Nicht direkt.« Ich zog die Unterlippe ein. »Ich habe vielleicht mal gesagt, dass ich mich über ihren Besuch freuen würde, weil sie immer wieder davon angefangen hat, wie gut ich es habe und wie gerne sie einmal nach Paris kommen würde ... Aber wir haben nichts ausgemacht und dieser Besuch war garantiert nicht abgesprochen. Was mache ich denn jetzt?«

Er sah auf die Uhr. »Es ist schon spät. Du kannst sie nicht wegschicken.«

»Wie kann sie das einfach so machen? Das ist deine Wohnung, ich kann doch nicht ...«

»Das ist unsere Wohnung. Offiziell sowieso, doch in der Zeit, in der wir gemeinsam hier leben, ist es natürlich auch deine. Du kannst deine Freundin einladen, wenn du das willst.«

»Aber ich will es gar nicht. Manu ist ... anstrengend. Und du brauchst Ruhe.«

»Jetzt mach dir keinen Kopf, sie wird doch nicht länger als ein paar Tage bleiben. Viel wichtiger ist ...«

»Was?«

»Das Gästezimmer.«

Erschrocken sah ich mich um. Klar, das Gästezimmer. Mein Zimmer.

»Du kümmerst dich um das Zimmer, ich um das Bad.« Er dachte wirklich an alles. Ich hatte immer noch das obere Bad in Beschlag und mein ganzer Krempel war da oben.

»Und zieh dir was an, ehe sie kommt.«

Lachend lief er die Stufen nach oben. Die Salbe schien wirklich schnell zu wirken.

Kapitel 43

Als es eine gute Stunde später an der Tür klingelte, waren wir eben fertig geworden. Ich hatte meine ganzen Sachen aus dem Gästezimmer in Leons Schlafzimmer gebracht und ohne nachzudenken verteilt. Meine Klamotten hatte ich samt Bügel einfach in seinen Schrank gehängt – Platz gab es zum Glück genug. Eine ganze Seite war frei und schien auf mich zu warten. Schubfächer, Regalfächer, Kleiderstangen.

»Wieso hast du so viel leeren Platz in deinem Schrank?«

»Weil er riesig ist. Er ist für zwei Personen gedacht.«

»Zum Glück. Nein, lass, ich mach das selbst.« Er hatte meine Unterwäscheschublade aufgezogen und interessiert den Inhalt beäugt. »Bist du mit dem Bad fertig?«

»Alles unten, und schön säuberlich aufgereiht.«

»Dann schaffen wir es.« Ich raffte den Rest zusammen und sah mich noch einmal um. Alles sah so aus, als hätten wir es extra für sie hergerichtet. Zusa, seine Putzfrau, war gestern wie jeden Freitag dagewesen und hatte wie jeden Freitag die Bettwäsche gewechselt. Manchmal hatte man eben Glück im Unglück.

Ich hatte gerade meine Kosmetiksachen gecheckt, als es klingelte. Wie auch immer er es geschafft hatte, aber meine Töpfchen und Tübchen standen ganz genau so, wie ich sie immer aufstellte.

»Ich mach auf. Bist du angezogen?«

»Ja, Ma'm.« Leon kam adrett in Jeansshorts und Shirt aus unserer Box.

»Du weißt schon, dass sie uns direkt in das Bett sehen

kann?«

»Könnte sie, es sei denn, ich lass diese Dinger runter.« Er drückte einen Knopf neben dem Lichtschalter. Völlig geräuschlos bewegte sich eine Art Rollo von der Decke.

»Hat das …« Ich drehte mich um. »Hat das jedes Zimmer?«

»Nein. Nur das hier und das Bad.« Er grinste mich frech an. Die Klingel schrillte erneut.

»Und das hast du mir nicht sagen können?«

»Ich mag die Dinger nicht. Man fühlt sich wie in einem Käfig.«

»Und ohne sie? Wie auf einer Bühne?«

Er lachte. »Nun ja, bedanke dich bei deiner Freundin, dass du das Geheimnis jetzt kennst. Wie heißt sie eigentlich?«

»Manu.« Ich hatte endlich die Tür erreicht und aktivierte die Sprechanlage. »Hallo?«

»Überraschung! Ich bin es!«

»Manu.« Ich holte Luft. »Wie schön. Ich komm runter und hole dich ab.«

»Na, ist das nicht eine erstklassige Überraschung?«

»Doch. Doch, das ist es.«

Wir saßen draußen in der milden Nacht. Die Dachterrasse war von den ganzen Lichtern, die ich in den letzten Wochen hier nach und nach aufgehängt und am Boden drapiert hatte, in ein sanftes Licht getaucht. Sogar die Kübelpflanzen hatten welche abbekommen, sehr zu Leons Erheiterung, der meinen überschäumenden Dekowahnsinn in den letzten Wochen tapfer ertragen hatte. Aber ich fand es wunderschön. Zwei dicke Kerzen auf dem Tisch ließen den Rotwein in Manus Glas fast schwarz aussehen. Überraschenderweise war ich richtig glücklich, sie hier neben uns sitzen zu haben.

»Ich dachte, wenn ich darauf warte, dass du mich einlädst, wird das nie was. Also bin ich einfach in den Flieger gehüpft und tada«, sie breitete die Arme aus. »Da bin ich. Schön habt ihr es hier.« Sie strahlte Leon an. »Erstklassige Ausstattung.«

»Uns gefällt es auch.« Er streichelte meinen Arm.

»Und ihr wollt wirklich nicht ein Glas mittrinken?« Manu leerte ihr eigenes und goss sich nach. »Nicht dass ich dann die Einzige bin, die heute Nacht Dummheiten macht.«

»Wirklich nicht.« Ich würde ganz gewiss keinen Alkohol trinken, solange sie hier war. Ich vertrug nichts und ich wollte gar nicht an die möglichen Folgen denken. Und Leon hatte verkündet, dass Alkohol bei Hämatomen nicht gut wäre. Es hatte was mit Blutverdünnung und weiteren Einblutungen zu tun, erklärte er. Manu schüttelte sich.

»Das hört sich schrecklich an. Wo hast du denn einen blauen Fleck?«

»Praktisch überall.« Ich sah ihn an. »Der ganze Kerl ist blau.«

»Oh, ein blauer Kerl. Das wollte ich schon lange einmal sehen.« Sie klatschte in die Hände.

»Glaub mir, das willst du nicht.«

»Du willst ihn nur nicht teilen, Josef.«

Ich hasste es, wenn sie mich so nannte. »Natürlich will ich das nicht.«

»So war sie schon immer.« Manu seufzte. Dann lachte sie. »Ich würde ihn auch nicht teilen an deiner Stelle.«

Eine kurze Pause trat ein.

»Was hast du denn hier vor? Wie lange bist du in der Stadt?«

»Ich dachte, bis Mittwoch. Wenn das geht.«

Ich sah kurz zu Leon, der leicht nickte. »Schön. Montag habe ich frei, aber am Dienstag muss ich zu einem Termin.«

»Ich werde schon eine Beschäftigung finden. Vielleicht kann ich dich ja begleiten und dir mal bei der Arbeit zusehen.«

Unverbindlich nickend dachte ich nach. Am Dienstag waren nur ein paar Nach-Shoots. Dem Auftraggeber hatte eine der Mädels nicht gefallen und nun mussten die Bilder, auf denen sie mit drauf war, noch einmal mit einem anderen Mädchen gemacht werden. Ich wusste, dass es nicht gerne gesehen war, wenn man Besucher mitbrachte, zumal in so einem Fall, der nicht nach Plan lief, und es schwierig war, alle Beteiligten kurzfristig noch einmal zusammenzubekommen, und der Zeitplan noch enger war als üblich.

»Oder Leon zeigt mir die schönsten Seiten der Stadt. Du hast doch so kein Training, hast du vorher gesagt?«

Nun, dann lieber schiefe Blicke, weil ich jemanden mit anschleppte. Ich kannte den Fotografen und Zena, die die Produktionsleitung hatte, recht gut. Sie würden es mir durchgehen lassen.

Ich hatte Manu das obere Bad zeigen wollen, aber sie hatte lachend abgelehnt. »Ich nehme das, was näher ist. Du kennst mich doch, ich bin von Natur aus eher bequem.«

Auch die fehlenden Wände und Türen in unserer Wohnung machten ihr nichts aus. »Ich finde es cool. So modern. Und wir sehen doch alle gleich aus, wenn wir uns ausziehen. Nun ja, du und ich zumindest.« Sie hatte mir einen Rempler verpasst. »Ich denke, dass Leon damit umgehen kann. Mir zumindest würde es nichts ausmachen, wenn ich ihn unter der Dusche überrasche.« Sie zwinkerte ihm zu, dann lachte sie. »Mensch, Josef, ich mach doch nur Spaß.«

»Klar. Aber das Bad hat einen Sichtschutz.« Ich musste ein wenig suchen, bis ich den richtigen Schalter fand.

»Na, du scheinst ihn auch nicht zu benutzen.« Manu sah misstrauisch auf die Ersatzwand, die sich lautlos absenkte.

»Nein. Wir benutzen den normalerweise nicht.« Ich lächelte, dann beugte ich mich vor und gab ihr einen Kuss auf die Wange. »Schlaf gut. Schön, dass du da bist.«

»Zappel doch nicht so rum.«

»Sorry.«

»Wenn du noch weiter wegrückst, dann fällst du raus.«

»Geht schon.« Ich zog an der Decke. Leons Bett hatte nur eine, recht groß zwar, aber nicht groß genug, wenn man es sich auf der äußersten Bettkante bequem zu machen versuchte.

»Nun komm schon her. Ich brauche meinen Schlaf, und das geht nicht, wenn du die ganze Zeit rumturnst.« Seine Stimme klang fast wie ein Befehl und ich gehorchte. Rutschte einfach weg von der Kante und hinüber zu ihm.

»Das ist deutlich besser.« Sein Arm legte sich um mich, wie er es immer tat, wenn wir gezwungen waren, ein Bett zu teilen. Wobei, es fühlte sich nicht wie ein Zwang an.

»Danke.« Ich strich kurz über seine Hand, die auf meinem Bauch lag, als gehöre sie dorthin.

»Wofür? Ich habe noch nichts gemacht.« Seine Finger begannen, um meinen Bauchnabel zu kreisen. »Aber ich könnte natürlich …«

Sofort dachte ich daran, wie wir früher am Abend vom Telefon unterbrochen worden waren. »Nein.«

»Warum nicht? Jools, vorher, da …« Er hatte es also auch nicht vergessen.

»Diese Wohnung hat keine Wände!«

»Das ist das Problem?«

»Ja.« Zumindest eines davon.

»Dann werde ich morgen welche einziehen lassen. Und bis dahin … deine Freundin hat eine Flasche meines besten Rotweins geleert. Glaub mir, die schläft wie ein Baby.«

Seine Hand hatte meinen Bauchnabel verlassen und war langsam nach unten gewandert. Unwillkürlich presste ich die Beine zusammen.

»Trotzdem nein. Nicht so.«

»Du kannst nicht ewig Nein sagen, Cocette. Und ich werde es auch nicht ewig hinnehmen.« Seine Hand stoppte und verharrte, gefährlich nahe an einer Stelle, die laut Vertrag definitiv tabu war. Er ließ sie einfach liegen und brachte mich damit fast um den Verstand. Und doch schob ich sie nicht weg.

Kapitel 44

»Leon müsste gleich hier sein.«

»Schön.« Gelassen begann Manu damit, einen Nagel zu feilen.

»Wir dachten, wir könnten dir das Viertel zeigen. Abends ist es wunderschön. Was essen gehen und so.«

»Super, ich freu mich drauf.«

»Öhm, willst du dich nicht anziehen? Ich denke, dass er wirklich jeden Augenblick kommen kann.« Ich betrachtete ihre Unterwäsche, ein raffiniertes schwarzes Ensemble. Wir hatten heute einen schönen, aber auch anstrengenden Mädelstag in der Stadt verbracht und wollten nun den Abend gemeinsam mit meinem Freund verbringen. Wir hatten uns mit Camille zu einem kleinen Imbiss getroffen, doch das war keine gute Idee gewesen. Die Stimmung war angespannt gewesen und die beiden schienen nicht besonders gut miteinander auszukommen. Das hatte mich überrascht, denn Camille war unglaublich offen und unkompliziert, aber irgendwie passte es nicht. Manu hatte darauf bestanden, endlich aufzubrechen, weil sie eine Dusche bräuchte. Ich hatte Camille umarmt und mich schuldig gefühlt, weil es so schlecht gelaufen war.

Manu war ziemlich wortkarg gewesen auf dem Heimweg. Das war schade, denn der restliche Tag war wirklich nett gewesen. Sie hatte sich Zeit im Bad gelassen, sich geweigert, die Trennwand herunterzulassen, weil sie dahinter Panik bekäme. Und nun trödelte sie auf dem Sofa herum.

»Gleich.« Sie betrachtete ihre Nägel.

»Okay. Na dann.« Ich versuchte durchzuatmen. Wie sie

hier neben mir saß, mit diesem Nichts an Wäsche, auf unserem Sofa, das war eine klassische Manu-Situation. Und egal was ich sagen würde, es würde einfach von ihr abprallen.

»Du hast Angst, dass er mich so sieht.« Sie ließ ihre Hände sinken und sah mich jetzt mit demselben seltsamen Interesse an wie eben noch ihre Nägel. Als wäre ich ein Kratzer in ihrem perfekten Lack.

»Nun …«

»Du bist eifersüchtig! Ach Gott, Josef, wie süß ist das denn?«

»Ich bin nicht … Ich finde nur, dass es sich nicht gehört.«

»Dass es sich nicht gehört.« Sie lachte, laut und lang. »Klar bist du eifersüchtig. Und weißt du, ich versteh das. Ich kann mir vorstellen, dass es nicht leicht mit ihm ist. Der lässt doch nichts anbrennen, oder? Und so wie er aussieht …«, sie wedelte mit den Händen, als müsse sie sich Luft zufächeln. »So wie der aussieht, brennt auch nichts an. Ist sicher nicht immer einfach, was?«

»Bitte? Nein. Ich meine, doch, das ist es.«

»Du bist immer noch so süß und naiv wie früher. Aber wahrscheinlich ist das die einzige Art, mit so einem heißen Kerl zusammen zu sein. Einfach die Augen zumachen.«

»Ich mache die Augen nicht zu. Muss ich gar nicht.« Ich weiß nicht, wieso ich mich derart verletzt fühlte. Ich meine, er und ich waren nicht zusammen. Allerdings wusste sie das nicht und ihre Reden taten mir weh, als wäre ich wirklich seine Freundin.

»Gerade du. Du hattest es doch noch nie mit Sex. Wie ist er? Bestimmt unglaublich gut.«

»Manu, bitte.«

»Also macht es dir immer noch keinen Spaß?« Sie sah

mich listig an.

»Doch. Und es ist … unglaublich gut. Und jetzt bitte, zieh dich an.«

Einen Moment schien sie zu überlegen. »Gut. Obwohl ich denke, dass er sich nicht beklagt hätte, wenn ich noch nicht fertig gewesen wäre.«

Leon sah mich öfter mal schräg von der Seite an. Mir war das gerade egal. Manu hatte mir die Stimmung vermiest. Ich bemühte mich, aber ich konnte nicht alle Untertöne aus der Unterhaltung heraushalten. Wieso musste sie immer so sein? Und wieso ließ ich es zu? Manu war Teil meiner Kindheit, meiner Jugend, hing ich deshalb an ihr?

Sie selbst war bestens gelaunt. Sie strahlte und war voller Bewunderung.

»Wie schön ihr es hier habt. Echt, ich beneide euch. Hier zu wohnen, das ist ein Traum. Weißt du eigentlich, dass ich so ziemlich alles dafür tun würde, auch hier zu wohnen?«

Ich nickte. Konnte ich mir schon vorstellen, dass sie so ziemlich alles unternehmen würde.

»Du hast nicht zufällig einen Mannschaftskollegen?« Sie zwinkerte Leon zu. »Genauso gut aussehend wie du? Und genauso charmant? Und auf der Suche nach einer tollen Frau?« Ihr Zeigefinger glitt in ihren leicht geöffneten Mund. Ihre roten Lippen schlossen sich einen Moment um ihn, ehe sie ihn mit einem ploppenden Geräusch wieder hervorzog und sie sich lachend auf den Mund klopfte.

»Tut mir leid. Ich fürchte, im Moment habe ich nichts im Angebot, was für dich infrage kommen könnte.« Leon lachte ebenfalls.

»Nun ja, jetzt weißt du ja, dass ich auf der Suche bin und

verfügbar.« Ein letztes Mal ließ sie ihren Finger ihre Lippen umkreisen. »Ich gebe dir gerne meine Nummer.«

»Die haben wir, danke.« Ich musste wirklich an mich halten. Wenn jemand nach unserem Beziehungsstatus, also Manus und meinem, gefragt hätte, ich hätte »kompliziert« gesagt.

Manu war nicht nur anstrengend, rief ich mir ins Gedächtnis. Sie konnte auch ganz anders sein. Als ich mir in der dritten Klasse beim Sportunterricht den Arm gebrochen hatte, war sie die ganze Zeit an meiner Seite gewesen, hatte mir unentwegt Geschichten erzählt, um mich abzulenken, bis der Notarzt da war. Als ich während des Studiums eine Phase hatte, in der ich mir unsicher war, das Richtige zu tun, hatte sie sich Abende lang die Vor- und Nachteile angehört, die der Job eines Wirtschaftsinformatikers mit sich brachte. Und als Herbert, mein Wellensittich, eines Morgens tot auf dem Boden seines Käfigs lag, war sie es gewesen, die mich getröstet hatte. Wir waren gemeinsam auf Partys gegangen, auf die wir uns alleine nicht getraut hatten. Wir waren auch gemeinsam auf den Sprungturm geklettert, weil Ralf mich herausgefordert hatte, und ich, dumm wie ich war, die Herausforderung annahm, vom Zehn-Meter-Brett zu springen. Und Manu war mit mir die endlosen Stufen hochgestiegen und mit mir nach vorne gegangen. Sie hatte mit mir in die Tiefe geblickt und gesagt: »Scheiße, ist das tief. Willst du kneifen?«

Ich hatte den Kopf geschüttelt und es versucht. Abzuspringen, meine ich. Dreimal. Dann sah ich sie an. »Ich kann das nicht.«

»Und wie du das kannst. Willst du ihm das gönnen?«

Ich schüttelte den Kopf. Nein, das wollte ich nicht.

»Eben«, sagte sie und gab mir einen herzhaften Stoß.

Ich betrat den Sprungturm nie mehr, aber das musste ich auch nicht. Alle hatten es gesehen, wie ich den legendären Zehner besiegt hatte, und das reichte ihnen. Manu sprang nach mir und ihr Sprung war viel eleganter als mein Gezappel, doch die Stilnote stand nicht zur Debatte. Ich hatte es getan, das zählte.

Nur wenn es um Männer ging, wurde es schwierig. Besonders, wenn ihr Liebesleben gerade eine Flaute durchlief. Oder wenn es nicht so lief, wie sie wollte. Oder wenn sie dachte, meines liefe besser. Wobei sie das nie dachte. Eigentlich hatte sie bisher an jedem meiner Freunde etwas auszusetzen gehabt. Und an jedem, der sich für mich interessierte. Sie fand die Schwachstellen jedes Kandidaten und sie scheute sich nicht, diese dann klar und deutlich zu benennen. Nicht wenige schafften es nicht mal in die zweite Runde, weil Manu sie vorher so gründlich auseinandergenommen hatte, dass ich sie in die Wüste schickte. Manu spielte sich gerne als Entscheiderin auf und sie schaffte es meistens, mich in die gewünschte Richtung zu beeinflussen. Als sie sich in einen Typen verliebt hatte, schwärmte sie mir so lange von seinem Kumpel vor, bis ich selbst glaubte, in ihn verliebt zu sein. Ich ließ mich zu einem Doppel-Date überreden und ich ließ mich von dem Typen sogar küssen, ganz unbequem im Kleinwagen seiner Mutter, während Manu hinten auf dem Rücksitz mit dem anderen knutschte. Ich ließ ihn aber nicht an meine Wäsche, was dann dazu führte, dass der Abend früher zu Ende war als geplant und Manu wochenlang sauer, weil sich ihr Typ nach dem von mir verschuldeten abrupten Ende des Abends nicht mehr gemeldet hatte. War ja nicht meine Schuld, doch sie tat, als läge es nur daran, dass ich nicht mit einem Kerl rummachen wollte, der den ganzen Abend über nur anzügliche Witze geklopft hatte und ernsthaft dachte, ich würde ihn im Auto ranlassen, während sein Kumpel mit meiner Freundin auf dem Rücksitz zugange war.

Auf alle Fälle war unsere Freundschaft kompliziert und wenn ich es richtig bedachte, auch nicht das, was man gemeinhin unter einer Freundschaft verstand. Auch wenn ich das nicht sicher sagen konnte, denn tatsächlich war Manu eben die einzige Freundin, die ich hatte.

Kapitel 45

Wir hatten den Abend letztendlich doch noch ganz gut hinter uns gebracht. Wir waren, wie so oft, zum Louvre geschlendert, und dem Zauber dieses Platzes in der abendlichen Beleuchtung hatte selbst Manu sich nicht entziehen können. Wir plauderten über unverfängliche Themen und Manu und ich frischten ein paar alte Erinnerungen auf, die sich meist um verunglückte Frisur- oder Modeexperimente drehten. Leon tat, als fände er diese Geschichten spannend, und schließlich waren wir glücklich und ohne neue Zwischenfälle wieder zu Hause angekommen. Ich hatte Manu überredet, mich zu meinem Job zu begleiten, und dachte müde daran, dass dann schon Mittwoch wäre und sie wieder fahren würde.

Anfangs fand Manu es spannend, bei einer echten Modeproduktion dabei zu sein. Als sich das Ganze allerdings hinzog und sie unbeachtet auf einem Stuhl ziemlich weit hinten saß, begann sie, sich zu langweilen. Ich konnte es verstehen, aber ich konnte es eben nicht ändern. Diese Strecke lief nicht, seit wir angefangen hatten, und auch heute gab es Probleme. Die falschen Accessoires waren den Kleidern zugeordnet worden und die richtigen gerade nicht auffindbar. Wir standen alle nur stumm herum und warteten, dass es weiterging. Ich trank vorsichtig einen Schluck Wasser, um den Lippenstift nicht zu ruinieren. Diese Momente waren nicht besonders toll. Man konnte sich nicht setzen, weil man das Kleid zerknittert hätte, musste aufpassen, dass die Frisur keinen Schaden nahm, das Make-up nicht von Essen oder Trinken ruiniert wurde.

Endlich war die verschwundene Kiste aufgefunden und

wir konnten beginnen. Manu saß mittlerweile mit ziemlich missmutiger Miene herum und bemühte sich erst gar nicht, ihre Stimmung zu verbergen. Ich wäre gerne zu ihr hingegangen, doch dazu war keine Zeit. Aber ich bat einen der Praktikanten, einen süßen Kerl, der noch nicht lange von der Schule sein konnte, ob er vielleicht Zeit hatte, mit ihr einen kleinen Rundgang zu machen. Er willigte ein und ich sah, wie ihr Gesicht aufleuchtete. Kurz darauf war ihr Stuhl leer und ich konnte mich endlich ganz auf meinen Job konzentrieren.

Als wir schließlich fertig waren, waren wir genau das: fertig. Zack, der Fotograf, nickte endlich zufrieden die Bilder ab und ich wagte einen Blick auf die Uhr. Ich hatte gewusst, dass wir das angepeilte Zeitlimit überschritten hatten, aber es war dennoch später, als ich gedacht hatte. Schuldbewusst sah ich mich nach Manu und dem Praktikanten um.

Der Junge stand ganz in der Nähe und war damit beschäftigt, Ketten einzupacken und Schuhe einzusammeln. Rasch trat ich zu ihm.

»Hi.«

»Hi.«

»Wo ist denn Manu?« Ich sah mich um.

»Oh. Die ist vorhin gegangen. Ging ihr zu lange. Sagte, sie fahre schon mal nach Hause.«

»Sie ist alleine gegangen? Ohne was zu sagen?«

»Jepp. Habe ihr erklärt, welche Metrolinie sie benutzen muss.«

»Wann? Wann ist sie gegangen?«

»Vorher. Weiß nicht mehr.« Er zuckte die Achseln und sah sich um. »Muss mich beeilen. Hab noch was vor.«

»Okay. Danke.« Ein ganz schlechtes Gefühl überkam

mich. Manu war zurückgefahren. Alleine. Und Leon war in der Wohnung. Hastig zog ich mich um und verabschiedete mich.

Den ganzen Weg über versuchte ich, ruhig zu bleiben. Es war ihr zu lange geworden, das verstand ich. Ich wäre auch zu gerne abgehauen, aber das war nicht möglich. Sie hatte die Produktion nicht stören wollen. Und dann war sie zu meinem Freund gefahren. Alles kein Grund für dieses Gefühl, das meinen Magen schmerzen ließ.

Ich öffnete die Wohnungstür leise. Den ganzen Weg nach oben hatte ich mir vorgenommen, sie normal zu öffnen, an der Tür schon ein Hallo zu rufen, wie ich das normalerweise tat. Und dennoch schlich ich mich fast hinein.

»Weißt du«, hörte ich ihre Stimme. »Ich verstehe nicht, was du an Josef findest. Was will ein Mann wie du von einer Frau wie ihr?«

Langsam schob ich mich das kurze Stück nach vorne, bis ich am Ende der Wand war.

»Wieso?«

»Sie ist so ... wie soll ich sagen? Spießig? Freudlos?«

»Was versuchst du mir hier zu sagen? Wenn ich nicht wüsste, dass ihr Freundinnen seid ...« Er ließ den Satz ausklingen, nachdenklich, viel zu nachdenklich für meinen Geschmack.

Ich wagte einen Blick. Manu war angezogen, immerhin, auch wenn sie nur ein kurzes Kleid trug, dessen Spaghettiträger ständig von der Schulter rutschten. Sie stand selbstbewusst da, nur wenige Zentimeter von ihm entfernt, und sah ihn mit dem typischen Manu-Blick an, unschuldig und doch so eindeutig. Am liebsten wäre ich einfach in die Szene geplatzt, hätte ihr den verdammten Träger an den Ohren festgemacht und klargestellt, dass das mein Kerl war, den sie da anbaggerte. Aber ich tat es nicht, lauschte weiter ihrem Gespräch, hoffte, nicht das zu hören, was ich nicht hören wollte.

»Natürlich sind wir das.« Manu lachte kurz. »Aber …«

»Auf mich wirkt sie weder spießig noch freudlos. Vielleicht kennst du sie nicht wirklich?«

»Vielleicht. Vielleicht ist sie mir aber auch gerade egal. Du weißt, wen ich im Moment gerne besser kennenlernen würde. Erzähl mir nicht, dass ein Mann wie du auf Dauer damit zufrieden ist, was sie anbietet. Und sie müsste es ja nie erfahren. Es wäre nur eine weitere Sache, die sie nie erfahren müsste.«

Einen Moment war es still und ich drückte mich an die Wand und schloss die Augen. Ich hörte das Locken in ihrer Stimme und plötzlich hörte ich in Gedanken wieder seine Worte. »Ich bin ein Mann, Jools. Ich bin kein Mönch.«

»Es gibt keine Sachen, die sie nicht erfahren muss.« Leons Stimme klang rauer als gewöhnlich. »Und es wird auch keine geben.«

Ich spürte, wie meine Beine nachgaben. Ich schob mich zurück zur Tür, die angelehnt war, und hinaus ins Treppenhaus. Dort erst wagte ich, richtig durchzuatmen. Ich hatte es gewusst. Ich hatte gewusst, dass Manu sich einen Dreck darum scheren würde, dass er mein Freund war. Und ich war unendlich dankbar, dass Leon nicht auf ihre Avancen eingegangen war.

Zwei Minuten später öffnete ich die Tür wieder, ließ den Schlüssel klappernd zu Boden fallen und rief: »Hallo? Jemand zu Hause? Ich bin wieder da!«

Manu war der Situation gewachsen, wie ich wenig überrascht

feststellte.

»Ich bin einfach verschwunden, sei mir bitte nicht böse. So spannend, wie ich dachte, ist dein Job tatsächlich nicht.«

»Nein, das ist er nicht.« Ich sah mich nach Leon um.

»Er ist draußen.« Manu zeigte lässig Richtung Terrasse.

»Danke.« Langsam ging ich hinüber zur offenen Tür. Leon stand am Geländer, die Hände aufgestützt. »Hallo.«

Er fuhr herum. »Jools. Du bist schon da.« Normalerweise würde er jetzt schnell auf mich zukommen und mich in den Arm nehmen, dachte ich. Aber heute sah er mich nur nachdenklich an, so als sähe er mich zum ersten Mal.

»Schon? Tut mir leid, es hat ewig gedauert.« Ich ging ein paar zaghafte Schritte auf ihn zu. Urplötzlich war da diese altbekannte Angst, dass sie es doch irgendwie geschafft hatte, etwas zu zerstören, das mir so wichtig war. »Kannst du mich bitte einmal festhalten? Ich habe dich vermisst.« Ich war selbst überrascht, das von mir zu hören. Und vom Klang meiner Stimme, der diesem Satz ein ganz neues Gewicht gab.

Er antwortete nicht, aber ich sah die Überraschung in seinen Augen. Dann endlich schlossen sich seine Arme um mich und er küsste mich. Ein Kuss, der Antwort genug war, denn er sprach von viel mehr als Vermissen. Oder schlechtem Gewissen, weil hier etwas gelaufen war, das ich besser nicht wissen sollte.

»Ich wünschte, wir wären alleine«, zischte er. »Ich wünschte ...«

»Ich weiß, ich bin gerade der Fisch, der anfängt zu stinken.« Manu hatte keine Skrupel, jetzt in die Szene zu platzen.

»Was?«

»Nun, man sagt doch, dass Gäste wie Fisch sind und so ... Am dritten Tag fangen sie an zu stinken? Kennt ihr nicht?«

»Doch.« Ich legte den Kopf schief und sah sie an. Was sollte ich tun? Eigentlich war ich immer dafür, Dinge anzusprechen, aber jetzt konnte ich nicht. Weil so viel mehr daran hing als ihr Verhalten.

»Also, da das vermutlich der letzte Abend ist …« Sie klimperte ein wenig mit den Augen.

»Das ist er. Morgen Mittag fliege ich für zwei Tage nach Ibiza. Ein Shooting.« Ich reckte das Kinn stolz in die Luft. »Du siehst, selbst wenn ich wollte, du kannst nicht länger bleiben.« Ich gab dem »wollte« ein ganz klein wenig mehr Nachdruck als üblich.

»Schon klar. Es ist ja auch toll, dass ich hier wohnen durfte. Und vielleicht kann ich euch als Gegenleistung heute Abend zum Essen einladen? So als Dankeschön?«

Als Dankeschön, dass du dich an meinen Freund rangeschmissen und mich bei ihm gleich noch schlechtgemacht hast? Na, vielen Dank aber auch.

Sie sah mich so unschuldig an, dass ich schließlich, wie immer, einfach nickte. Wir mussten den Abend irgendwie hinter uns bringen und unter Menschen wäre es definitiv einfacher. »Nun gut.«

»Schön. Dann ziehe ich mich mal um.« Sie zupfte am Ausschnitt ihres Kleides herum, der viel zu viel preisgab und verschwand hüftschwingend. Sogar ich musste zugeben, wie gut sie darin aussah. Ich sollte wirklich dankbar sein, dass Leon so souverän reagiert hatte auf ihr Angebot.

»Deine Freundin ist …« Leon sah nachdenklich auf mich herab.

Sag es nicht, dachte ich. Egal was er jetzt sagen würde, es wären die falschen Worte. Und sie würden wehtun.

»Deine Freundin ist ziemlich speziell«, führte er den Satz zu Ende.

»Speziell?« Okay, damit hatte ich nicht gerechnet.

»Ach, egal. Sie ist ganz anders als du.«

»Da hast du recht.«

»Schade.« Er holte tief Luft und sah mich an. »Schade, dass du morgen schon wieder zu einem Job fliegst. Wir haben keine Zeit mehr für uns.«

Kapitel 46

Schade, das war es allerdings. Denn ausnahmsweise hätte ich den Job lieber abgesagt. Aber die Agentur hatte darauf gedrungen, dass ich ihn annahm, und es gab keinen Grund, es nicht zu tun und damit meine Verpflichtungen nicht zu erfüllen. Nur dass ich dort leider wieder auf Milo Fisher treffen würde. Und dazu hatte ich absolut keine Lust, nachdem ich seine Einladung, mich für seinen Bildband ablichten zu lassen, abgelehnt hatte. Ich hatte das Gefühl, dass er nicht besonders professionell mit so etwas umgehen konnte. Und ich hatte das Gefühl, dass es gut war, in diesem Fall auf meinen Bauch gehört zu haben. Irgendetwas an diesem Mann brachte bei mir alle Alarmglocken zum Läuten. Vielleicht tat ich ihm unrecht. Vielleicht sollte ich mir Manu als Beispiel nehmen. Die war super entspannt und tat, als wären wir nach wie vor die besten Freundinnen.

»Ich beneide dich echt. Du hast es geschafft. Toller Job, toller Freund, tolles Leben.« Sie legte den Arm um mich. »Und weißt du was? Du hast es verdient.«

»Danke.«

»Alle daheim sind voll beeindruckt. Weißt du was? Wir müssen unbedingt noch ein Bild machen.« Sie holte das Handy heraus und zog mich vor eine der schönen alten Straßenlampen. »Und lächeln!«

Ich lächelte gehorsam und lächelte noch immer, als sie mir einen Kuss auf die Wange drückte.

»Jetzt du auch«, winkte sie Leon heran.

»Nein, lass, er posiert nicht gerne für Fotos.«

»Ach was. Eine kleine Erinnerung. Damit man mir das

glaubt, dass ich ihn kenne. Dass ich euch beide kenne, ihr seid jetzt ja beide irgendwie berühmt. Und dazwischen die unbekannte Manu.«

Leon schien zu überlegen. Dann trat er zu uns, aber nicht, wie sie es gehofft hatte, an ihre andere Seite. Er trat neben mich und ich glaube, in dem Augenblick, als er sich zu mir beugte und meine Wange küsste, strahlte ich wirklich. Tja, was leider hieß, dass Manu das Bild vermutlich löschen würde. Der Gedanke kam ganz plötzlich, doch das heißt nicht, dass er neu war. Ich schob ihn nur zum ersten Mal nicht schnell genug beiseite.

Nach drei Bildern hatte Leon genug und beendete das Spektakel, immer noch, ohne ihr zu einem Bild verholfen zu haben, wie es ihr ganz offensichtlich vorgeschwebt hatte. Sie packte das Handy deutlich weniger gut gelaunt ein, als ich mich gerade fühlte. Seine Hand, die nach meiner griff, seine blitzenden Augen, die sich auf mein Gesicht hefteten und uns zu Komplizen machten, halfen mir, dass der Abend doch nicht so schlimm war, wie er eigentlich war.

Ich war noch nie so ungern zu einem Job aufgebrochen wie heute. Manu und ich würden zusammen zum Flughafen fahren, ihr Flieger ging nur vierzig Minuten nach meinem.

»Versprich mir, dass du sie nicht reinlässt, wenn sie wieder zurückkommt.«

»Versprochen. Aber dich lass ich rein.« Sein Kuss war lange und ich wünschte, dass er nicht nur wegen Manu so war, wie er war. Wenn ihr Besuch etwas Gutes gehabt hatte, dann dass Leon und ich uns irgendwie noch näher gekommen waren. In dieser Wohnung so zu tun, als wären wir zusammen, in einem Bett zu liegen, das war eine ganz neue Art der Intimität gewesen. Ich hatte gedacht, dass es uns schaden würde, aber nun merkte ich, dass ich es im Gegenteil vermisste, jetzt schon.

»Danke, dass ich hier wohnen durfte.« Manu fand jetzt doch noch eine Gelegenheit, sich an meinen Freund zu schmiegen, und drückte ihm einen Abschiedskuss auf die Wange. Ich sah ihr zu und überlegte, ob es die Mühe wert war, sie darauf anzusprechen. Ich entschied mich dagegen. Ich sparte mir meine Kräfte lieber für Ibiza auf.

»Du hast zugenommen.« Milo war wie erwartet in richtig schlechter Stimmung. Ich verkniff es mir, ihn darauf hinzuweisen, dass ich seit unserem letzten Treffen deutlich an Gewicht verloren hatte. Es ging nicht darum.

»Maske! Kann irgendwer was mit ihrem Mund anstellen, damit wir ein wenig mehr Sexappeal bekommen?«

So ging es, seit ich aufgetaucht war. Ich sah, wie sich die Setmitglieder Blicke zuwarfen, aber niemand wagte, etwas zu sagen. Ich auch nicht. Allerdings hatte ich auch nicht vor, hier in Tränen auszubrechen, wie es anscheinend geplant war. Ich schluckte und sah herausfordernd in die Kamera. Das würde ein langer Tag werden, aber ich würde es überleben.

»Du hast dich wacker geschlagen heute.« Milo hob den Blick vom großen Monitor und sah mich an.

»Danke.«

»Manchmal muss man das machen. Wenn der andere dann anfängt zu heulen und einbricht, dann ist er der Sache nicht gewachsen.« Er lehnte sich lässig an den Tisch. »Wenn er aber stark genug ist, dann steckt er das weg. Und dann bekommt er diesen besonderen Gesichtsausdruck, diesen Leckmich-am-Arsch-Ausdruck. Und die Bilder, die dann entstehen, sind etwas Besonderes.«

Ich sagte nichts. Oh ja, ich hatte diese Empfindung ebenfalls gehabt, ganz exakt diese. Und noch andere, die ich allerdings tunlichst für mich behalten würde.

»Du bist stark. Dein Blick war stark.«

Wieder sagte ich nichts. Ich wünschte, ich könnte einfach gehen und er würde seine Arsch-Methoden einem anderen erläutern.

»Ich glaube, du bist eine von denen, die keinem zeigt, was hinter diesem schönen Gesicht los ist.« Nun kam er einen Schritt näher und seine Finger legten sich unter mein Kinn. Ich hob den Kopf ein wenig höher und drückte den Rücken durch. Oh nein, er würde mich auch jetzt nicht kleinbekommen.

»Du bist immer so cool, immer so professionell. Eiskalt, was? Ich wette, dass du in Wirklichkeit ein ganz scharfes Luder bist. Ein Tier, wenn du dich gehen lässt.«

Jetzt trat ich doch einen Schritt zurück.

»Zeig es mir. Zeig mir, was du sonst versteckst.« Seine andere Hand strich meinen Arm hinauf. »Ich stehe auf kleine Kratzbürsten, die keine Angst haben.«

»Nein.« Ich hätte gewünscht, es wäre lauter gewesen, und holte Luft. »Nein. Und ich möchte dieses Gespräch jetzt beenden.«

Er lachte und ein paar verstreute Mitarbeiter sahen neugierig herüber.

»Du bist doch nicht dumm. Du weißt, was du zu tun hast. Und du weißt, wo du mich findest.«

Ich drehte mich um und ging. Mir war schlecht und ich hatte das dringende Bedürfnis zu duschen.

Ich schlief die ganze Nacht kaum mehr als drei Stunden. Obwohl es eine warme Nacht war, verriegelte ich nicht nur die Zimmertür, sondern darüber hinaus noch die Balkontür und zog die Vorhänge zu. Ich fühlte mich beschmutzt und schuldig, weil ich nichts gesagt hatte.

»Alles in Ordnung?«, hatte einer der Beleuchter gefragt, als ich an ihm vorbeigegangen war. Ich hatte nur knapp genickt und weiter meinen Arm gekratzt, der plötzlich wie verrückt juckte. Milos Augen, die mich taxiert hatten, schienen aus dem Dunkeln zu starren. Leon hatte kurz angerufen und gefragt, wie es liefe, und ihm hatte ich ebenfalls nichts gesagt. Was hätte es auch gebracht? Ich musste morgen noch ein paar Stunden überstehen und dann hatte ich es hinter mir. Und egal was die Agentur sagte, ich würde keinen Job mehr annehmen, für den man ihn als Fotograf gebucht hatte.

Der Morgen war noch schlimmer als der vergangene Tag. Auch wenn ich wusste, warum er es tat, verletzten mich seine Worte. Und die Tatsache, dass niemand einschritt. Sie bekamen es alle mit, aber keiner kam mir zu Hilfe.

»Du solltest dich mit ihm nicht anlegen. Manchmal ist es besser, die Zähne zusammenzubeißen und einfach zu machen, was er will«, riet mir eine junge Frau, die für die Requisiten verantwortlich war. Sie sah mir nicht in die Augen dabei.

Natürlich dauerte es länger als geplant, bis wir endlich fertig waren. Ich stand ewig unter einer eiskalten Dusche, weil das Licht angeblich nicht gut war, und dann noch einmal so lange vor der Windmaschine, bis mir die Augen tränten und er genervt die Kamera sinken ließ. Er ließ es mich spüren, dass ich nicht willig gewesen war, und scheute sich nicht, mir vor dem ganzen Team die Schuld zuzuschieben. Als ich endlich auscheckte und die Dame an der Rezeption bat, meinen Flug umzubuchen, weil die ursprünglich geplante Maschine schon auf halbem Weg nach Frankreich war, fühlte ich mich zehn Jahre älter und unendlich müde.

Kapitel 47

Weil der Tag nicht schon schlimm genug war, wartete eine Nachricht auf meiner Sprachbox, als ich endlich wieder in Paris gelandet war. Leon teilte mit, dass er heute Abend bei Maxim wäre. Ich solle nicht warten, er vermute eine lange Nacht.

»Dich lass ich wieder herein«, hatte er gesagt, und ich hatte mich daran festgehalten. Weniger an den Worten denn am Tonfall. Ich hatte gedacht, dass wir heute Abend ... Ach, was weiß ich. Nun jedoch würde mich eine leere Wohnung erwarten.

Ich wollte nicht in einem Bett schlafen, das nach Manu roch. Und da ich auch zu erledigt war, um es neu zu beziehen, legte ich mich in Leons Bett. Ich wusste selbst, dass ich mir was vormachte. Ich wollte einfach nicht alleine sein. Ich wollte, dass er mich an sich zog und festhielt. In seinen Armen fühlte ich mich sicher. Ich wollte, dass er mir ins Ohr flüsterte, dass er und ich allem trotzen konnten. Und ich wollte, dass er mir noch ganz andere Dinge sagte. Noch nie hatte ich mich so nach einem Mann gesehnt wie nach ihm. So sehr, dass ich es spüren konnte, dass meine Haut wehtat, bis er sie berührte und den Schmerz auslöschte. Ich hatte mir noch nie so sehr gewünscht, dass ein Mann mich küsste, bis ich dieses Kribbeln spürte.

Die Zeiger der Uhr krochen unaufhörlich weiter und die Wohnung blieb leer. Ich griff nach dem Handy und wählte seine Nummer.

»Ich bin wieder da.«

»Jools.« Er sprach laut. »Wie schön. Du hast meine

Nachricht bekommen? Es tut mir leid, gerade heute, aber es geht nicht anders.«

Im Hintergrund hörte ich eine Frau lachen.

»Wo seid ihr denn?«

»In Maxims Hotel. Wir haben ein Meeting.« Kurze Pause. »Jetzt ist es besser. Ich musste nur eben aus dem Raum.«

»Ich dachte, nur du und er.«

»Nein. Wir haben eine Besprechung, das sagte ich doch.«

»Okay.«

»Hör zu, Jools, ich beeile mich. Ich muss Schluss machen, die warten auf mich.«

»Klar. Geh zurück.«

»Wirst du auf mich warten?«

»Mal sehen. Ich hatte einen harten Tag.«

»Bis nachher. Ich beeile mich.«

»Das wäre schön.«

Ich legte auf und starrte an die Decke. Das Kratzen im Hals wuchs sich zu einem Kloß aus, der schmerzhaft war. Das fehlte noch, dass ich mir in dem kalten Wasser und dem Windkanal eine Erkältung zugezogen hatte. Ich stand wieder auf und ging ins Badezimmer. Im Schrank über dem Waschbecken hatte ich Aspirin gesehen. Ich würde mir vorsorglich eine Tablette einwerfen.

Als ich die Tür öffnete, war das Aspirin dort, wo ich es neulich entdeckt hatte. Daneben stand eine Packung Kondome. Die war ganz sicher nicht hier gewesen, als ich letztes Mal in diesen Schrank gesehen hatte. Und sie war geöffnet, hastig aufgerissen, der Verschluss fasste deswegen nicht mehr richtig. Ich nahm sie heraus und schüttete sie langsam aus. Von den zehn Blisterpackungen, die die Vorderseite versprach, waren nur sieben Stück drin. Langsam steckte ich sie zurück, eines nach dem anderen.

Es gab jede Menge Erklärungen. Die Packung konnte uralt sein und Leon hatte sie auf der Suche nach etwas einfach weiter nach vorne geschoben. Er konnte sie aus einer anderen Schublade hierher verlagert haben.

Sie konnte aber auch neu sein. Und Leon hatte, ehe er sie hier abstellte, drei Stück herausgenommen. Und eingesteckt. Für den heutigen Abend?

»Ich kümmere mich um seine Bedürfnisse. Um alle Bedürfnisse«, hatte Maxim einmal gesagt. Wie weit ging dieses Kümmern? Diese regelmäßigen Treffen, zu denen Leon ging und von denen er meist zufrieden heimkehrte, waren das solche Treffen? Diskret arrangiert von seinem Manager, weil der die Wünsche seines Kunden kannte und erfüllte. »Ich bin kein Mönch, Jools«, hatte Leon mehrfach gesagt. »Ich bin ein gesunder Mann und ich habe Bedürfnisse.«

Bis vor Kurzem hätte ich gesagt, dass er sie halt befriedigen solle, diese Bedürfnisse. So lange er diskret vorging, war es seine Sache. Der Deal war nur, dass nichts davon öffentlich bekannt werden durfte. Maxim hatte mich damals extra darauf hingewiesen. Ich hatte gedacht, er meinte mich, aber natürlich ging es um Leon. Ich hatte keine Rechte an ihm. Und kein Recht, ihm das vorzuwerfen. Er und ich waren Vertragspartner, und das war es.

Und doch fühlte ich mich plötzlich wie eine betrogene Ehefrau. Ich hatte angefangen, ihn zu mögen, ihm zu vertrauen. Ich hatte angefangen, ihn zu lieben, das war es. Ich hatte zugelassen, dass ich mich nicht nur in ihn verliebte, sondern liebte. Und nun wusste ich nicht, was ich mit diesen Gefühlen machen sollte.

Ich war noch wach, als er nach Hause kam. Und zu meiner Schande lag ich noch in seinem Bett. Ich hatte einfach nicht die Kraft gefunden, in das andere zu wechseln. Nein, ich wollte einfach noch eine Nacht bei ihm sein. Ich wollte ihn, so erschreckend das war. Wann hatte ich zum letzten Mal so etwas empfunden? Noch nie, um ehrlich zu sein. Noch nie hatte ich mich auf diese Weise nach einem Mann verzehrt, wie ich es jetzt tat.

Als er zu mir unter die Decke schlüpfte, überlegte ich, ob ich mich schlafend stellen sollte.

»Hallo. Was für eine schöne Überraschung. Ich hatte nicht gehofft, dich hier zu finden.«

»Mein Bett riecht nach Manus Parfüm.«

Er lachte. »Na, das ist natürlich ein Grund.« Dann wurde seine Stimme leiser – und gefährlicher. »Du weißt, dass ich dich heute Nacht haben will.«

»Du hast mich doch.«

»Wir haben lange genug gespielt, Jools. Ich habe deine Wünsche immer respektiert und auch deine Regeln. Ich habe mich an die Vereinbarungen gehalten, solange sie gültig waren. Heute Nacht jedoch bist du freiwillig in mein Bett gekommen. Du weißt, was das heißt.«

Nein, ich hatte nicht gewusst, was es hieß. Ich dachte, dass ich es wüsste, aber ich war so naiv gewesen. Nichts war auch nur annähernd, wie ich es kannte. Es fing schon bei mir selbst an. Das war nicht mehr ich. Das war nicht mehr die selbstbewusste Frau, die es ehrlich meinte, wenn sie sagte, dass sie sich nichts aus alldem machte. Das war auch nicht mehr die Frau, die sich geschworen hatte, nichts mit ihm anzufangen, nicht eine seiner vielen Eroberungen zu werden. Und ich wusste auch, dass ich mir selbst etwas vorgemacht hatte, als ich immer wieder sagte, dass er und ich einfach nur Freunde sein könnten. Freunden neidet man es nicht, wenn sie eine kleine Liebschaft haben. Freunde will man nicht so dicht spüren, dass man den Herzschlag des anderen hört. Als er seine Hände nach mir ausstreckte, hielt ich ihn nicht auf. Und nach der ersten Berührung war es zu spät.

Ich dachte nicht darüber nach, ob ich für morgen noch ein Shirt bügeln musste, wie ich das sonst so oft in dieser Situation gemacht hatte. Ich dachte auch nicht mehr darüber nach, ob er vor Kurzem erst bei einer anderen Frau gewesen war. Leon ließ einfach keinen Raum für solche Gedanken. Ich hatte ihn oft auf dem Platz gesehen, wie er voller Selbstbewusstsein das Spiel machte. Er hatte keine Angst und er nahm sich den Ball, wenn er ihn wollte. Er spielte seine Gegner aus und er ließ sich nicht stoppen. Jetzt wusste ich, wie sie sich fühlen mussten. Ich war der Ball, den er wollte. Und ich war der Gegner, mit dem er spielte. Genüsslich spielte. Er ließ sich Zeit, viel Zeit, im sicheren Wissen, dass er am Ende gewinnen würde. Seine Finger machten Dinge, die sonst nur meine machten, und er trieb mich über den Platz, immer schneller, bis ich keuchend zusammenbrach. Erst da, genau im richtigen Moment, stieg er aktiv ins Spiel ein. Ein schnelles, hartes Spiel, von dem ich gedacht hatte, dass ich es nicht mögen würde. Keine geflüsterten Liebesschwüre, sondern kurze, knappe Ansagen des Kapitäns an die Mannschaft. Er wusste, wie er den Angriff aufbauen musste, und meine Verteidigung fiel in sich zusammen. Ich gehorchte unwillkürlich seinen

Wünschen, weil ich spürte, dass ich ihm vertrauen musste. Und ich ließ mich vollkommen fallen. Es war, als hätte ich eine andere Welt betreten, in der ich endlich nicht alles kontrollieren musste. Er nahm mir die Kontrolle und zum ersten Mal wehrte ich mich nicht. Noch nie hatte mich ein Mann so bestimmt und gleichzeitig so voller Achtung behandelt. Und noch nie war ich gleich zweimal gekommen und hatte mich dabei schon nach der Verlängerung gesehnt.

Kapitel 48

»Jools.«

»Hm.«

»Jools. Ich muss los.«

»Wie spät …?«

»Gleich neun. Ich versuche dich schon eine ganze Weile wach zu bekommen.« Leon hörte damit auf, über meinen Rücken zu streicheln, und grinste frech, als ich endlich die Augen aufgeschlagen hatte. »Du bist anscheinend außer Form.«

Zum ersten Mal im Leben hatte ich das Gefühl, rot zu werden. »Vielleicht.« Ich blinzelte kurz. Die ganze Zeit hatte ich mich darüber aufgeregt, dass Leon ständig halb nackt durch die Wohnung spazierte, und heute, wo ich gehofft hatte, dass … Nun, heute Morgen war er ganz zivilisiert bekleidet, was mich etwas verwirrte.

»Auch wenn ich nur zu gerne direkt ins Training einsteigen würde …« Seine Hände umfassten mein Gesicht und er küsste mich. Nicht wie vergangene Nacht, sanfter und ein wenig distanzierter. »Ich muss gehen. Ein anderes Training wartet auf mich.«

»Oh.« Mit einem Mal saß ich aufrecht im Bett. »Leon …«

»Wir reden heute Abend.« War er letzte Nacht ausschließlich auf mich fokussiert gewesen, so waren seine Gedanken nun ausschließlich auf seinen Tagesplan gerichtet. »Es gibt da ein paar Dinge, die ich dir sagen will.«

»Gute Dinge?«

Er lachte. Dann warf er mir mein Handy zu, das ich gestern Abend mit ins Bett genommen hatte und das im Laufe der Nacht daneben auf dem Boden gelandet war. Es vibrierte mit einem leisen Brummen.

»Du solltest drangehen. Das geht schon den ganzen Morgen so.«

»Das kann warten. Leon, was willst du mir sagen?«

»Geh ran, Jools. Bis später.«

Ich ließ das Handy brummen und mich noch einmal in die Kissen sinken. Ich hatte letztendlich geschlafen wie ein Stein. Ich weiß nicht, wann ich zuletzt so gut geschlafen hatte und vor allem so erholt aufgewacht war. Und was ich alles probiert hatte, eben um besser zu schlafen. Vergesst Yoga, wenn ihr das hier haben könnt. Okay, ich hatte von der Nacht zuvor ein gewaltiges Schlafdefizit und der Tag war auch ohne Leon anstrengend gewesen, aber dass ich in diesen tiefen, erholsamen Schlaf gefallen war, durfte er sich auf die Fahnen schreiben, da war ich mir sicher. Schade nur, dass er mich nicht eher geweckt hatte. Ich hätte den Tag gerne in seinen Armen begonnen. Ich hätte mich vielleicht sogar zu einer kleinen Trainingseinheit überreden lassen. Ich grinste, als ich merkte, was ich da dachte. Ich. Trainingseinheit.

Das Handy brummte schon wieder los und ich sah auf das Display. Die Agentur.

»Hallo.«

»Josephine.« Die Stimme klang ein wenig reserviert.

»Ja.«

»Sandrine hier.«

Oha. »Hallo.«

»Josephine, ich hatte einen Anruf.«

Kein schöner, fürchtete ich.

»Milo Fisher.«

Mist. »Und?«

»Er hat sich beschwert. Du warst schwerfällig und unkonzentriert.«

»Sandrine …«

»Milo Fisher ist ein Star unter den Fotografen.«

»Er ist der Arsch unter den Fotografen, sorry.« So langsam dämmerte mir, was hier passierte. Was für eine Frechheit der Mann besaß. Mich bei meiner Agentin anzuschwärzen, das war schon ein dreistes Meisterstück.

»Er ist schwierig.« Sie machte eine kleine Pause. »Aber damit musst du umgehen können.«

»Ich habe kein Problem mit schwierigen Menschen.« Ich sprang aus dem Bett. So ein Gespräch konnte man nicht im Sitzen führen. Dazu brauchte man Raum, Bewegung. »Ich habe ein Problem mit sexistischen Männern, die versuchen, ihre Position auszunutzen.«

Wieder eine Pause. »Hat er dich … Gab es einen Übergriff?«

»Was?«

»Hat er dich angefasst oder dich gedrängt …?«

»Ja. Nein. Er hat …«

»Josephine.« Sie seufzte leise. »Er hat dir ein paar Sprüche um die Ohren gehauen, ist es das?«

»Sprüche? Er hat mir zu verstehen gegeben, dass er ein gewisses Entgegenkommen erwartet. Er hat …«

»Wie lange bist du jetzt schon dabei?«

»Was? Wieso ….?«

»Ich verstehe dich.« Sie sprach jetzt langsam und wie mit einem weinenden Kind. »Solche Sprüche, die sind ekelhaft. Aber solange er seine Hände bei sich behält …«

»Solange ist das in Ordnung?«

»Solange wirst du damit leben müssen.« Jetzt wurde die Stimme wieder geschäftiger. »Er hat dich für einen anderen Job gebucht. Und ich will, dass der ohne Klagen über die Bühne geht. Reiß dich also zusammen.«

»Er hat mich gebucht? Sandrine, wieso soll er mich buchen, wenn ich so schlechte Arbeit abliefere?«

»Der Kunde will dich drin haben.« Ihre Stimme klang ganz leicht verunsichert.

»Nein.« Ich lachte und ich klang ein wenig wie die Alte, die immer auf dem Vorplatz von Notre-Dame saß und mit sich selbst redete und dann in ein irres Lachen ausbrach, bei dem die Touristen regelmäßig erschrocken zur Seite sprangen. »Nein, er will was drin haben.«

»Josephine!«

»Nein. Ich werde das nicht machen.«

»Ich habe zugesagt.« Sie klang ein wenig unsicher.

»Du hast was? Du kannst doch nicht einfach zusagen.«

»Ich kann, und das weißt du. Wir haben einen Vertrag.«

»Sandrine, ich erzähle dir hier gerade, dass der Kerl zudringlich wurde. Dass er mich unter Druck gesetzt hat, dass ich mit ihm schlafen soll, oder er torpediert meine Karriere. Und du bestehst darauf, dass ich dennoch diesen Job mache? Wann und wo?«

»Morgen. Es ist ...« ihre Stimme wurde langsamer und leiser. »Es ist morgen Abend, ein Nachtshooting. In seinem Studio, das liegt ganz nahe am Eiffelturm, von der Terrasse aus hat man ihn im Hintergrund.«

»Ernsthaft? Und das kommt dir nicht seltsam vor?«

»Nun ... Josephine, er shootet die neue Imagekampagne des Stadtmarketings. Das weiß ich. Und das Setting ist absolut passend.«

»Nein.«

»Du wirst das durchziehen müssen. Du bist nicht die Einzige, die dafür gebucht wurde.«

»Aber ich werde die Einzige sein, die dort auftaucht. Er wollte mich für seinen neuen Bildband. Ich habe abgelehnt. Seither versucht er …«

»Du hast abgelehnt? Josephine!«

»Sandrine, was soll ich noch sagen, damit du mich verstehst? Das ist nicht mein Ding. Es gibt Grenzen.«

»Du hast es dir ausgesucht. Es ist dein Job. Dein Körper ist dein Job.«

»Jetzt hörst du dich an wie eine Zuhälterin.« Ich schritt mittlerweile durch die ganze Wohnung, riss alle Balkontüren auf, um noch mehr Platz zu haben.

»Empfindlichkeiten sind fehl am Platz.«

»Es geht nicht um Empfindlichkeiten. Es geht darum, dass du es völlig normal findest, dass ein Kerl Mädchen massiv bedrängt. Es geht darum, dass junge Mädchen diesen Situationen ebenso ausgeliefert sind wie ich und sich nicht wehren können. Sich nicht trauen, etwas zu sagen. Es geht darum, dass mein Körper nicht jedem gehört, nur weil ich ihn zeige.« Ich hatte mich richtig in Rage geredet.

»Wir beide werden das nicht ändern.« Sie klang jetzt tatsächlich ein wenig nachdenklich.

»Wenn das jeder sagt, dann ändert sich bestimmt nie etwas. Aber wenn wir darüber reden und andere auch …«

»Nein.«

Ich spürte, dass ich sie verloren hatte.

»Es tut mir leid. Es ist ein Job. Morgen Abend. Die Adresse schick ich dir per Mail.«

»Das wird nicht nötig sein.«

»Josephine, ich verstehe dich ja irgendwo. Aber ich muss das jetzt sagen: Du spielst ein gefährliches Spiel. Ich kann dich nicht schützen, wenn du den Job platzen lässt. Und wenn herauskommt, dass du Gerüchte über Fotografen in die Welt setzt ...«

»Das sind keine Gerüchte.« Jetzt schrie ich sogar wie die irre Alte.

»Er wird durchkommen. Das kommt er immer. Du wirst es sein, die auf der Strecke bleibt. Wirf das nicht alles weg, was du erreicht hast, was du noch erreichen kannst.« Sie flüsterte jetzt, als hätte sie Angst, dass jemand sie hören könnte.

»Augen zu und durch?« Ich hätte kotzen können. Was für eine verlogene Welt war das, in der ich so unbedingt sein wollte.

Sie holte tief Luft, sagte aber nichts.

»Danke für den Anruf.« Ich hatte alles gesagt. Mein Tag hatte so gut begonnen und nun war er für die Tonne.

Kapitel 49

Dann brummte das Handy wieder und ich warf einen Blick auf das Display. Na großartig, die hatte gerade noch gefehlt.

»Hallo?«

»Ich bin's.« Manus Stimme klang recht fröhlich. »Ich wollte ... nun ja, ich wollte mich noch einmal bedanken. Für eure Gastfreundschaft.«

»Klar. Wir konnten dich ja nicht auf der Straße stehen lassen.« Ich lachte, um den Worten ein wenig Schärfe zu nehmen.

»Nein, das hättest du nicht getan. Und, alles klar bei euch?«.

»Natürlich. Wieso auch nicht?« Ich hätte ihr erzählen sollen, was los war. Wäre sie meine Freundin, hätte ich ihr dann nicht erzählt, was ich eben erlebt hatte? Aber ich hatte den Verdacht, dass Manu sich heimlich freuen würde, dass ich in Schwierigkeiten steckte.

»Ich dachte ja nur. Ich hatte so das Gefühl, dass etwas nicht stimmt, und dachte, du brauchst das Ohr einer Freundin.«

»Echt?« War das ein Hinweis, dass ich ihr unrecht tat?

»Hm. Leon hat ein paar Andeutungen gemacht, dass es nicht so gut läuft bei euch.«

»Er hat was?«

»Nun ja, er war so ... egal. Ich dachte nur, ich frag mal nach.«

»Aha.

»Na dann. Ach, Josef, ich habe da, es war blöd, aber ich habe Leons Nummer verloren. Du kannst sie mir nicht schnell geben?«

»Du hast seine Nummer verloren?«

»Du weißt doch, ich bin ein Chaot. Ich muss den Zettel, den er mir zugesteckt hat, aus Versehen weggeschmissen haben.« Sie kicherte dämlich »Ich wollte ihm nur noch was sagen, also wenn du ...«

»Ich kann es ihm gerne ausrichten.«

»Ach, nicht so wichtig. Ich denke, er wird sich melden, er hat meine ja gleich abgespeichert. Zum Glück sind nicht alle so verschusselt wie ich.«

Nachdenklich legte ich auf. Leon hatte Andeutungen gemacht, dass es nicht gut lief? Ihr gegenüber? Sie hatten Nummern getauscht? Der Tag wurde ja immer verrückter. Entschlossen holte ich meine Laufsachen heraus. Wenn ich hier herumsaß, würde ich verrückt werden. Ich musste die Zeit herumbekommen, bis Leon heimkam. Dieser Anruf von Manu gab mir zu denken, aber die Sache mit Milo Fisher war bedrohlicher. Eine große Runde würde mir guttun.

Und wirklich schien der gleichmäßige Rhythmus meiner Füße meinem Gehirn zu helfen. Die erste Panik ebbte ein wenig ab und der Kampfgeist erwachte langsam. Ich musste der Situation ins Gesicht sehen. Ich musste mich informieren, was ich tun konnte, welche Rechte ich hatte. Und was ich im schlimmsten Fall zu erwarten hatte.

Als ich wieder zu Hause war, duschte ich rasch und zog mir ein leichtes Kleid über. Die Luft flirrte heute vor Hitze und ich hatte meine Runden in einen kleinen Park hier ganz in der Nähe verlagert, wo ein wenig Schatten war. Aber ich hatte mir überlegt, was ich tun wollte, und das würde ich jetzt sofort umsetzen. Schließlich hatte ich einen echten Profi zur

Hand, wenn es um Verträge und gute Ratschläge ging. Und Maxim würde mir bestimmt einen guten Rat geben können.

»Also, das ist die Situation.« Ich hatte Maxim einen groben Überblick verschafft. Meine Begegnungen mit Milo und das Telefonat heute Morgen. Und mein Unbehagen, was diesen Menschen anging.

Maxim reagierte so souverän, wie ich gehofft hatte. »Du hast recht, die Sache hat einen komischen Beigeschmack. Wenn er Fotos für die Imagekampagne schießt, dann vermutlich direkt an den Originalplätzen und nicht von seiner Dachterrasse aus. Aber wir müssen das Ganze rational angehen. Also, erstens, deine Agentur hat recht. Wenn ich mich recht erinnere, obliegt die Entscheidung ihr, welchen Job du annimmst. Das ist durchaus Standard bei unbekannteren Gesichtern. Wenn es keinen erwiesenen Grund gibt ... Ich weiß, dass du den hast, aber die Sachlage ist eben so, dass dein Wort gegen seines steht. Ich bin nicht in der Branche, aber ich habe gute Kontakte. Gib mir eine Stunde, ich seh mal, was ich herausfinden kann.«

Es dauerte ein wenig länger, bis er sich wieder meldete. Ich tigerte einmal mehr unruhig durch die Zimmerboxen und sah alle paar Minuten auf die Uhr. Noch nie war mir ein Mittag so lange vorgekommen.

»Also, ich habe ein wenig herumtelefoniert. Ich kenne jemanden, der in die Arbeit des Stadtmarketings involviert ist. Fisher hat den Auftrag, eine neue Kampagne zu shooten.«

»Okay.«

»Es gibt konkrete Pläne, die auch schon abgesegnet sind. Dein Name steht nicht auf der Liste. Aber«, er machte eine

Pause, »es gibt einen Passus, der ihm künstlerische Freiheit gewährt. Das könnte bedeuten, dass er selbst noch Models aussucht. Und noch ein Aber«, jetzt klang seine Stimme so, wie ich sie hören wollte. »Aber er muss das absprechen. Das Budget ist gedeckelt und er ist selbst schon ein gewaltiger Posten.«

»Hilft mir das?«

»Vielleicht. Wenn er dir sagt, dass du dabei bist und er deshalb Fotos machen will, dann ist das ein Auftrag, den er nicht erteilen darf. Sagt er jedoch, er macht die Fotos vorab und versucht dann, dich in die Kampagne zu nehmen, dann sind wir wieder auf einer ganz anderen Ebene.«

»Na toll. Also hilft es mir nicht.«

»Was dir hilft, ist die Tatsache, dass in der Kampagne ausdrücklich unbekannte Gesichter zu sehen sein sollen. Das bedeutet, dass du mit aller Wahrscheinlichkeit nicht genommen wirst. Die Franzosen sind große Nationalisten. Die Kampagne soll Bürger der Stadt zeigen. Schöne Menschen, aber eben authentisch sein.«

»Darauf kann ich mich berufen.«

»Die Frage ist nur, bei wem? Mein Vorschlag wäre«, er machte eine kurze Pause, »dass wir das direkt mit ihm klären.«

»Wir?«

»Ich. Ich werde mit seinem Büro telefonieren und nachfragen, ob da ein Missverständnis vorliegen könnte. Ich werde sagen, dass ich dich im Moment vertrete und dass mir die besagte Kampagne bekannt ist.«

»Und er käme ungeschoren aus der Nummer.«

»Du wärst erst einmal aus der Nummer. Hinterher solltest du dich auf die Suche nach einer neuen Agentur machen.

Ich will dir nichts vormachen, er wird es dir übel nehmen und er wird über die Agentur seine Macht ausspielen. Er bucht dort viele Mädchen und wenn es hart auf hart kommt, wirst du es sein, die geht, nicht er.«

»Klar.« Ich lachte bitter.

»Das Leben ist nicht immer fair und es ist nicht so schillernd, wie es aussieht.«

»Danke, dass du das für mich tust.«

»Ich habe dich immer gemocht.«

»Du hast? Jetzt nicht mehr?«

»Doch, natürlich. Und glaub mir, ich hätte mir gewünscht, dass ich dir nicht helfen muss. Oder wenn, dass dann zumindest das Timing nicht so schlecht wäre.«

»Wieso ist das Timing schlecht?«

Einen Moment war es still.

»Hat Leon gestern nicht mit dir gesprochen?«

»Nein. Ich ... war schon im Bett, als er kam.«

»Oh.«

»Was hätte er denn mit mir besprechen sollen?«

»Nun, das wirst du heute Abend erfahren.«

»Was werde ich erfahren? Wieso ist denn das Timing schlecht?« Ich konnte spüren, dass Maxim sich selbst in den Hintern beißen wollte, weil er, der erfahrene Berater, eine Information zu früh herausgelassen hatte.

»Er hat gestern unterzeichnet. Den neuen Liga-Vertrag.«

»Das ist doch gut. Das ist es doch, oder nicht?«

»Es ist gut und es ist ein sehr guter Vertrag. Sehr viel besser, als wir es noch vor ein paar Monaten hätten erwarten dürfen.«

»Und was hat das mit dem Timing ...« Ich konnte den Satz nicht beenden. Die Bedeutung traf mich wie ein Keulenschlag. »Das Ziel ist erreicht.« Der Mohr hat seine Schuldigkeit getan.

»Das ist es. Und wir haben die Zielvorgaben mehr als erreicht.«

»Und das bedeutet, dass …«

»Das bedeutet, dass wir die nächste Stufe einleiten. Eure Vertragsauflösung. Aber mach dir keine Sorgen.« Jetzt bekam seine Stimme einen Schwung, der mir den endgültigen Schlag des Tages versetzte. »Ich denke, Leon wird zustimmen, dass wir die Trennung erst dann öffentlich machen, wenn du eine neue Agentur hast. Das sollte eigentlich recht schnell gehen, wir werden bei den anderen anklopfen, die dich haben wollten. Er hat dich auch gemocht und er wird keine Probleme machen, wenn wir die Geschichte noch ein paar Wochen weiterlaufen lassen. Du warst schließlich auch die ganze Zeit über sehr kooperativ.«

Kapitel 50

Kooperativ. Das Wort hallte wie ein Echo in meinem Kopf. Wusste Maxim, wie kooperativ ich gewesen war? Und hatte Leon wirklich gestern Abend den Auftrag gegeben, die Trennung zeitlich zu terminieren? Und dann? Dann hatte er als Sahnehäubchen auf seinem neuen Vertrag auch noch mich bekommen. Er hatte von Anfang an versucht, mich herumzubekommen. Und nun war es ihm gelungen, ganz zum Schluss, und er hatte zugegriffen. Und das Schlimmste an der Sache war, dass er viel mehr bekommen hatte als eine gemeinsame Nacht. Mein Vertrauen, meine Gefühle für ihn und das Wissen, dass es ihm gelungen war, mir eine Nacht zu bescheren, wie ich sie noch nie erlebt hatte. »Du brauchst den richtigen Mann.« So was in der Art hatte er gesagt. Und nun konnte er triumphieren, dass er dieser Mann gewesen war. Der Mann, der mich dazu gebracht hatte, zu wimmern und zu stöhnen und zu betteln, nicht aufzuhören. Und die ganze Zeit hatte er gewusst, dass ich bald Geschichte sein würde.

Die Wohnung war zu eng. Zu vieles hatte ich heute zu verdauen und ich brauchte Luft. Ich brauchte Zeit, um nachzudenken. Und einen Ort, wo ich das konnte. Und wo Leon nicht jeden Moment auftauchen konnte. Ich musste das hier erst für mich klar bekommen, ehe ich mit ihm sprach.

Der Platz vor dem Louvre war voller Menschen, die den milden Abend genießen wollten. Lachen lag in der Luft, Leben und Liebe. Und Frieden, diese magische Art Frieden, den ich immer empfunden hatte, wenn wir hier waren. Und das waren wir oft gewesen. Wenn wir beide in der Stadt waren und abends noch eine Runde drehten, hatte uns unser Weg immer hierher geführt. Hier fühlte ich mich wohl und hier konnte ich klar sehen.

Konnte ich Leon was vorwerfen? Nein. Nicht, was letzte Nacht anging. Er hatte mich zu nichts gezwungen. Er hatte mir nichts versprochen. Ich war es, die dachte, dass wir damit … was? Ein Paar waren? Eine richtige Beziehung hatten? Ich kannte seine Einstellung dazu. Und ich hatte sie geteilt. Bis ich mich verliebt hatte. Und damit verletzlich geworden war. Ich hatte auch gewusst, dass er mitten in den Vertragsverhandlungen mit einem neuen Club stand. Und dass unser Kontrakt damit erfüllt wäre. Wir hatten nie darüber gesprochen, dass es bald so weit war. Ich hatte angenommen, dass er es wie ich spürte, dass uns eine echte Freundschaft verband. Und dass ihm ebenfalls an dieser Freundschaft lag. Das glaubte ich noch immer, aber ich hatte mich getäuscht, als ich dachte, dass diese Freundschaft auf Dauer wichtiger sein könnte als die Freiheit, zu tun, was er wollte und mit wem er wollte. Ich hatte gedacht, dass es einfach so weiterging, aber natürlich schränkte es ihn zu sehr ein. Er wollte wieder das Leben genießen können und all die schönen Frauen, die auf ihn warteten. Also hatte er Maxim angewiesen, unseren Deal zu beenden. Und er hatte Manu gegenüber erwähnt, dass es nicht so gut lief. War das schon der erste Schritt gewesen? Wie verlässlich war diese Aussage? Wie verlässlich waren alle ihre Aussagen? Dass sie seine Nummer verloren hatte? Und was hatte diese verdammte Kondom-Schachtel im Bad zu bedeuten? Heute Nacht hatte er sie nicht gebraucht, er hatte sich aus der Nachttischschublade bedient. Heute Nacht … Immer wieder kehrten meine Gedanken hierher zurück. Wie konnte ich nach dieser Nacht noch sagen, wir wären Freunde? Nein, er hatte recht. Wir mussten das wie vernünftige Erwachsene klären und einen sauberen Schnitt machen. Ich konnte nicht zusehen, wie er andere Frauen datete. Ich konnte nicht mehr mit ihm befreundet sein.

Ich weiß nicht, wie lange ich da saß, auf der Einfassung der Wasserbecken, und auf die Wasserspiele vor dem Louvre starrte. Die Beleuchtung war angegangen, es musste also schon eine gute Weile sein. Immer mehr Gedanken schwirrten mir durch den Kopf. Die Agentur. Milo Fisher. Wieso gerade ich? Wieso musste er mein Leben schwermachen? Manu, dieser Anruf, der eine fürsorgliche Anfrage sein sollte und von vorne bis hinten das Gegenteil war. Maxim. Und Leon, immer wieder. Und der Gedanke, wie ich ihm nachher gegenübertreten sollte. Ich will dir was sagen, hatte er gesagt. Naiv wie ich war, hatte ich gedacht, dass er mir sagen wollte, was es ihm bedeutet hatte. Dass es ihm wie mir ergangen war. Nun, jetzt wusste ich, was es wirklich war. Und ich würde mich darauf vorbereiten können. Du hast deinen Vertrag unterschrieben? Glückwunsch. Wir müssen uns überlegen, wie wir unsere Trennung sauber und anständig in die Medien bekommen? Natürlich, das müssen wir. Letzte Nacht? Nein, das war einfach nur Spaß, du hast recht, es war einfach fällig. Und ganz nett. Ich lachte, versuchte, ob ich es hinbekam, nicht wie die Alte zu klingen. Neben mir schüttelte ein älterer Herr den Kopf und fasste mich scharf ins Auge. Anscheinend klappte es nicht, nicht wie eine Irre zu klingen.

»Hey. Ich kenn Sie, Sie sind doch die Freundin von dem Sandmann.« Er sah mich missbilligend an.

Ich nickte. Das erste Mal, dass ich erkannt und angesprochen wurde, wenn ich alleine in der Stadt unterwegs war. Und dann gleich so.

»Sind Sie verrückt?«

»Nein. Sie?«, fragte ich höflich zurück. Himmel, was hatte dieser Tag noch auf Lager?

»Ich versteh den nicht, den Sandmann. Toller Spieler. Was will der mit 'ner Verrückten?«

Ich zuckte die Achseln. Nicht mehr lange. »Das weiß ich nicht.« So langsam fing ich an, mich für ihn zu erwärmen. Er sah aus wie der Bruder der Lady, die vor Notre-Dame die Leute erschreckte.

»Sie sollten Ihre Finger von ihm lassen!« Er steckte drohend einen seiner Finger aus, kam mir ganz nahe. Nun wurde es doch ein wenig unheimlich.

»Okay.«

»Alles in Ordnung?«

Ich sah auf. Ein netter, überhaupt nicht verrückt aussehender Franzose war neben mir aufgetaucht und betrachtete den Alten misstrauisch.

»Ich bin mir nicht ganz sicher.«

»Sie sollten die Finger von ihm lassen. Männer in Rosa, das ist doch ein Witz. Da lachen doch alle.«

»Ähm. Ja, vielleicht.« Ich sah zu dem netten Mann und verdrehte leicht die Augen.

»Der rosarote Sandmann. Gehen Sie weg.« Noch einmal kam der ausgestreckte Finger bedrohlich näher. Dann schniefte der Mann, offensichtlich hatte er seine Botschaft nun an den Mann gebracht. Beziehungsweise die Frau. Er stand umständlich auf und schlurfte davon.

»Alles in Ordnung?« Der Nette sah mich nicht missbilligend, sondern besorgt an.

»Ich glaube schon. Danke.«

»Sie sind doch nicht die, für die ich Sie halte?«

»Ich weiß nicht.« Mein Lachen klang ein wenig dünn.

»Josephine Bauer?«

»Die? Ja, die bin ich.«

»Ich finde Sie toll. Sorry, aber ich muss das sagen. Ich habe ein Interview gelesen, mit Ihrem Freund zusammen. Also, das Interview war mit Ihrem Freund zusammen, nicht ich, als ich es las.« Er lachte.

»Schon verstanden. Danke.«

»Ich finde nicht, dass Sie ihm nicht guttun. Im Gegenteil. Er hat uns dahin gebracht, wo wir sind. Wenn wir morgen gewinnen, dann haben wir den Titel. Entschuldigen Sie«, er hob die Hände. »Ich kann nicht verhehlen, dass ich ein großer Fan bin. Er ist ein Weltklasse-Stürmer.«

»Da haben Sie recht.«

»Und nun steht dem Sieg wohl nichts mehr im Wege. Dem Sieg in Rosa.« Er lachte und sah in die Richtung, in die der Alte verschwunden war.

Ich sah auch hin und erstarrte. Der Alte war nicht mehr zu sehen, aber eine Gestalt kam da mit schnellen Schritten auf mich zu, die ich in jeder Menschenmenge erkannt hätte.

»Entschuldigen Sie, sind Sie alleine hier? Kann ich Sie irgendwohin begleiten? Ein Taxi rufen?«

»Nein, das ist nicht nötig.« Ich holte tief Luft. »Ich bin nicht alleine.«

Kapitel 51

Mein Retter schnappte fast über, als er sah, was ich sah. Ich auch, aber mir gelang es besser, das zu vertuschen. Hoffte ich.

»Jools, was treibst du denn hier?« Leons Stimme klang angespannt. Seine ganze Haltung war angespannt.

»Ich war spazieren und … Nun, am Ende habe ich diesen netten Herrn kennengelernt. Das ist …«

»Philippe Martinez.«

»Philippe Martinez.« Ich grinste schwächlich.

»Salut.« Leons Arm legte sich um meine Schultern und zog mich an sich. Ich spürte, dass er sich gerade sehr beherrschte.

»Philippe hat mich vor einem irren alten Herrn gerettet.«

»Dann muss ich mich bedanken. Auch wenn mir der Gedanke nicht gefällt, dass man dich vor irren alten Herren retten muss.«

»Es ist eine verrückte Geschichte.« Wie der ganze Tag.

»Ich werde dann gehen. Ich … Es war mir eine Ehre.« Philippe sah Leon ehrfürchtig an.

»Hat mich gefreut. Und noch einmal Danke, dass Sie Jools beigestanden haben.«

»Das war doch selbstverständlich.« Er winkte einen Gruß und ging ein paar Schritte weiter.

»Moment.« Ich löste mich von Leon und ging ihm hinterher. »Vielen Dank auch von mir. Das war nicht selbstverständlich. Vielleicht kann ich mich einmal erkenntlich zeigen?«

»Und mich retten?«

»Oder mit Karten?« Ich sah zu Leon. »Ich kann nichts

versprechen, aber ich würde es versuchen.«

Er gab mir eine Visitenkarte, die ich einen Moment in den Händen drehte. »Alles Gute, Philippe.«

»Das wünsche ich Ihnen auch. Und nun gehen Sie zu ihm. Er kann es kaum erwarten.«

Da täuschte er sich wohl. Ich kannte Leon gut genug, um zu sehen, dass er nicht erfreut war.

»Warum treibst du dich hier alleine rum? Nachts?«

»Ich wollte nur ein wenig spazieren gehen. Dass es so lange dauert, war nicht geplant.«

»Hast du eine Ahnung, welche Sorgen ich mir gemacht habe?«

»Es tut mir leid.«

»Dein Handy liegt auf dem Esstisch.«

»Ich hatte genug von dem Ding.«

»Weißt du, wie ich mich gefühlt habe, als ich heute nach Hause kam und du nicht da warst? Und keine Nachricht von dir?« Seine Stimme, eben noch recht harsch, wurde leiser. »Was hast du dir dabei gedacht? Was willst du mir damit sagen?«

»Nichts. Ich habe mir nichts gedacht. Ich brauchte einfach Luft und Bewegung.«

»Was ist los mit dir? Und sag nicht nichts. Ich kenne dich.«

»Ich hatte einfach einen Scheiß-Tag.« Ich blickte auf meine Schuhspitzen. »Einen echten Scheiß-Tag.«

»Ich hatte einen tollen Tag. Bis ich nach Hause kam. Ich habe es mir vorgestellt, wie ich die Tür öffne und du da stehen würdest.«

»Und dann? Du hast doch nicht gedacht, dass ich nur

darauf warte, dass du kommst? Ich meine, jetzt?«

Sein Gesicht zuckte. »Was soll das heißen?«

»Ich habe heute mit Maxim telefoniert. Ich habe heute mit vielen Menschen telefoniert. Er hat es mir gesagt. Herzlichen Glückwunsch.«

»Wozu?«

»Du hast den Vertrag unterschrieben. Glückwunsch. Ein Super-Vertrag.«

»Das stimmt. Aber ich verstehe den Zusammenhang nicht ganz. Was ist hier los? Gestern Nacht ...«

»Ach, Leon.« Ich lachte. Das musste ich mir abgewöhnen. Ich klang schon wieder verdächtig übergeschnappt. Ich nahm seinen Arm, hakte mich unter und ging langsam los. Versuchte es zumindest, aber Leon war eine Mauer, die ich nicht bewegen konnte. »Letzte Nacht war nett. Aber wir beide wissen doch, dass wir das nicht überbewerten sollten.«

»Nicht überbewerten?« Seine Augen wurden zu schmalen Schlitzen.

»Es war toll und alles. Aber es war eben nur eine Nacht. Und nun ist sie vorbei und wir sollten es dabei belassen. Ich meine, wieso es jetzt noch kompliziert machen.«

»Kompliziert machen?«

»Leon, du hast deinen Vertrag. Und damit ist meiner erfüllt. Maxim ist dabei, die Trennung zu terminieren und einen Medienplan zu erstellen, und wir ...«

»Maxim ist was?«

»Er ist dabei ... Aber das soll er doch. Er hat gesagt, du hättest das angewiesen.«

»Das habe ich nicht.«

»Leon, wir wussten es doch beide, dass dieser Tag kommt. Und Maxim sagte, du hättest gemeint, dass es Zeit ist, den Vertrag aufzulösen.«

»Aufzulösen, ja. Aber nicht die Trennung.«

»Und wo ist da bitte der Unterschied?«

»Wo der Unterschied ist?« Er lachte leise. »Der Unterschied ist, dass ich nicht mehr will, dass du meine vertragliche Freundin bist. Mit einem Scheiß-Kontrakt, der mir sagt, was ich tun darf und was nicht.«

»Sondern?« Ich hielt den Atem an. Das hier lief in eine völlig andere Richtung, als ich erwartet hatte. Eine viel bessere.

»Ich will«, er sprach langsam und deutlich, »dass dieser Kontrakt aufgehoben wird. Und dann will ich, dass wir es richtig machen.«

»Es richtig machen?«

»Herrgott, Jools, du machst mich wahnsinnig. Ich will richtig mit dir zusammen sein. Ich will dich küssen, wenn es mir passt, und nicht nur, wenn wir Zuschauer haben. Ich will dich anfassen, an jeder Stelle, die mir gefällt. Besonders an den Stellen, die mir gefallen. Ich will, dass du jeden Abend neben mir im Bett liegst. Und ich will mit dir schlafen, wann immer ich dich sehe. Nach der letzten Nacht weiß ich, dass ich das nicht mehr aufgeben kann. Ich will, dass du bei mir bleibst, ohne dass ich dich dafür bezahle.«

»Das ist ... eine Überraschung.«

»Ist es das? Du weißt, dass du mich verrückt machst. Du weißt, dass ich dich liebe.«

»Nein. Nein, das wusste ich nicht.«

»Und du liebst mich.«

»Das ...« Ich musste nachdenken. Das war ziemlich viel für einen Tag und es bestand die Möglichkeit, dass ich gerade dabei war, ganz durchzudrehen.

»Ich liebe dich, Jools. Ich bin total verrückt nach dir. Was soll ich denn noch sagen, um dir das klarzumachen?«

»Ich weiß nicht.« Ich betrachtete sein Gesicht. »Worte sind manchmal so wenig überzeugend.«

»Wie wäre es dann damit?«

Ich hatte es immer gewusst, dass dieser Platz magisch war und dass dieser Platz etwas ganz Besonderes für mich bereithielt. Nun wusste ich endlich auch, was das war. Worte konnten Lügen sein. Küsse nicht. Dieser nicht. Sobald unsere Lippen aufeinandertrafen, wusste ich, dass jedes Wort aus seinem Herzen gekommen war. Und mein eigenes Herz hüpfte vor Glück. Trotz Manu, Milo Fisher und meinem drohenden Karriere-Ende. Alles das würde ich überleben. Weil ich einen Mann an meiner Seite hatte, der wie eine Mauer allen Angriffen trotzte. Und mir mit jedem Kuss ein Stück seiner Stärke übertrug.

Ich beschloss, heute Abend nichts mehr zu erzählen. Morgen war ein wichtiges Spiel und wie Philippe gesagt hatte, wenn morgen ein Sieg eingefahren wurde, dann war die Meisterschaft gewonnen, schon drei Spieltage vor Saisonende. Ich würde abwarten und ihm vertrauen. Und mich ansonsten ganz hingeben. Denn auch wenn er morgen ausgeruht zu erscheinen hatte, bestand er darauf, dass wir unsere ganz persönliche Vertragsauflösung sofort angingen. Kaum zurück in der Wohnung, begann er damit, die Tabu-Regionen auszulöschen. Eine nach der anderen. Und ich tat es ihm nach, mit einer Lust, die ich noch nie gespürt hatte.

Kapitel 52

Kollektiver Jubel ertönte.

»Und der Torschütze ist die Nummer dreizehn. Leon ...«

»Sandmaaaaaann!«, schrie die Menge und ich mit ihr.

Ja, ich war im Stadion. Ich hatte einen Anruf von Sandrine bekommen, in dem sie mir knapp mitteilte, dass der Termin mit Milo Fisher hinfällig war. Es gäbe ein Problem mit der Kampagne. Man würde sich gegebenenfalls wieder melden. Ich wusste nicht, wie Maxim das genau hinbekommen hatte, aber mein lebenslanger Dank war ihm sicher.

Dann brach wieder Jubel aus und ich sah auf die Leinwand. Der Schiedsrichter hatte eben das Spiel abgepfiffen und die Fans rasteten aus. Mit einem späten 1:0 hatte Leon Sandmann die Mannschaft heute schon zum Pokal geführt. Ich riss ebenfalls die Hände in die Höhe und fiel Camille um den Hals. Unten auf dem Platz stand Leon einem Moment still. Ich suchte seinen Blick und er meinen. Er warf mir eine Kusshand zu und ich lachte überdreht, als sich seine Mannschaftskollegen auf ihn warfen und ihn unter sich begruben. Camille weinte neben mir leise und glücklich und ich presste meine Hände vor den Mund, um nicht vor Glück ebenfalls zu schreien. Oder vor Übermut.

Dann löste sich das Gewirr und Leon kam zu unserer Seite gelaufen. Ich beugte mich über die Brüstung, sah das Grinsen der Sicherheitsmänner. Dann nahm ich seinen Kopf zwischen meine Hände und küsste ihn. Es war mir egal, dass die Stadionkamera diesen Moment einfing und übertrug. Ich war so stolz, als hätte ich selbst das Spiel gewonnen.

»Das ist es also.« Als wir endlich voneinander abließen, grinste ich ihn breit an.

»Was?«

»Das, was den irren Alten so aufgeregt hat.« Ich zeigte auf seine Schuhe. Neue Kickschuhe.

»Meine Schuhe?«

»Deine ROSA Schuhe.«

»Die sind nicht rosa. Die sind mauve.« Er sah zu Boden. »Die sind doch mauve?«

»Nein. Nein, die sind definitiv rosa.«

»Ich habe gesagt, ich will sie in Mauve.«

Ich lachte. »Seit wann hast du die denn?«

»Schon eine Weile. Ich habe sie bestellt und mir gesagt, wenn sie wirklich mein Mädchen ist, dann werde ich sie ab sofort tragen. Als Glücksbringer. Lach nicht. Fußballer sind alle ein wenig abergläubisch.«

»Und du hast sie gestern herausgeholt?«

»Zum Training. Ich musste doch sehen, ob ich in ihnen gut laufe, auch wenn sie wie meine alten gearbeitet sind. Ich wusste doch nicht, dass sie so eine Aufmerksamkeit erregen.«

»Was hast du erwartet? Rosa Schuhe!«

»Die sollten nicht rosa sein. Und vor allem sollten sie dir zeigen, dass ich es ernst meine.«

»Das tun sie. Ich liebe sie.«

»Ich werde mit denen reden wegen der Farbe.« Wieder sah er auf seine Füße hinab.

»Nein. Mach das nicht. Sie sind toll. Und sie haben dir bereits Glück gebracht.«

»Du hast mir Glück gebracht. Seit du an meiner Seite bist, habe ich Glück. Und deshalb wirst du diesen Platz nie mehr verlassen.«

»Das habe ich auch nicht vor.«

An diesem Abend kam er spät nach Hause. Die Mannschaft hatte den vorzeitigen Sieg gefeiert. Ich hatte mit Camille eine eigene kleine Feier veranstaltet. Wie ich diese Frau liebte! Sie freute sich so uneigennützig mit mir mit. Natürlich waren auch ihr die Schuhe nicht entgangen und sie sah schon eine tolle Zukunft. Sie und Alain würden in der Sommerpause heiraten, die Einladung war bereits vor ein paar Wochen gekommen. Nun prophezeite sie mir, dass sie den Brautstrauß direkt in meine Hände werfen würde.

»Langsam. So weit sind wir noch nicht.«

»Aber bald. Ich kann es sehen.«

Ich ließ sie es sehen. Das war ich nicht gewohnt, dass sich jemand für mich freute.

»Du bist eine ganz besondere Frau, Camille. Du hast es verdient, dein großes Glück mit Alain.«

»Ich? Ach was. Ich bin ganz normal. Und verdient hast du es auch.« Sie machte eine kleine Pause. »Darf ich dir was sagen?«

»Klar.«

»Deine Freundin ...«

»Es tut mir leid, wie sie dich behandelt hat.«

»Das meine ich nicht. Sie ist nicht gut. Nicht gut für dich und nicht gut für niemanden.«

Diesen Verdacht hatte ich auch schon gehabt. »Wieso?«

»Als du kurz draußen warst«, sie sah mich ernst an. »Da hat sie etwas gesagt. Sie sagte, ich solle vorsichtig sein. Ich soll dir nicht trauen. Du würdest mich nur ausnutzen, und dass du das immer tun würdest.«

Ich schluckte.

»Sie meinte, so hättest du es mit vielen Freundinnen

gemacht.«

»Nein.« Ich sah es plötzlich, wie es war. Die ganze, bittere Wahrheit. »Nein, so hat sie es gemacht. Immer wenn ich eine andere Freundin hatte, hat die sich plötzlich zurückgezogen. Ich war immer alleine, bis auf Manu. Ich dachte, es läge an mir. An meiner Art. Weil ich so hart bin.«

»Du bist nicht hart. Und es liegt nicht an dir. Sie hat das bestimmt nicht zum ersten Mal gemacht.«

»Nein, das hat sie nicht. Sie hat alle angelogen. Sie hat mich immer schlecht behandelt, außer wenn ich mich mit jemand anderem angefreundet hatte. Dann war sie plötzlich eine tolle Freundin. Aber sonst war sie nur ...«

»Neidisch. Sie ist neidisch.«

»Und mir hat sie im Vertrauen erzählt, was andere angeblich über mich sagen. Wie alle schlecht über mich reden würden.« Ich konnte es nicht fassen. Und ich hatte es all die Jahre mit mir machen lassen. Bis heute. Noch heute hatte ich es ihr geglaubt. Diese Sache mit Leon ... Sie hatte sich an ihn rangemacht, in unserer Wohnung. Die Geschichte mit der Telefonnummer war bestimmt auch eine Lüge. Eine Lüge, die mich verunsichern sollte. Und die mir einflüstern sollte, dass er und sie etwas gehabt hatten oder haben würden. Dass ich ihm auf alle Fälle nicht trauen durfte. Wie clever, das in diese Geschichte zu packen, dass sie sich um mich sorgte. Weshalb? Weil er Andeutungen gemacht hatte? Oder weil ich glauben sollte, dass er sie gemacht hatte?

»Danke, dass du mir die Augen geöffnet hast.«

»Die waren doch schon offen. Ich mag dich sehr und ich hoffe so sehr, dass ihr hierbleibt.«

»Ich auch.« Nur leider war das ziemlich unwahrscheinlich, denn Leon wollte nach Deutschland und soweit ich wusste, war das perfekte Angebot gekommen. Nur dass ich in all der Aufregung vergessen hatte zu fragen, zu welchem Verein er nun wechseln würde.

Kapitel 53

»Oh nein. Lass deine Hände schön in den Hosentaschen.« Ich trat sicherheitshalber einen Schritt zurück und sah Leon streng an.

Er war eindeutig in der Stimmung, seine Hände nicht in den Hosentaschen zu lassen. Ich sah es in seinen Augen. Der Sieg, das Adrenalin, der Alkohol, der sicher geflossen war. Aber ich wollte erst noch ein paar Dinge klären. Und so wie ich die Situation einschätzte, würde ich Antworten bekommen. Schnell und klar, damit er das bekam, was er wollte. Was wir beide wollten.

»Also, was war mit Manu?«

»Was war? Nichts.«

»Du hast ihr gegenüber nicht Andeutungen gemacht, dass es nicht besonders läuft mit uns?«

»Ich?« Er lachte. »Im Gegenteil. Ich habe ihr gesagt, dass ich dich mehr liebe als jede Frau zuvor.«

»Und hast du ihr deine Nummer gegeben?«

»Bewahre. Ich habe auch ihre nicht, falls das die nächste Frage ist. Obwohl sie mir dreimal einen Zettel zugeschoben hat. Weißt du, dass ich das nicht verstehe?«

»Dass sie dir ihre Nummer gegeben hat?«

»Dass du mit ihr befreundet bist. Wenn einer meiner Freunde dich anbaggern würde …« Er ballte seine Hand zu einer Faust, ich sah es deutlich durch den dünnen Stoff. »Ich würde ihn zermalmen.«

»Ich bin nicht mehr mit ihr befreundet. Sie weiß es nur noch nicht.«

»Gut.« Er kam näher. »Dann wäre das geklärt.«

»Das schon. Aber da ist noch mehr.«

»Was noch?« Ich hörte seinen Unmut.

»Die Kondome.«

»Was?«

»Die Kondome im Bad.«

»Im Bad? Da gibt es keine.«

»Doch.« Ich ging voraus und öffnete den Schrank.

»Wo kommen die her?« Stirnrunzelnd betrachtete er die Packung. Dann griff er danach.

»Meine sind im Schlafzimmer, wie du wohl schon mitbekommen hast. Und die hier habe ich noch nie gesehen. Was auch kein Wunder ist. Die sind nicht von hier.«

»Nicht von hier?«

»Sieh dir doch die Verpackung an. Das ist eine deutsche Verpackung. Ich kaufe meine hier in Frankreich.«

»Du meinst ...«

»Würde dich das verwundern? Das ist doch genau ihre Art. So was hier zu deponieren und zu hoffen, dass du die falschen Schlüsse ziehst.«

Ich betrachtete die Verpackung nachdenklich. Da war was dran. Unglaublich, dass er in wenigen Tagen sah, was ich in Jahren nicht erkannt hatte.

»Du glaubst mir, oder?«

»Ja, das tue ich. Das heißt nicht, dass wir fertig sind.« Ich streckte die Hände aus. »Dein Vertrag.«

Er stöhnte. »Ist unterschrieben. Nächste Woche wird er öffentlich gemacht. Willst du ihn lesen?«

»Ich will wissen, wohin du gehst.«

»Wohin wir gehen. Was glaubst du?«

»Deutschland?«

»Willst du zurück?«

»Eigentlich ... nun, wenn ich ehrlich bin, nicht. Aber es ist egal, denn ich würde überall mit hingehen. Wenn du mich mitnimmst.«

»Ich dachte, dass ich das schon klargemacht habe. Dass ich ohne dich gar nirgends hingehe.«

»Also, wo hast du unterschrieben?«

»Ich habe hier verlängert.«

»Du hast ... das Angebot aus Deutschland abgelehnt?«

»Ja.«

»Aber wieso? Darum ging es doch die ganze Zeit.«

»Es ging am Anfang darum. Inzwischen habe ich hier meinen Platz. Und du auch. Die Stadt ist perfekt für dich. Du passt hierher und du kannst hier gut arbeiten. Und sie war gut zu uns. Was sagst du dazu?« Er sah mich fragend an.

»Was ich dazu sage? Leon, das ist großartig. Wenn ich es mir hätte wünschen können, dann wäre es meine Wahl gewesen.«

»Dann bin ich aber froh. Ich habe übrigens auf dem Heimweg Maxim angerufen und ihm gesagt, dass er die Trennungs-Terminierung stoppen kann. Er hat sich sehr gefreut. Er mag dich und er ist der Meinung, dass du mir guttust. Mich zu einem ruhigen Kerl machst.«

»Das habe ich vor.«

»Das hast du schon gemacht.« Jetzt nutzte er doch den kleinen Moment der Unachtsamkeit und küsste mich. »Aber eine Frage habe ich jetzt auch. Er sagte, dass sich ein gewisser Gerard Rousell bei dir melden wird. Er kennt die Branche und wird dir helfen, einen neuen Agenturvertrag zu suchen.« Er zog die Brauen hoch. »Du hast gar nicht gesagt, dass du dich ebenfalls verändern willst.«

»Nicht unbedingt wollen. Ich muss.« Das war kein Thema, dass ich freiwillig heute Abend noch besprochen hätte.

»Was ist los?«

Ich kannte diesen Blick mittlerweile. Es war besser, nicht zu widersprechen.

»Das ist eine lange Geschichte. Vielleicht sollten wir sie auf morgen verschieben.« Ich ließ zu, dass mein Shirt ein wenig von meiner Schulter rutschte.

»Ich weiß nicht. Es scheint etwas Ernstes zu sein.«

»Das ist es. Und unschön. Und genau deshalb sollten wir es vertagen. Du kannst nichts tun, aber ich werde es dir morgen dennoch erzählen.«

Er wollte nicht, das sah ich. Nun, aber ich wollte. Also das Gespräch verschieben. Und endlich zu den schönen Dingen übergehen. Ich lächelte. Noch vor einer Woche hätte ich geschworen, dass mir das nie passieren würde. Dass ich es sein würde, die einem Gespräch aus dem Weg geht, nur um endlich seine Hände spüren zu können.

»Aber wenn du willst«, ich trat ganz nahe an ihn heran und ließ nun meine Finger unter sein Shirt gleiten. »Wenn du willst, dann werde ich es dir natürlich sofort erzählen.« Ich hatte den Bund seiner Hose erreicht und verharrte kurz.

»Du bist ein manipulatives kleines Ding, weißt du das?«

»Ich bin nicht klein.« Ich sah ihm in die Augen. »Wir sind fast auf Augenhöhe.«

»Wir sind auf Augenhöhe.« Seine Lippen trafen meine. »Und das ist gut, denn ich will sie sehen. Ich will sie sehen, wenn ich das hier mache.« Seine Hand bahnte sich ihren Weg in die ehemalige Tabu-Zone. »Und das. Ich will sie sehen, wenn ich noch ganz andere Sachen mache.«

Da war er wieder, der Stürmer, der den perfekten Pass witterte. Der wusste, dass er nicht mehr zu stoppen war. Und der es genoss, dieses Gefühl, dass er nicht gestoppt wurde. Warum auch? Ich hatte nicht gewusst, dass mein Körper so reagieren konnte. Ich hatte nicht geahnt, wie besonders er war, wie wundervoll und einzigartig, dieser Körper. Ich hatte so lange gedacht, es wäre in Ordnung, dass er zu einem Stück Ware wurde und dass es nicht so tragisch war, wenn es auf dem Laufsteg zu einem der berüchtigten Busenblitzer kam. Weil jede andere Frau ebenfalls einen Busen hatte, was es zu etwas Alltäglichem machte. Ich hatte erst spüren müssen, wie er meinen Körper zu etwas Besonderem erhob. Zu einem Gefäß, das nur er zum Überlaufen bringen konnte, zum Schwingen und Beben. Weil er ihn mit so viel Achtung behandelte, trotz aller Leidenschaft. Weil sein Griff selbst dann achtsam war, wenn er fest zupackte. Weil er mich auch dann vergötterte, wenn er wie jetzt die Kontrolle übernahm und ich ihm willig alles gab, was er wollte.

Epilog

Heute, ziemlich genau ein Jahr nach diesen verrückten Tagen, an denen Leon und ich ein echtes Paar wurden und sich mein Leben derart verändert hat, habe ich im Park den verrückten Alten wiedergesehen. Er hat mich nicht erkannt oder er hat sich mittlerweile mit den rosa Schuhen arrangiert und dachte, es lohne sich nicht mehr, mich deswegen anzugehen. Leon trägt sie nämlich immer noch und die Fans haben sich an den Anblick gewöhnt. Ich nicht. Ich muss gestehen, dass ich auch heute noch grinsen muss, wenn er in ihnen aufläuft. Aber er trägt sie mit einer Selbstverständlichkeit und Würde, die letztendlich alle beeindruckt hat, und spätestens, wenn er angreift, verliert keiner mehr ein Wort über die Farbe. Und ja, er hat sich neue bestellt, ebenfalls in rosa. Er ist davon überzeugt, dass sie ihm Glück gebracht haben und dass er für den Rest seiner Karriere keine anderen mehr tragen wird.

Mir haben sie ebenfalls Glück gebracht, irgendwie. Ich war noch nie so glücklich wie im letzten Jahr und noch nie habe ich mich so geliebt und geborgen gefühlt. Hauptsächlich seinetwegen, aber nicht nur. Unglaublich viel Gutes ist in meinem Privatleben passiert. Camille ist nicht nur eine echte Freundin, sondern im Moment hochschwanger und muss liegen und ich leiste ihr gerne Gesellschaft. Selbst jetzt hat sie ihre gute Laune nicht verloren. Sie hofft nach wie vor, dass ich ebenfalls bald schwanger werde, denn sie fände es toll, wenn wir zusammen die Kinderwägen durch den Park schieben. Ich weise die Idee nach wie vor von mir, auch wenn Leon seit Neustem ebenfalls in dieses Horn bläst. Er wünscht sich einen Sohn, mit dem er Fußball spielen kann, und eine Tochter, die er verwöhnen und mit der er ebenfalls Fußball spielen kann. Irgendwann, kann ich mir vorstellen, wird er das sogar tun. Er hat Mittel und Wege, seine Wünsche durchzusetzen, denen ich bis heute nichts entgegensetzen kann.

Der Alte verschwand hinter einer Biegung und ich sah auf mein Handy. Eine Nachricht von der Agentur. Ich hatte tatsächlich recht schnell eine neue gefunden. Und ich hatte inzwischen mit Gerard Rousell meinen eigenen Berater. Einen, der auf Augenhöhe mit Maxim agiert. Die beiden kennen und schätzen sich, was ein großer Vorteil ist, gerade wenn es Anfragen zu gemeinsamen Interviews oder Aktionen gibt. Maxim war übrigens eine Weile kaum auszuhalten gewesen in seiner Seligkeit. Er habe es immer gewusst, dass es auf diese Art endet, behauptete er in einem weinseligen Moment. Und es wäre von Anfang an sein Plan gewesen. Nicht die Trennung, nicht die Imageverbesserung, sondern diese echte Beziehung, die Leon endlich wirklich geerdet hat und zu einem neuen Menschen machte, der endgültig Abschied genommen hat vom Partyleben. Und unter uns, ich traue es ihm zu, dass er seinen eigenen Plan hatte hinter dem offiziellen. Er ist wirklich ein ganz besonderer Mensch, jemand, mit dem an seiner Seite man jeden Traum erreichen kann, wenn man bereit ist, alles zu geben.

Ich las im Gehen die Nachricht, die eben eingetrudelt war. Ich solle mich melden, es gäbe eine Anfrage für einen Job. Das hatte ich Gerard zu verdanken. In meinem neuen Vertrag hatte er eine Klausel durchgesetzt, die mir das Recht einräumte, einen Job nicht anzunehmen. Ich würde nachher anrufen, ehe das Taxi kam, das uns zum Flughafen bringen würde.

Und mir anhören, worum es ging. Ich wusste, dass ich Glück hatte, überhaupt noch im Geschäft zu sein. Milo hatte tatsächlich versucht mir zu schaden und meinen Namen in Misskredit zu bringen. Eine Weile kämpfte ich wie zu Beginn, musste mich mehr beweisen, aber diese Herausforderung nahm ich gerne an. Und als Sandrine mir mitteilte, dass die Agentur aufgrund meiner Unzuverlässigkeit den Vertrag lösen wollte, war ich darauf vorbereitet. Ich weiß, dass ich sehr viel Glück hatte mit Maxim und dann mit Gerard, die mir zur Seite standen. Andere Mädchen haben diese Option nicht und ich will gar nicht wissen, wie viele schließlich nachgeben, aus Angst vor den Folgen.

Inzwischen habe ich Kontakt zu einer Frau, die früher selbst erfolgreich gemodelt hat und die nun gegen diese Missstände kämpft. Sie sammelt Berichte, hört zu, gibt Ratschläge. Sie macht die Dinge, die sie hört, auch öffentlich, schützt aber dabei die Namen der Mädchen. Ich glaube, dass sie bald auf offenere Ohren stoßen wird. Immer mehr vertrauen sich ihr an und neulich hörte ich ein Flüstern, dass Milo von einem Auftrag abgezogen wurde. Die Agenturen können nicht ewig die Augen verschließen und wenn die Stimmen zu laut werden, müssen sie reagieren. Daran glaube ich fest und ich tue, was mir möglich ist, um mitzuhelfen.

Allerdings kann ich das auch gut machen, denn ich habe nicht nur Menschen, die mir helfen, bessere Verträge zu bekommen, sondern außerdem einen Plan B. Ich mag diesen Job immer noch, aber ich bin nicht mehr bereit, alles dafür zu tun. Also gute Arbeit abliefern, das schon, nicht jedoch, mich deswegen anmachen zu lassen oder wie ein Stück Fleisch betatscht zu werden. Auch wenn das nicht bei jedem Auftrag passiert, diejenigen, die es tun, müssen gestoppt werden.

Deswegen habe ich mein Studium wieder aufgenommen. Mir fehlte nur noch die Abschlussarbeit, und an die habe ich mich jetzt gesetzt. Und morgen werde ich sie meinem Tutor vorlegen und besprechen. Dann könnte ich dem Modeln den Rücken kehren, und vielleicht mache ich das bald. Ich weiß, dass ich einfach gar nichts machen könnte, weil Leon genug verdient, aber das ist nicht mein Weg.

Ich bin jetzt übrigens ebenfalls aktiv beim Kinderland und darf mit dem Mann, der mir alles bedeutet, Spendenaktionen machen und Werbekampagnen. Darauf bin ich ganz besonders stolz, dass man mich dafür angefragt hat. Das Gefühl ist einzigartig, wenn man die Möglichkeit hat, allein durch sein bekanntes Gesicht Gutes zu tun. Und was von den Kindern zurückkommt, ist so viel mehr wert als das Lob eines Fotografen.

Ich sollte mich beeilen, Leon wartet sicher schon. Er wird mitfliegen nach Deutschland. Wir konnten es beide einrichten, dass wir ein paar Tage Zeit haben, um meine Eltern zu besuchen. Mein Vater ist ganz aus dem Häuschen, wenn Leon kommt, immer noch. Er behandelt ihn wie einen geliebten Sohn und ich bin ihm sehr dankbar. Auch wenn ich fürchte, dass meine Eltern mitschuldig sind, dass er neuerdings so darauf drängt, selbst eine Familie zu gründen.

Seine Eltern jedenfalls hätten ihn niemals auf die Idee gebracht. Wir werden sie ebenfalls besuchen und wie jedes Mal hoffen, dass sie sich diesmal besser benehmen. Nun, dieses Mal habe ich wirklich Hoffnung. Sein charmebefreiter Vater hat neulich angerufen, um zu erwähnen, dass das Auto das erste Mal alt wird. Ich gebe zu, dass die Bikini-Bilder-Sache immer noch durch meinen Kopf geisterte, und ich habe ihm ziemlich deutlich gesagt, was ich von diesen Anrufen halte. Und dann, nachdem er sich ausgetobt hatte, haben wir uns mal unterhalten. Ich habe versucht ihm klarzumachen, was er und seine Frau da tun. Ich bin bereit, es noch einmal zu versuchen. Ich habe Leon gut zugeredet, in seinem Elternhaus vorbeizuschauen. Und ich hoffe, dass meine Ansprache etwas bewirkt hat. Ich will nicht, dass Leon mit seinen Eltern bricht, aber wenn sie es wieder vergeigen, dann werde ich ihn nie mehr zwingen, hinzugehen. Ich hatte am Telefon das Gefühl, dass ich wirklich zu Konrad Sandmann durchgedrungen bin und dass er über meine Worte nachdachte. Und nun hoffe ich, dass er einmal sagt, wie stolz er auf ihn ist, auf diesen wunderbaren, großherzigen und einzigartigen Mann, zu dem sein Sohn herangewachsen ist. Wenn sie ihn nur einen Bruchteil so sehr lieben wie ich, dann werden sie es tun.

Wen ich allerdings nicht mehr treffen werde, ist Manu. Mit ihr hatte ich bloß noch ein Gespräch. Ich habe ihr gesagt, was ich so lange nicht gesehen hatte, nämlich dass sie nie meine Freundin war. Dass ich hinter ihre Fassade geblickt habe. Dass ich nun weiß, dass sie schon von jeher auf alles neidisch war. Dass sie Freundschaften zerstörte, ehe sie entstehen konnten. Dass sie versucht hat, Leon und mich auseinanderzubringen, dass sie ihn angemacht hat. Sogar die Sache mit den Kondomen habe ich angesprochen. Sie hat es geleugnet, wie alles andere. Allerdings ist mir das egal, denn ich weiß, wem ich vertrauen kann. Es war ein unschönes Gespräch, aber manchmal muss man auch die führen. Und dann einen sauberen Schnitt machen.

Kurz nach meinem Gespräch mit ihr bin ich übrigens beim Zappen in einer Gesprächsrunde hängen geblieben, in der Philosophen und Psychologen sich über die Liebe und den Sex unterhalten haben. Nicht mein Standard-Programm, aber gerade, als ich weiterschalten wollte, fiel dieser Satz: »Es ist eigentlich ein Wunder, dass die Menschen überhaupt noch Sex haben.« Ich beschloss, noch einen Moment zuzuhören, und was ich da hörte, war fast, als würde es einzig für mich gesagt. Eine Frau sprach davon, dass es den Menschen immer schwerer fällt, sich hinzugeben, loszulassen, die Kontrolle abzugeben. Sich ganz auf einen anderen Menschen einzulassen und zuzulassen, dass der mit dir, deinem Körper und deinen Gefühlen solche Sachen machen kann. Und dass diese Unfähigkeit zu Frust in vielen Betten führt. Ich saß da und nickte langsam mit dem Kopf. Genau so. Und ich war das Paradebeispiel dafür. Nicht nur, dass ich sowieso schon ein Kontrollfreak war, der dachte, jederzeit alles im Griff haben zu müssen. Nein, meine vermeintliche Freundin war auch immer dabei, jeden Mann in meinem Leben madigzumachen. Ständig flüsterte sie mir ein, was angeblich über mich gesagt wurde, welche Fehler ein Mann hatte, welche unangenehmen Eigenschaften mir doch eigentlich auch aufgefallen sein müssten. Und sie hat es geschafft, mir damit schon im Vorfeld so viel Misstrauen einzupflanzen, dass ich stets angespannt war und nur darauf wartete, dass der große Knall kam. Ich ließ mich nie, wirklich nie, ganz darauf ein, sondern versuchte krampfhaft, die Oberhand zu behalten. Ich habe mich selbst blockiert und es wurde stetig schlimmer, weil ich fürchtete, dass ich nicht normal war. Eine Angst, die Manu übrigens nur zu gerne schürte. Erst mit Leon habe ich gelernt, dass ich bedingungslos vertrauen kann, dem Freund und dem Geliebten. Ich war aus Manus Dunstkreis und als sie wieder in mein Leben drang, war sie nicht mehr mächtig genug, um das Band zu zerschneiden, das Leon und ich schon geknüpft hatten.

Stattdessen hat sie letztendlich die Fesseln zerschnitten, die mich an sie gebunden haben.

Und deshalb wird mich außer meinen Eltern niemand erwarten. Ich habe jetzt hier mein Leben und ich beginne hier, Freundschaften aufzubauen. Neue, echte Freundschaften, eine Erfahrung, die ich schon so viel früher hätte machen sollen. Und diese Freunde würden mich niemals Josef nennen, um mich zu demütigen oder um mich weniger weiblich zu machen. Sie würden nie sagen, ich wäre eben hart und rational. Weil ich es nicht mehr bin. Ich habe zugelassen, dass ich Gefühle habe. Ich wurde von diesen Gefühlen verletzt, aber dann auch wieder geheilt. Dieser eine Tag, als ich dachte, dass ich Leon verlassen müsste, war eine Erfahrung, die ich nie vergessen werde. Ich habe zugelassen, dass es wehtut, und hinterher erfahren, wie wichtig dieser Schmerz war, um das zu schätzen, was ich nun habe. Ich habe einige meiner alten Ansichten abgelegt, und das ist gut so. Ich bin ein Mensch geworden, der mir selbst besser gefällt. Ich bin Jools geworden, voll und ganz.

Und ich weiß nun, dass meine Mutter recht hatte. Ich musste sie erst finden, die eine große Liebe, um mich selbst besser lieben zu können. Um loszulassen, mich fallen zu lassen in dieses Gefühl, das mich überkommt, wann immer er mich berührt. Und mich dann zu sich holt, auf dieses Spielfeld, auf dem er der Meister ist und bei dem er mich fast jedes Mal dazu bringt, dass ich keuchend zusammenbreche. Und wenn er es einmal nicht schafft, dann ist das kein Weltuntergang mehr. Auch das habe ich erkannt. Es gibt sie immer, die Spiele, in denen man verliert. Aber es ist nur ein einziges

Spiel, nicht die ganze Saison. Und wir wissen beide, dass das nächste wieder anders sein wird. Und am Ende zählen nicht die einzelnen Partien, sondern das Gesamtergebnis. Das ist ein ganz wichtiger Punkt, der mir diese seltsame Panik genommen hat, die ich einst hatte. Ich kann spielen und ich kann gewinnen, weil ich gelernt habe, meinem Partner voll und ganz zu vertrauen und die Kontrolle, die mich so sehr im Griff hatte, in seine Hände abzugeben. Und ich mache es auch. Gewinnen, meine ich. Immer öfter. Und jeder Sieg ist ein ganz klein wenig besser als der zuvor.

Weitere Bücher der Autorin:

Alles nur Ansichtssache ?!
Alles nur Familiensache ?!
Alles nur Vertrauenssache ?!
Flamingo-Sommer
Von Muthasen, Fellnasen und dem ganz normalen Wahnsinn mit der Liebe
99 Tage mit Julie
Verwünscht - Manchmal ist das Falsche richtig
Drei Väter sind dann doch zu viel
Maxi - Wer will schon einen Mann mit Porsche?
Das Christkind wohnt in Hütte 7
Das Glück wohnt in der Hütte 7
Die Liebe wohnt in Hütte 7
Believe - Mit dir kamen die Wunder (Sammelband)

Impressum

1. Auflage November 2018

Cover-/Umschlaggestaltung: Buchgewand | www.buch-gewand.de
Verwendete Grafiken/Fotos:
© flas100 - depositphotos.com
© anna42f - depositphotos.com
© Poharytska - depositphotos.com
© DinaL - depositphotos.com
© flowerstock - depositphotos.com
© o_april - depositphotos.com
© NadineVeresk - depositphotos.com
© Katerina_Skorik - depositphotos.com

Korrektorat: Doris Eichhorn-Zeller,
perfektetexte.coburg@gmail.com

Verwendete Grafiken Innengestaltung:
© Clker-Free-Vector-Images / pixabay

Franziska Erhard
Rosenstr. 21
76337 Waldbronn

franziska.erhard@gmx.de

ISBN: 9781728855233
Imprint: Independently published

Printed in Poland
by Amazon Fulfillment
Poland Sp. z o.o., Wrocław

27186857R00192